書下ろし

追撃の報酬

新・傭兵代理店

渡辺裕之

祥伝社文庫

目次

『追撃の報酬』
関連地図

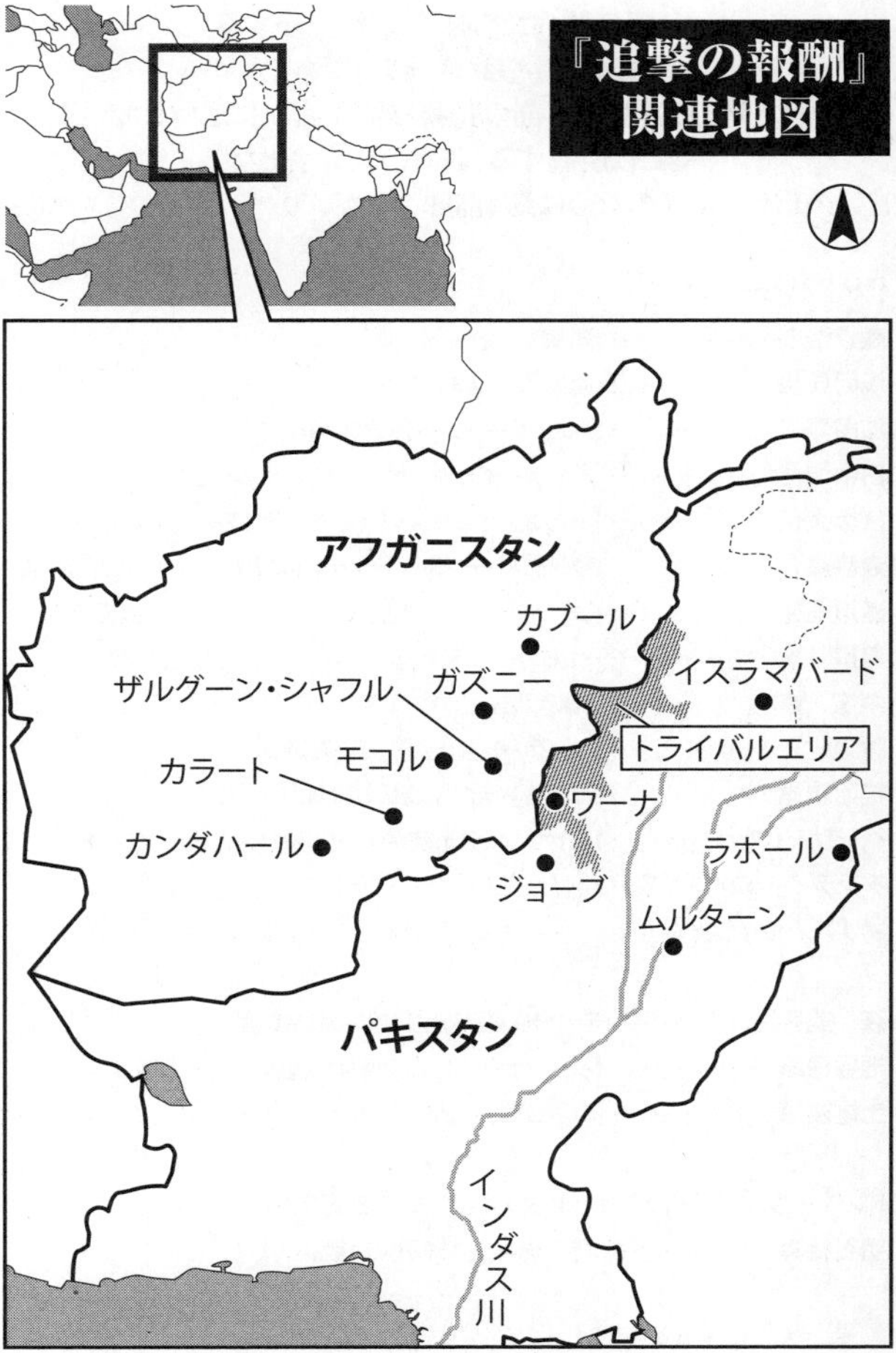
アフガニスタン
カブール
イスラマバード
ザルグーン・シャフル
ガズニー
トライバルエリア
モコル
カラート
ワーナ
カンダハール
ラホール
ジョーブ
ムルターン
パキスタン
インダス川

各国の傭兵たちを陰でサポートする。
それが「傭兵代理店」である。
日本では防衛省情報本部の特務機関が密かに運営している。
そこに所属する、弱者の代弁者となり、
自分の信じる正義のために動く部隊こそが、“リベンジャーズ”である。

【リベンジャーズ】

藤堂浩志 ……………「復讐者」。元刑事の傭兵。
浅岡辰也 ……………「爆弾熊」。浩志にサブリーダーを任されている。
加藤豪二 ……………「トレーサーマン」。追跡を得意とする。
田中俊信 ……………「ヘリボーイ」。乗り物ならば何でも乗りこなす。
宮坂大伍 ……………「針の穴」。針の穴を通すかのような正確な射撃能力を持つ。
寺脇京介 ……………「クレイジーモンキー」。Aランクに昇級した向上心旺盛な傭兵。
瀬川里見 ……………「コマンド1」。元代理店コマンドスタッフ。元空挺団所属。
黒川　章 ……………「コマンド2」。元代理店コマンドスタッフ。元空挺団所属。
中條　修 ……………元傭兵代理店コマンドスタッフ。
村瀬政人 ……………「ハリケーン」。元特別警備隊隊員。
鮫沼雅雄 ……………「サメ雄」。元特別警備隊隊員。
ヘンリー・ワット ………「ピッカリ」。元米陸軍デルタフォース上級士官（中佐）。
アンディー・ロドリゲス…「レイカーズ」。ワットの元部下。ラテン系。爆弾のプロ。
マリアノ・ウイリアムス…「ヤンキース」。ワットの元部下。黒人。医師免許を持つ。

森　美香 ……………元内閣情報調査室情報員。藤堂の妻。
池谷悟郎 ……………「ダークホース」。日本傭兵代理店社長。防衛庁出身。
土屋友恵 ……………傭兵代理店の凄腕プログラマー。

……………

トレバー・ウェインライト…レッド・ドラゴン幹部。別名・馬用林。
明石柊真 ……………フランス外人部隊訓練教官。

プロローグ

二〇一七年十二月七日、午前二時、アフガニスタン、カンダハール。

市の中心を通るアイーノ・ロードに面する三ツ星のムーン・スターホテル前で、激しい銃撃戦が繰《く》り広げられていた。

周囲は送電を止められ、闇に包まれている。ただ、銃撃音と共に線香花火のように点滅するマズルフラッシュが、暗闇をかき乱していた。

「政府軍は何をしている?」

フランス外人部隊リーダーの明石《あかし》柊真《しゅうま》准尉《じゅんい》は五人の部下と共に、道を挟《はさ》んでホテルの反対側に停《と》められている二台の幌《ほろ》付き軍用トラックの陰から、ホテルエントランスに潜《ひそ》んでいるテロリストらに向かって銃撃していた。

柊真たちの装備は、特殊部隊も使うＨ＆《ヘッケラー》Ｋ《コッホ》４１６カービンにボディアーマー、米国製暗視装置など、アフガニスタンに支援部隊として派遣されているフランス外人部隊は、最新の装備で武装している。

「周囲を封鎖しただけで、動きません。米国御用達《ごようたし》のホテルだからでしょうか？」

隣りのトラックの陰で銃撃しているサブリーダーのヌーノ・ヴレンテ軍曹が、無線で答えてきた。彼の場所からは二十メートル東側にある交差点が見える。政府軍は銃撃戦がはじまってすぐに駆《か》けつけて交差点を封鎖したが、そこから動こうとしないのだ。

「そうかもしれないが、モチベーションの問題だろう」

柊真は鋭く舌打ちした。ムーン・スターホテルは、多くの米軍関係者やジャーナリストが利用するため、米国御用達ホテルと地元住民から揶揄《やゆ》されていた。

アフガニスタン軍は長らく続く内戦で軍紀が乱れ、幹部の汚職で腐敗している。そのため、兵士の離反者が多く、当然のことながらモチベーションも低い。

——テロリストの狙《ねら》いは、やはり彼女でしょうか？

ヌーノが尋《たず》ねてきた。無線は首に巻く骨伝導タイプのスロートマイクを使っている。耳で聞くのとは音質は違うが、銃撃音などの雑音はほとんど聞こえない。

「分からない。アギラ1、裏口に回れ。俺たちは正面から突っ込む」

西側に停めてある軍用トラックの陰にいるスペイン外人部隊のリーダーであるミゲル・アルベルト曹長に、柊真は無線連絡をした。アギラとはスペイン語で鷲《わし》を意味し、スペインのチームはアギラをコードネームとして使っている。

——アギラ1、了解！

ミゲルは銃撃を止め、四人の部下と共に背後の暗闇に消えた。

「合図をするまで撃《う》つな。行くぞ！」

柊真は右手の拳《こぶし》を上げて合図をすると、トラックの後ろから出て銃を構えたまま小走りに道を渡る。すぐさま柊真を中心に部下が等間隔に横に並んだ。

暗闇を進むため、暗視装置を装着している柊真らが圧倒的に有利だが、不用意に撃てばマズルフラッシュで位置が知られて銃撃されてしまう。

「エントランスの陰に四人。ナンバー2、3は左、4、5、6は右」

柊真は短く指示をする。

――ティグル2、了解！

――ティグル3、了解！

――ティグル4、了解！

――ティグル5、了解！

――ティグル6、了解！

部下からすぐさま応答があった。全員柊真のサポート役としてアフガニスタン行きを命じられた兵士だが、紛争地ゆえにチームとして活動できるように柊真は日頃から彼らを厳しく訓練していた。

チーム名として使っているティグルはフランス語で虎を意味し、下に番号を付けることで個人のコードネームを表す。ちなみにティグル1は、リーダーの柊真である。命令を出すときは、番号だけで充分だ。

暗視装置を装着していないテロリストは、十数メートルまで忍び寄った柊真らに気が付いていない。

「撃て！」

エントランスの数メートル手前で、柊真は命じた。

一斉《いっせい》射撃。

エントランスのテロリストは血飛沫《ちしぶき》を上げ倒れた。

「突入！」

柊真は先頭に立って、エントランスからエレベーターホールに向かう。

——こちら、アギラ1。テロリストは、裏口から逃走している。外の駐車場に行くつもりらしい。

ホテルには地下だけでなく、西側にも二十台ほど停められる駐車場がある。

「外の駐車場だ」

柊真は踵《きびす》を返し、エントランスに向かう。街の施設の見取図は市街戦に備えて日頃から頭に叩《たた》き込んである。外人部隊最強の特殊部隊ＧＣＰに所属していただけに、準備はぬかりないのだ。

エントランス脇にある駐車場の出入口から白いピックアップトラックが、猛スピードで飛び出してきた。

「撃つな！　撃方《うちかた》やめ！」

銃を降ろしながら柊真は、大声で叫んだ。

「どうしてですか！」

サブリーダーのヌーノが食ってかかってきた。

「彼女が乗っていた。銃撃すれば、彼女も死ぬぞ」

銃を降ろした柊真は東の方角に走り去るピックアップトラックを見つめ、悔《くや》しげに言った。

激戦の火蓋《ひぶた》

一

一八六四年十二月、北軍は南軍のテネシー軍にテネシー州ナッシュビルの戦いで勝利を収め、南北戦争における西部戦線は終わりを告げた。二日間の戦闘で北軍一万三千人、南軍一万人もの死傷者を出し、死傷率が全兵士の三十パーセントに上ったという壮絶《そうぜつ》な戦いである。

その激戦の跡地は国立墓地になっており、森に囲まれた広大な敷地《しきち》に敷き詰《つ》められた芝生《しばふ》の上に白い墓石が整然と並んでいる。

十二月七日、午前九時、ナッシュビル国立墓地に隣接するスプリングヒル墓地に、サングラスをかけた二人の男が、とある墓の前に立っている。一人はゴアテックスのジャケットを着た短髪の日本人で、もう一人はスキンヘッドの米国人でアーミージャケットを着ていた。

「勇者が眠る墓としては、最高の場所だな」

目の前の墓を見つめていた日本人は、しみじみと言った。

藤堂浩志《とうどうこうじ》、警視庁殺人課からフランスの外人部隊を経《へ》て独立し、傭兵特殊部隊〝リベンジャーズ〟を率《ひき》いている業界でもトップクラスの傭兵である。

「米国最大の戦場だった場所だ。天国に行っても仲間は大勢いるだろう。ここに眠ることをあいつも望んでいた」

スキンヘッドの男が白い息を吐《は》きながら言った。ヘンリー・ワット、米軍最強の特殊部隊デルタフォースで指揮官を務《つと》めていたが、米国の覇権主義に嫌気《いやけ》がさして退役し、リベンジャーズに参加している。リベンジャーズの創設時のメンバーではないが、今では浩志に代わって指揮を執《と》ることもあり、チームになくてはならない存在になっていた。

「それにしても冷えるな」

浩志は北風に背を向けた。

曇《くも》っているせいもあるが、気温はまだ七度と低い。例年なら十二、三度あってもおかしくはないのだが、今年は気温が低く底冷えがする日が続いている。もっとも墓地だけに風が吹きさらし、芝生からの冷気が足元に絡《から》みつくせいもあるのだろう。

「去年の今頃はまだ暖《あたた》かかったが、今日はやけに冷える。ナッシュビルの冬は過ごしやすいはずだがな」

ワットはジャケットのポケットに両手を突っ込み、ぶるりと体を震《ふる》わせた。

「あれから一年経《た》ったな」

浩志はワットの様子に苦笑しながら遠くを見た。

昨年の十一月、リベンジャーズは、フランス政府から要請を受けてトルコ、イラクで活動した。任務はテロリストを追い詰めることだったが、敵の背後にアメリカン・リバティ（ＡＬ）と呼ばれる米国の権力中枢《ちゆうすう》の闇組織がいることを突き止めた。ＡＬは米国の組織だが、彼らに愛国心はなく、巨万の富《とみ》を手に入れることだけに執着した拝金《はいきん》主義の犯罪組織である。

彼らは次期大統領となったドナルド・トランプを陥《おとしい》れ、米国を紛争地にして金儲《かねもう》けをするという計画を企《くわだ》てており、それを察知した浩志らはニューヨークに急行し、彼らの悪巧《わるだく》みを阻止《そし》することに成功している。だが、その過程で、何人もの仲間が負傷し、アンディー・ロドリゲスは米軍基地で爆死、黒川章《くろかわあきら》はメキシコで敵の銃弾に倒れた。

浩志は彼らの死から一年を期して、一ヶ月ほど遅れたものの、ワットと一緒に仲間を代表してアンディーの墓参りに来たのだ。また、黒川の遺骨が納骨された護国寺《ごこくじ》の近くにある寺の墓には、先週、日本にいる仲間と線香をあげに行っている。

「何年も前のような気がする」

ワットは、感慨《かんがい》深げに答えた。

ＡＬとの闘いは心身ともに消耗《しょうもう》が激しかったが、それでも浩志を含め怪我《けが》の治療を終えた仲間は順次復帰し、教官として契約しているタイ国軍第三特殊部隊の軍事基地に行っている。長く休めば、肉体的にも精神的にもモチベーションが下がるからだ。

この一年、リベンジャーズの活動としては、タイだけでなく、陸自の特殊部隊である特戦群、フランスの外人部隊など、傭兵特殊部隊としての実力を買われて世界トップクラスの部隊と厳しい合同訓練をしてきた。だが、誰しもおごることなく新兵のようにがむしゃらに訓練を続けている。

「この一年、実戦と訓練に明け暮れたから、短く感じたのかもな」

訓練を主体にしたが、イラクやシリアなどの紛争地で民間人の護衛といった、実戦の任務もあえて引き受けてきた。訓練だけでは、戦闘の感覚が鈍《にぶ》るからである。

「一年か。喪《も》は明《あ》けたな」

ワットは鈍色《にびいろ》の空を見上げて言った。普段は明るく振《ふ》る舞《ま》うが、これまで失った部下のことを彼は常に気にしている。それが彼にとって闘う原点であり、原動力でもあるからだ。だが、アンディーは長年部下として一緒に行動してきただけに、彼の死は相当こたえたらしい。一年経ってようやく気持ちが落ち着いてきたのだろう。

何人もの仲間を戦闘で亡《な》くしているのは、浩志も同じである。だが、仲間の死に対する悲しみや苦しみは、心の奥底に閉じ込め、その悔《くや》しさをバネに闘ってきた。だからこそ、傭兵という仕事を長年続けられてきたのだろう。

「喪が明けたかは、俺たちの働きによる」

死んだ者への手向《たむ》けは、正義を貫《つらぬ》いて闘い抜き、投げ出さないことだ。浩志は愚直《ぐちょく》にそう信じている。引退を考えたこともあるが、自分だけベッドの上で死ぬわけにはいかない。敵の銃弾で死ぬのが似《に》つかわしいと思っている。

「少しでも世の中を良くしなきゃ、死んだ仲間に顔向けできないからな」

ワットは、はにかんだ笑顔を浮かべた。

「行くか」

浩志はアンディーの墓に頷《うなず》き、歩き始めた。

二

墓参りを終えた浩志とワットは、十数メートル先の敷地内の道路に停《と》めてあるフォードのピックアップトラックに戻った。ワット自慢の車である。

昨年暮れまでワットは家族とロンドンで暮らしていた。極端に米国文化を嫌《きら》う妻のペダノワに従《したが》ったのである。だが、ロンドンはテロが頻発《ひんぱつ》し、治安が悪くなったことに加え、殺し屋に自宅まで踏み込まれて二人の子供の命を狙《ねら》われた。彼女自身も負傷したことでさすがに米国に移住することに決めたのだ。

年明けからワットの一家は、テネシー州の東側に隣接するノースカロライナ州のフォート・フラッグ陸軍基地にある一戸建てに住んでいた。自宅のセキュリティはもちろん、基地は軍に守られた街でもあることから、安全を優先させた結果である。

フォート・フラッグがデルタフォースの基地であり、ワットにとって馴染《なじ》み深い土地であると同時に、陸軍とデルタフォースの教官および作戦アドバイザーとして契約を結んでいるため、基地内に住むのは都合が良かったのだ。また、ワットが付き添えば、ペダノワも軍の射撃場が使えるため、彼女も意外と新天地を気に入っているらしい。

「うん?」

助手席に乗り込もうとすると、ズボンのポケットに入れたスマートフォンが振動した。画面を見ると非通知になっているが、浩志は電話に出た。私用で電話する者は、浩志の妻である森美香《もりみか》以外にいないからだ。

――スプリングヒル葬儀場で会わないか。

聞き覚えのある男の渋《しぶ》い声である。日本の非公開の情報機関である〝情報局〟に所属する美香と彼女の兄で内閣調査室の特別分析官である片倉敬吾《かたくらけいご》の実の父であり、CIAの高官でもある片倉誠治《せいじ》だ。

「どこかで現れるだろうと思っていたが、俺の動きを読んでいたのか？」

浩志は鼻先で笑った。

空港など監視カメラが設置してあるところでは、ＣＩＡが開発した顔認証妨害眼鏡《めがね》をかけていたが、いつもしていたわけではない。どこかの監視カメラに引っ掛かったようだ。今さらながらＣＩＡの情報収集能力と監視体制には脱帽するほかない。

――私からの連絡を予測していたのか。さすがだ。昨日から米国は世界中を敵に回した。その対応に追われているのだが、君に是非《ぜひ》話しておきたいことがあるのだ。それから、一つだけ忠告しておこう。空港やレストランのトイレでも油断しないことだ。

誠治はいつものかすれた笑い声で答えた。どうやら、米国の空港には、正規の監視カメラ以外にもＣＩＡが管理する盗撮カメラが設置してあるらしい。

「会うのは構わないが、友人と一緒だ」

誠治は自分の存在は極秘ということで、これまで浩志の仲間にも他言を許さなかった。

――知っている。ミスター・ヘンリー・ワットなら信頼ができるから大丈夫だ。二人と一緒に話がしたい。もっとも彼が現役時代に何度か会ったことがある。むろん今の職場のことを彼には教えていないがな。葬儀場で、スコット・アレクサンダーを訪《たず》ねてくれ。

ワットとはＣＩＡの人間としては会っていないということだろう。

「葬儀場に行ってくれないか。俺たちの知人が待っているようだ」

通話ボタンを切った浩志は、助手席に乗り込んだ。

「俺たちの？」

首を傾《かし》げつつもワットはエンジンをかけた。

「会えば、分かるらしい」

誠治はワットとは、偽名で会っているはずだ。彼がどう名乗るか見ものである。

スプリングヒルの葬儀場は墓地の北側にあり、ローマ建築のような趣《おもむき》がある建物だ。専用の駐車場に車を停めた二人は、葬儀場のエントランスに入った。

「こんにちは、トニー・ガディス様のお知り合いですね」

入口近くでダークスーツの若い男に呼び止められた。葬儀場の従業員のようだ。正面のホールの左手に広間があり、奥には棺桶《かんおけ》が台に載《の》せられ、その周りに喪服を着た男女が集まっている。トニー・ガディスという男の葬儀が行われているらしい。

「いや、スコット・アレクサンダーと聞いているが」

誠治からはスコット・アレクサンダーを訪ねるように言われただけである。

「スコット・アレクサンダー？」

若い従業員は首を傾げた。

「お客様、失礼しました。私がご案内します」

若い男のすぐ近くに立っていた中年の従業員が笑顔で先に立ち、ホール右手の廊下を進んで行く。

「おまえ、スコット・アレクサンダーと知り合いか?」

ワットは右手で口を押さえ、笑いを堪《こら》えている。

「知らない。有名人なのか?」

彼が笑う理由は分からないが、誠治の偽名なのだろう。

「これだから、野球音痴《おんち》の日本人は困る。スコット・アレクサンダーは、カンザスシティ・ロイヤルズの最高のサウスポーだぞ。しかも、まだ生きている。死んだとは、俺は聞いていない」

ワットは前を行く従業員に聞こえないように小声で言った。

「同姓同名だろう。くだらん」

浩志はふんと鼻息を漏《も》らした。誠治は暗号や合言葉にMLB《メジャーリーグ》の選手の名前を使うことがある。野球好きかもしれないが、彼独特のジョークなのだろう。

「こちらです。どうぞお入りください」

中年の従業員は、木製のドアを開けて丁寧《ていねい》に頭を下げた。

五十平米ほどの部屋の中央には木製の椅子《いす》が十脚《きやく》ほど置かれ、奥に棺桶を載せる台が設置されている。広間とは違ってこぢんまりと葬儀を行うための部屋なのだろう。

「二人ともご足労《そくろう》願って、すまなかった。葬儀の打合せと言って、この部屋を借りたのだ」

壁際に置いてあるソファーにゆったりと腰を下ろしている誠治が、軽く右手を上げて挨《あい》拶《さつ》をしてきた。

ドア口で誠治に黙礼した浩志は、あえてワットを先に通した。

「スコット・アレクサンダーって、悪い冗談だ。おまえも彼を知っているのか？」

部屋に入ったワットは、振り返って尋《たず》ねてきた。

「まあな」

浩志は適当に相槌《あいづち》を打った。

「部署も変わったので、改めて二人に自己紹介しよう。私は国防情報局参謀長の人的情報部から、分析部に移った。もともと分析官だったから、仕事に変わりはないがね」

誠治はワットの方を見ながら言った。国防情報局は、国防総省の情報機関で、軍事情報を専門的に扱う組織である。

「俺はもう民間人なのに、部署まで言って問題はないのかな？　ミスター？」

ワットは腕組みをして首を傾げている。わざとかもしれないが、名前を思い出せないらしい。

「君とは、八年ぶりだから忘れるのも無理はない。もっともあの時は、ケンジ・バーンズと名乗っていた。本名は、誠治・片倉だ。ミスター・ワットとは、彼がデルタフォース時代に私の分析したテロリストの情報を直接渡していたのだ」

誠治は浩志に向き直って説明した。

「誠治・片倉ね」

ワットは意外と受け入れている。当然、偽名だと思っているのだろう。

「ほお」

小さく頷いたものの浩志は、訝《いぶか》しげな目を誠治に向けた。

「情報局参謀長の役職は嘘《うそ》じゃない。兼任しているのだ。というのも私はCIAで長年中東・アジアの情報分析のエキスパートだったからだ」

誠治は浩志とワットの顔を真剣な眼差《まなざ》しで交互に見た。

「CIA！」

ワットが、両眼を見開いた。

三

葬儀場の一室で棺桶台を前に三人の男が顔を突き合わせている。

「すでに知っての通り、昨日トランプ大統領が、エルサレムをイスラエルの首都として認めるという宣言をした。この無謀な宣言の危険性を米国人は理解していない。問題なのは、ユダヤ教徒やキリスト教福音《ふくいん》派教徒以外でも評価する米国人がいることだ。今回の決定で米国が確実に苦難の道を辿《たど》ることになることは、彼らには想像できないらしい」

誠治は大きな溜息《ためいき》と共に話を切り出した。誠治が浩志とワットに身分を明かしたのは、重大な用件があってのことなのだろう。だが、彼は本題にすぐには入ろうとしない。

「イスラエルに一方的に肩入れして、中東の仲介人という看板を米国は下ろしてしまった。イラクやアフガニスタンに展開している米軍が心配だ」

ワットは相槌を打った。

「トランプはエルサレムを首都と認定すると、選挙公約をしている。それはあの男独自の考えではない。一九九五年に米国議会はエルサレムをイスラエルの首都と認定する法案を成立させたのが間違いの始まりだ。その法案には大使館の移転も含まれる。歴代の大統領はそれを行わなかっただけで、トランプは長年停滞していた法案の文章に署名したに過ぎない。やつが大統領になった時点で予測しておくべきだったのだ」

浩志は冷たく言い放った。

トランプは米国第一主義で、人気取りで世界の秩序を破壊することはすでに分かっていた。今さら驚くべきことではない。

歴代の大統領は、一九九五年にユダヤ系団体の圧力で成立した法案に署名すれば、中東の和平が崩《くず》れ去ることを知っていたために六ヶ月ごとに移転を凍結する文章に署名し、阻止してきた。トランプはその期限を延長しなかっただけというのが本当のところだが、宣言により世界中で罪もない人が何人死のうが自らの過《あやま》ちに気付かず、支援者へのリップサービス程度に考えている。

「確かにそうだ。議会が決めたことを大統領が認めただけだ。だから、議会は反対することもできなかった。そもそも米国議会には親イスラエル派が多い。今回の宣言で、共和党では大統領を称賛する声が沸《わ》き起こっているほどだ。だが、肝心のイスラエル国民は、政治家は別として困惑しているようだ。私はすぐさまイスラエルの友人に電話をかけてみたが、テロの標的になるのは、イスラエル人だから迷惑だと言っていたよ」

誠治は首を振ってみせた。

ユダヤ人は意外とイスラエル政府の掲《かか》げる〝シオニズム〟を嫌う傾向がある。〝シオニズム〟とはパレスチナにユダヤ人国家を建設するという思想だが、多分に人種差別的なイデオロギーが含まれ、ユダヤ人でさえ首を傾げるほどだからだ。そのため、米国内に住む熱狂的な〝シオニスト〟のロビー活動を当のイスラエル人は、迷惑だと感じているらしい。

「トランプは自分の不人気を挽回するつもりで言っただけだ。究極の利己的パフォーマンスだったことは間違いないだろう。それによって、世界がどうなろうとやつには関係ないからだ。だが、中東も一枚岩じゃない。専門家ならそれぐらい知っているだろう」

浩志は誠治を見て鼻先で笑った。

中東諸国のほとんどがイスラム教であるが、スンニ派とシーア派に分かれて、敵対している。そのことが、地域を不安定にしているのだ。

「さすがだ。君の場合は、中東の紛争地に行くこともあるから、肌で感じることもあるのだろう。今回の大統領の宣言を中東諸国は軒並み非難しているが、本気なのは、対米関係を気にしないトルコだけかもしれない」

スンニ派が多数を占める中東の大国サウジアラビアは、シーア派国家であるシリア、イランと敵対関係にある。

「中東諸国は、パレスチナ問題でイスラエルと長年闘ってきたが、サウジアラビアにとっては、自国の聖地（メッカ）さえあればいいと思うようになっている。むしろイランの敵であるイスラエルは、敵の敵ゆえに陰で連携する動きがあるようだ。パレスチナ人でさえ、イスラエルのエルサレム占拠は既成《きせい》事実として覆《くつがえ》せないと思っている。中東諸国がトランプを批判しているのは、国民向けじゃないのか」

浩志は淡々と言った。パレスチナではイスラエルに対してデモを行うものの、どうにもならないという厭世観《えんせいかん》がある。彼らには日々の食事など、どうやったら貧乏を抜け出せるかという切実な問題があり、外敵イスラエルのことは二の次なのだ。

「我々もサウジアラビアとイスラエルが対イラン政策を水面下で進めていることは、察知している。今回の宣言にサウジアラビア政府は、おそらく目を瞑《つむ》るだろう。だが、一般市民はスンニ派、シーア派にかかわらず本気で怒っている。国民の怒りを抑《おさ》えられなければ、中東諸国がどう動くか分からない」

誠治は険《けわ》しい表情で答えた。

「トランプの馬鹿《ばか》さ加減を議論しに来たんじゃないんだろう」

浩志は誠治の話の先を促した。

「もちろんそうだ。だが、トランプがパンドラの箱を開けた以上、好むと好まざるとに関係なく、主戦場が中東になる可能性が高いという認識を持って欲しいため、あえて回りくどく説明したのだ」

誠治はトランプを忌々《いまいま》しげに呼び捨てにした。よほど腹に据えかねているのだろう。

「ただの愚痴《ぐち》かと思ったが、それで？」

トランプは選挙中にＣＩＡを解体すると言っていた。ホワイトハウスの風当たりも強いだけに誠治は幹部として苦労していることは想像できる。

「まだ我が国から正式オファーは出ていない。というのも作戦に使う特殊部隊のチームの選定にペンタゴンは考えあぐねているからだ。なぜなら、世界中のイスラム教国家を敵に回したために、米軍が中東での軍事活動ができない状況になっている。お手上げの状態なんだ。そこで、私はペンタゴンに国防情報局参謀長の分析部主任として、リベンジャーズを推薦した。今は長官の認可待ちなのだ」

誠治は詳しい役職まで明かした。浩志らを信頼していることもあるが、ワットを新たに仲間に引き入れるつもりなのだろう。とはいえ、まだまだ謎の多い人物である。ワットは彼が美香の実の父親だと知ったら、腰を抜かすに違いない。

「決定は、いつになりそうだ？」

「明日までには決まるだろう。だが、それでは遅いのだ。すぐに現地に飛んでくれ」

誠治は浩志の目をまっすぐ見つめている。長年諜報《ちょうほう》の世界で生きてきただけに、その眼光は鋭い。

「任務地は？」

浩志は表情も変えずに聞き返した。

「アフガニスタンだ」

誠治は間《ま》を置かずに答えた。

四

イスタンブール・アタチュルク国際空港、十二月八日、午後五時四十分。

ニューヨーク、ジョン・F・ケネディ国際空港から一番早いイスタンブール行きのターキッシュ・エアラインズ航空機でやってきた浩志とワットは、入国審査を終えて到着ロビーに出ると、国内線の乗り場に移動した。

二人はＣＩＡの片倉誠治の要請を受けてアフガニスタンのカブールに向かっている。ナッシュビルで話を聞いた当初は、浩志への要請は正式なものではなかったが、ニューヨークに移動している間に国防省で許可が下りたらしく、正式のオファーをもらった。

民間機でカブールに直接行くには、アタチュルク国際空港で乗り換えるのが一番早いのだが、乗り継ぎが悪く七時間も待たなくてはならない。そのため、国内線でトルコの東に位置するアダナ空港を経由し、十キロほど東にあるインジルリク空軍基地に移動するつもりだ。そこから米軍の輸送機で、カブール北部にあるバグラム米軍基地まで三時間である。国内線の待ち時間は一時間程度のため、ロスがない。

インジルリク空軍基地は米軍がトルコ軍と共用しており、シリアに対する米国と同盟国の最前線基地という位置付けがある。この基地は、第二次世界大戦後に米軍によって建設され、その後共有されることになった。トルコは中東と西洋の架け橋だと自負しているため、米国や英国がシリアを爆撃するための基地として使うことを快《こころよ》く思っていない。

手荷物は機内にも持ち込めるショルダーバッグ一つという軽装の二人は、搭乗口に近いベンチに腰を下ろした。

「さすがにビジネスクラスは疲れないな」

サングラスをかけたワットは、周囲をさりげなく見渡しながら言った。搭乗を待つ乗客は数十人ほどおり、ほとんどがトルコ人らしき顔をしている。

飛行機の手配はすべて誠治がした。おかげでここまでビジネスクラスで疲れ知らずである。リベンジャーズの仲間とは、カブールで待ち合わせをしていた。かれらは日本やタイから参加するので、予定通りなら浩志らより数時間早く到着する予定だ。

「輸送機は腰痛持ちにはきついからな」

顔認証妨害眼鏡をかけている浩志は、機内で貰《もら》った英字新聞を広げながら相槌を打った。新聞を読む振りをして、周囲を監視するためである。傭兵という職業柄、いつでも用心は怠《おこた》らない。

浩志の隣りにヒジャブを被《かぶ》った女性が立った。トルコはイスラム教国の中でも世俗主義なので、都会でヒジャブを身につける女性はあまり見かけない。よほどの田舎《いなか》から来たのだろう。

「隣りに座ってもよろしいですか？」

女は浩志に訛《なま》りのない英語で尋ねてきた。手には大きな紙袋を抱えており、普段着のような格好《かっこう》なので、旅行者ではないのだろう。

「どうぞ」

浩志はちらりと女を見ると、新聞を半分に折って右側に座るワットの方に詰めた。歳《とし》は三十代後半、彼女の傍《そば》には姉妹なのか三十代前半のヒジャブを被った女が立っている。

「そのまま新聞を読みながら聞いてください。私はワーロックの部下のバハル・デミル、彼女は同僚のエスラ・オズベクといいます。カブールまでの道案内役です」

中年の女は腰をかけると、前を向いたまま小声で話しかけてきた。ワーロックとは誠治のコードネームで、彼の部下というのならＣＩＡの諜報員ということだ。

「聞いていない」

浩志はデミルに顔を向けずに否定した。

「私たちは密《ひそ》かにお二人を空軍基地まで送り届けるのが任務でした。しかし、状況が変わりましたので、我々と一緒に行動してください。私たちの身分は、ワーロックに直接電話で確認してくだされば分かります」

「どう変わったんだ？」

浩志は衛星携帯電話機を出して誠治に電話を掛《か》けながら尋ねた。彼はＣＩＡの作戦司令室に詰めていると聞いている。軍事衛星の映像をリアルタイムで見ることができ、陸海空軍の協力も得られ、軍事的なオペレーションも直接指揮ができるらしい。

「昨日より、トルコ政府が米国に対して極度に非協力になっただけでなく、この国にある米国のあらゆる機関の活動が不活性になっています。インジルリク空軍基地も例外でなく、トルコ軍の事実上の監視下に置かれ、自由に出入りしづらい状況になりました。このまま基地に行っても予定通り輸送機が離陸できるか、保証できないのです」

デミルは淡々と説明を続ける。

「それじゃ、七時間も民間機の乗り継ぎを待つほかないのか」

舌打ちをした浩志は溜息を吐いた。

任務は急務だと、誠治から依頼を受けている。七時間も無駄にしたくない。

——そろそろ掛かってくるころだと思っていた。もう彼女たちと接触したか？　君のスマートフォンに画像を送っておいたから確認してくれ。言うまでもないが、見たら消去を頼む。

衛星携帯電話機から誠治の声が響いてきた。

「二人は、確認した」

スマートフォンを出した浩志は、送られてきた二枚の画像を表示させると、すぐさま消去した。接触してきた二人の女の写真である。

今回の作戦では、衛星通信用の携帯無線Ｗｉ－Ｆｉルーターを持ち込んだ。これで、普段使っているスマートフォンやパソコンが世界中どこでも使用可能になった。まだ、一般には普及していないが、民間企業のサービスである。

——例の宣言で米国とトルコの関係は冷え切ってしまった。民間人に対しては今のところ支障は出ていないようだが、米国政府関係者や米軍に対して、トルコ政府はサボタージュや嫌がらせで業務を妨害している。君たちが予定通り基地に行っても、輸送機は利用できないだろう。そこで、急遽《きゅうきょ》移動手段を変更し、部下と一緒に行動してくれれば時間を無駄にすることはない。我々がよく使う手で、カブールまで行ける。たまたま別のプログラムが動いていたのだ。彼女たちに従ってくれ。

例の宣言とは、トランプ大統領のエルサレムをイスラエルの首都と認定する宣言である。

「分かった」

浩志は通話を切ると、衛星携帯電話機とスマートフォンをポケットに仕舞《しま》った。

「私はあなたと、彼女はミスター・ワットと夫婦という設定になります」

デミルは雑誌を渡してきた。中を見ると、二つの使い古されたような少々傷《いた》んだパスポートが挟《はさ》み込んであり、浩志とワットの顔写真がそれぞれ証明欄《らん》に貼《は》ってある。浩志らが米国から移動中にCIAのトルコ支局で作ったのだろう。国籍はアフガニスタンだが、パスポートの期限はすでに切れている。入国審査官に賄賂《わいろ》でも渡すとでもいうのだろうか。

「あなた方は、ダリー語は話せると聞いたから、クンドゥーズ出身にしておいたわ。私が持参したジャケットに着替えてもらえますか」

デミルは、紙袋からくたびれたジャケットを二着出した。

浩志とワットは、アラビア語は堪能《たんのう》だが、アフガニスタンの公用語であるパシュート語は片言《かたこと》程度しか話せない。ただし、アフガニスタンの公用語の一つであるダリー語は、ペルシア語であるため、日常会話程度なら話せる。

また、アフガニスタンはモンゴロイド系のウズベク人やハザーラ人、イラン系のタジク人などが生活する多民族国家である。アングロサクソン系でなければ、浩志やネイティブアメリカンの血が混じったワットがアフガニスタン人だと言っても問題ない。

「それで、期限切れのパスポートで、どうやって行くんだ」

偽造パスポートと大きめのジャケットをワットに渡した浩志は、デミルに尋ねながら着替えた。古着を用意してきたのではなく、その辺の通行人から買い求めたのかもしれない。

デミルは浩志とワットのジャケットを受け取って丸めると、紙袋に仕舞った。

「使うことはないと思うけど、一緒に来てもらえれば、分かります。カブールに行くための他の機関のプログラムに急遽相乗りすることになったのです。お二人のトルコ入国に合わせて、出発を遅らせてあります。時間がありませんのでお急ぎください」

立ち上がったデミルが浩志の手を掴《つか》んできた。すでに夫婦役という設定ははじまっているらしい。

「楽しそうじゃないか」

笑顔になったワットは、自らオズベクの手を取り、歩き出した。これまで幾多《いくた》の修羅場《しゅらば》を潜《くぐ》ってきただけに浩志もそうだが、不安は感じないのだろう。

デミルは空港の男性職員が立っている脇《わき》を抜けて、職員用通路に入った。職員は四人を無視している。賄賂を摑まされた空港職員なのだろう。

職員用通路からビルの外に出ると、目の前に大勢の人が乗ったバスが停まっていた。しかも出入口に自動小銃を構えるトルコ兵が立っている。

「フレンドリーな状況じゃないぞ」

立ち止まったワットが苦笑いをした。

「私たちは、不法就労でアフガニスタンに強制送還されるのです。そのための特別便です」

デミルが顔色も変えずに答えた。二人は諜報員として、かなり経験を積んでいるに違いない。

「不法就労のアフガニスタン人に混じって、入国するのか。確かに怪《あや》しまれないだろうな」

サングラスをショルダーバッグに仕舞ったワットが、感心している。誠治はＣＩＡがよく使う手だと言っていたが、どこの国でもやっているのだろう。

「送還されるのは、六十四人。そのうち私たち以外に、米英仏の諜報員が数名混じっています。誰が諜報員なのか、私たちも知りません。彼らも私たちとは関わりはありません。

それから無関係の民間人に怪しまれないようにしてください」

デミルは浩志とワットを交互に見て言った。もともと米英仏の諜報員をアフガニスタンに送るためのプログラムなのだろう。トランプのエルサレム宣言でイスラム圏と険悪になったため、アフガニスタン側に痕跡も残さずに新たな諜報員を送り込む必要があるのかもしれない。

「面白い」

鼻先で笑った浩志はバスに向かって歩き出した。

五

午後九時十分、トルコ空軍の双発ターボプロップＣＡＳＡ　ＣＮ２３５が、トルクメニスタンの国境を越え、アフガニスタン上空に差し掛かった。

ＣＮ２３５は、スペインのＣＡＳＡ社とインドネシアのＩＰＴＮ社が旅客機および軍用輸送機として共同開発して一九八八年に運用を開始したプロペラ機で、トルコが最大の保有国である。

浩志とワットはＣＩＡの諜報員であるバハル・デミルとエスラ・オズベクと夫婦という設定で、トルコに不法就労していたアフガニスタン人に成りすまし、強制送還という形でアフガニスタンに入国しようとしている。

パシュート語を満足に話せない浩志とワットは、貨物室の後部ハッチ近くの片隅《かたすみ》に埋《う》もれるように座っていた。どこの国でもそうだが、強制送還されるのは不法滞在か犯罪者であるものの、大抵は民間航空機が使用されるものだ。だが、浩志らと一緒に送還されるアフガニスタン人は、トルコ空軍の輸送機の貨物室内にある軍事物資の隙間に詰め込まれていた。

特別便といっても、軍用輸送機でアフガニスタンに物資を送るついでに、不法滞在者を送還するのだろう。アフガニスタン人は難民として、中東だけでなく様々な地域に出国している。長年の紛争で生活を奪われて国外に脱出した人々なので仕方がないことではあるが、不法滞在があとを絶たない。トルコ政府はある意味彼らの扱いに慣れているようだ。

プロペラ機で、しかも機体自体かなり古く、旅客機と違って軍用輸送機の貨物室であるため、防音など考えられていない。エンジン音がうるさく、隣り同士でも声は通らないため、誰しも膝《ひざ》を抱えて座り、じっとしている。

浩志は目を閉じて座っていたが、今回の任務について考えていた。

スプリングヒル墓地の葬儀場、十二月七日、午前九時三十分。

「アフガニスタンだ」

誠治は浩志が発した任務地の質問に答えた。

「任務の内容を教えてくれ」

浩志はアフガニスタンと聞いても眉ひとつ動かさずに聞き返した。

「シャナブ・ユセフィが、武装テロリストに拉致《らち》された。彼女の救出が任務だ」

誠治は険しい表情で言った。

「シャナブ・ユセフィ？　アフガニスタンのマララ・ユスフザイと言われている少女のことか」

パキスタン人のマララ・ユスフザイは、二〇〇九年、BBCのブログにタリバーンの女子学校への破壊活動の批判を掲載し、報復も恐れずに平和活動を続けたことで勇気ある女性として賞賛を浴びる一方で、武装組織から命を狙われる存在になる。

二〇一二年十月にマララの乗ったスクールバスが銃撃され、彼女は瀕死《ひんし》の重傷を負った。彼女は首都の軍病院で治療されて命を取り留め、さらに英国のバーミンガムの病院で頭部から弾丸を摘出するなどの難手術を受けて奇跡的に回復する。

二〇一三年にシモーヌ・ド・ボーヴォワール賞、国連人権賞、サハロフ賞、翌年にはノーベル平和賞を受賞するなど、国際的に平和のシンボルとして賞賛を浴び、二〇一七年には、国連平和大使に任命されている。

「カンダハール生まれのシャナブ・ユセフィは、マララに影響を受けたらしく、タリバーンの女性蔑視《べっし》と教育機関への攻撃を批判し、平和運動をしていた。だが、一昨年の一月、マララと同じく十五歳の時に報復テロを受けたのだ。カブールの病院で治療されたのち、米国に緊急輸送されて手術を受け、リハビリを続けて完治するのに一年を要したが、彼女の希望で一ヶ月ほど前に帰国していた。第二のマララと呼ばれた彼女は、生まれ故郷のカンダハールで講演会をする予定だったのだが、数時間前に武装グループがホテルを襲撃し、彼女を拉致したのだ」

「自宅で襲われたわけじゃないんだな」

「米国から帰国したのちも、米軍の小隊が常に彼女の身辺警護をしていた。自宅では警護ができないためにホテルに宿泊していたのだ。そこを大勢の武装集団に襲われた。カンダハール空軍基地には五十人ほどだが米軍も駐留していたので、米政府は安全だと思っていたらしい。だが、トランプ宣言でカンダハールは危険になったと判断した駐留部隊は、カブールの基地に移動していたため、応援に駆けつけることもできなかった。また、彼女を警護していた小隊の救援要請をカブールの米軍は受けたのだが、基地はトランプのエルサレム宣言に反対する市民に取り囲まれており、まったく身動きが取れなかったらしい」

誠治は渋い表情で言った。

「トランプの宣言でテロリストどころか、アフガニスタン市民をも敵に回して、駐留米軍一万人が、手も足も出せないというわけか。自業自得《じごうじとく》だな」

浩志は鼻先で笑った。

トランプは二〇一七年八月、アフガニスタンのイスラム武装勢力を一掃《いっそう》すると豪語し、駐留軍の増派を宣言している。だが、彼は自らの発言で一万人の米兵の命をも危険に晒《さら》しているのだ。

「俺が恐れていたことが現実になった。中東での米国の立場は、イスラエルに偏《かたよ》らないようにすることでなんとか保たれてきたのだ。トランプのリップサービスで中東諸国を敵に回した以上、米兵はこれから何人も死んでいくぞ」

それまで端で黙って聞いていたワットは声を上げた。

「米軍はだめでもＳＯＧなら、動けるだろう」

浩志は冷たく言った。

ＳＯＧはSpecial operation group（特殊作戦グループ）のことで、諜報機関であるＣＩＡの軍事部門である。地上、海上、航空部隊の三部門で構成され、デルタフォースやシールズなどの特殊部隊のＯＢで構成され、紛争地での秘密作戦に従事しているようだが、彼らの活動は公表されないため、実態は定かでない。

「ＳＯＧに東洋系や中東系は少ないのだ。ただし、現地で君らのサポートをすることは可能だ」

「米軍ではテロリストの混入を恐れて、中東系の入隊が年々厳しくなっている。ＣＩＡでも同じなのだろう」

ワットが誠治の答えを補足した。

「マララはヨーロッパ諸国が後ろ盾《だて》となり、平和の象徴にすることに成功したが、それを米国はシャナブで実現させようとしたのだ。少女を利用するのは、よくないことは分かっているが、軍事力でなく、ソフトパワーでイスラム武装勢力を弱体化させる最高の手段であることも事実だ。だが、その目論見《もくろみ》は味方の、しかも大統領の放った矢で挫折《ざせつ》しようとしている。彼女を死なせれば、米国は世界中から非難されるだろう。なんとしても、彼女を助け出したい」

誠治は拳《こぶし》を握りしめて言ったが、単に米国の面子《メンツ》を保ちたいだけなのだろう。

「二匹目のドジョウを狙った悲しさだな。米国に媚《こ》びを売るつもりはない。だが、彼女は、何が何でも助けるべきだ」

浩志は冷静に答えた。米国の尻拭《しりぬぐ》いだろうとシャナブに責任はない。単なる犠牲者に過ぎない彼女を救うのが、リベンジャーズの正義である。

「着陸態勢に入る。繰り返す、着陸態勢に入る」

機長のアナウンスがトルコ語で流れてきた。

「やれやれ、また爆弾テロに怯《おび》えなきゃならないのか」

近くに座っている無精髭《ぶしょうひげ》を生《は》やした中年の男が、エンジンの騒音に負けないような大きな声で嘆《なげ》いたが、誰も答えようとしない。カブールはかなり復興しているが、平和とは程遠い街である。当たり前のことを言うなと誰しも思っているのだろう。

「おまえたちは、女を連れて強制送還かよ。どうせ、女房に売春でもさせていたんだろう、ざまあないな。俺はおまえらと違ってちゃんと商売していたんだ」

中年男は浩志とワットの顔を覗《のぞ》き込んで煙草《たばこ》のヤニ臭《くさ》い息を吹きかけてきた。

「相手にしないで」

デミルがパシュート語で浩志に忠告した。この程度の言葉なら理解できる。男は浩志とワットを貶《おとし》めるようなことを言ったのだろうが、よく理解できないので、腹が立つこともない。

「どうした。図星《ずぼし》か。カブールで売春宿でも開くつもりか。それなら、俺が一番客になってやるぞ」

男は浩志とワットが無視しているために、調子に乗っているらしい。ここで騒動を起こせば、監視している乗員に取り押さえられ、着陸後にカブールの警察署に直行することになる。しかも殴《なぐ》られた上に保釈するための賄賂まで請求されるはめになるだろう。アフガニスタンの警察の腐敗ぶりは目を覆《おお》うばかりと、もっぱらの噂《うわさ》である。だが、男を放っておけば、逆に浩志らが目立ってしまう。

浩志が目配せをすると、ワットはにやりと笑ってみせた。

「あれはなんだ！」

ワットが突然立ち上がり、大声で叫んで格納庫前方を指差した。

貨物室の乗務員も含め、全員の目が前方に向けられた。

すかさず浩志は強烈な裏拳を中年男の顎《あご》に炸裂《さくれつ》させる。男が白目を剝《む》いて仰向《あおむ》けに倒れたところを浩志は両肩を摑んで、貨物室の側壁にもたれさせた。完全に気絶している。
二、三時間は目を覚《さ》まさないだろう。
「なんでもない。勘違《かんちが》いだ」

ワットは肩を竦《すく》めて座ると、ウインクして見せた。

浩志は苦笑し、デミルとオズベクは呆れている。

間も無くCN２３５は、激しく機体を震わせながら着陸し、空港ビルの前で停まった。

「立て！　さっさと降りろ！」

後部ハッチを開けた乗務員が、右手を何度も振って促す。アフガニスタン人が降りないと、貨物を下ろせないからだろう。

うずくまっていた人々は、気怠《けだる》げに立ち上がった。

「起きろ！　何をしている！」

乗務員が側壁を背に気を失っている男の耳元で、大声を上げている。

「行くぞ」

浩志は男を尻目に、片言のパシュート語で仲間を促した。

追跡チーム

一

アフガニスタン南部は不安定な地域が多く、特にザブール州はパキスタンとの国境に接し、パキスタンの山岳地帯を行き来する反政府勢力の温床《おんしょう》だった。だが、米軍の地域復興支援チームの活動で治安はかなりよくなってきている。

ザブール州カラートにあるラグマン米軍事基地司令室、午後九時十分。

明石柊真は、執務机に両肘《ひじ》をついて気難しい表情の基地司令官ウィリアム・ノートン大佐と向かい合って立っていた。

「准尉《じゅんい》。待たせてすまなかった。その上で言うのもなんだが、我が軍の協力は、現実的に難しい。カラートの街で起きた反米デモで、我々は基地の外に出ることもできなかった。その上、基地の通信設備が破壊されたのだ。出入りしていたアフガニスタン軍兵士の仕業《しわざ》と見ているが、確証はない。我々はその修復作業に追われていたんだよ」

　ノートンは肩を竦《すく》めてみせた。

「それでは、近くにあるアフガニスタン軍の基地に紹介してください。我々は米軍ではありません。協力が得られる可能性があります」

　眉間《みけん》に皺《しわ》を寄せた柊真は、直立不動の姿勢で言った。朝早く基地を取り巻くデモ隊をかき分けるように入場したものの、ノートンと面会するために丸一日司令部で待たされたせいで苛立《いらだ》っているのだ。

「君らは米国の同盟国だ。彼らの扱いは、変わらないだろう。そもそも、フランス外人部隊とスペイン外人部隊の混成チームが、ここまでやってきた理由を私に説明してくれないか。部下は聞いたかもしれないが、拉致《らち》された少女を助けるために我が軍の小隊を貸してくれと言われても困るんだ」

　ノートンは机の上で組んだ両手を顎《あご》で押し当てながら尋《たず》ねてきた。

「我々が、救援要請を受けて動いたのは未明のことです」

　柊真は胸を張って答えた。

　カブールの南東に位置するカンダハール空軍基地、十二月七日、午前一時。

　かつて、空軍基地にはＮＡＴＯの欧州連合軍最高司令官の指揮下、数千人の国際治安支援部隊が駐屯《ちゅうとん》していたが、二〇一四年末に部隊は任務を終了し、アフガニスタン政府へ治安権限移譲を行った上で撤退している。

だが、アフガニスタンの治安は改善されることなく、未だにタリバーンやイスラム国（ＩＳ）に忠誠を誓う反政府勢力によるテロが頻発《ひんぱつ》している。そのため、ＮＡＴＯから派遣された支援部隊がカンダハール空軍基地のアフガニスタン軍の訓練と支援任務に就《つ》いている。

午前一時、フランスの外人部隊から訓練教官として派遣されている柊真は、宿舎のベッドで横になっているのだが、目が冴《さ》えて眠れなかった。

彼は藤堂浩志率《ひき》いる傭兵特殊部隊リベンジャーズに入隊したいがため除隊を望んでいる。だが、昨年まで外人部隊最強の特殊部隊であるＧＣＰに所属し、ユニットのサブリーダーを務めるほど優秀だったため、軍はなかなかいい返事を出さなかった。またＧＣＰで極秘の任務に就いていたことから、情報漏洩《ろうえい》の可能性があるため、彼をすぐに民間に放出できないと考えているようだ。

だが、柊真の意志は固く、翻意《ほんい》はありえないということで、部隊の首脳陣は一年間の奉仕任務を与え、彼の除隊を認めた。もっとも、紛争地であるアフガニスタン軍の未熟な兵士の訓練指導というまるで罰ゲームのような任務で、外人部隊に残留したほうがマシと思わせるためのものであった。

カンダハール空軍基地の兵舎は快適とはいえず、パシュート語しか話せない兵士相手に悪戦苦闘の連日であったが、それもあと二週間で終わる。

柊真は近接戦で必要とされる格闘技と射撃の訓練を任《まか》されていた。彼の訓練はかなり高度なため、当初は熟練の兵士が対象となっていたが、アフガニスタン軍からの要請で格闘技の基礎を教えるために新兵の教育も同時に行っている。

ＧＣＰの中でもトップクラスだった柊真の訓練は、他の教官に比べて厳しいが実戦的だと評判がいい。また十一ヶ月も教官を務めているため、訓練兵とも親密になり、アフガニスタン軍から慰留《いりゅう》を望まれているほどだ。

テロリストの標的になる基地での生活は危険と背中合わせで、寝心地の悪い兵舎の簡易ベッドや不味《まず》い食事など過酷な環境である。それも最近では気にならなくなり、辺境の基地は柊真にとって居心地のいい場所になりつつあった。

だが、昨日の午後十時、消灯直後にイスラム教徒を激怒させるニュースが米国から届き、基地は一時騒然となった。米軍から派遣されたチームは、アフガニスタン兵が兵舎を取り囲んだため、身の危険を感じて一時間ほど前にカブールの北部にあるバグラム米空軍基地に護衛付きで逃げたほどである。

そのニュースとは、トランプ米大統領が、エルサレムを正式にイスラエルの首都と認定し、大使館を現在あるテルアビブから移すと宣言したことだ。イスラム教徒にとっても、エルサレムは聖地だけに、一方的にイスラエルの首都とすることで彼らは聖地を奪われることになる。柊真もインターネットでニュースを確認し、あまりの非常識さに顎が外《はず》れそうになるほど驚いた。

「明《あきら》。まだ起きているか?」

通路を挟《はさ》んで隣りのベッドのミゲル・アルベルトが声を掛《か》けてきた。柊真はフランスの外人部隊のレジオネルネームが影山《かげやま》明のため、本名を使うことはない。ミゲルは個人的にも親しいので、階級は付けずに名前で呼びあう。柊真が何度も寝返りをするので気になったらしい。金属製の二段ベッドの上に寝ており、寝返りをうつだけでベッドが軋《きし》むため、寝ていないと分かったのだろう。

ミゲルはスペインの外人部隊から派遣された曹長《そうちよう》である。彼も射撃と格闘技に秀《ひい》でている優秀な兵士だが、上官の非常識な命令に背《そむ》いたためにアフガニスタンに送られてきたと、一緒に参加している彼の部下のイスマエル・サンチェス軍曹から聞いている。

そういう意味では、柊真の部下としてサブリーダーを務《つと》める同じく外人部隊から派遣されたポルトガル人のヌーノ・ヴレンテ軍曹も同じようなもので、仲間をいじめる上官に対して公然と逆《さか》らってアフガン行きを命じられたそうだ。

柊真は准尉で、ミゲルより階級が上ということもあり、ミゲルらはフランス外人部隊のチームをサポートする形で訓練に参加している。宿舎の部屋は十二人部屋で、柊真がリーダーとなっているフランスの外人部隊が六人、スペインの外人部隊は五人で使っていた。

「米国大統領は、パンドラの箱を開けた。この先、中東情勢がどうなるか気になる。俺たちは同盟国だ。否《いや》が応《おう》でも引き込まれるだろう。平和が遠のいたことは、確実だな」

囁《ささや》くように話したが、同室の仲間はみんな二人の会話を聞いているに違いない。

「同感だ。いつも米国は、身勝手だ。世界中に紛争を撒《ま》き散らしている」

ミゲルの舌打ちが暗闇に響いた。

「影山准尉」

部屋のドアがノックされた。

「どうぞ」

答えた柊真は、ベッドから飛び降りて部屋の明かりを点《つ》けた。彼が同室で階級が一番上のため、部屋の責任者にもなっている。

「バグラム米空軍基地から救援要請《ようせい》が届いた。カンダハールの街中で米兵が武装集団に攻撃されているらしい」

隣室のドイツ人であるハンス・ビアホフ少尉が、ドア口に立っていた。米兵が基地からいなくなったために、彼が要請を受けたのだろう。

「馬鹿《ばか》な。あの基地には数千人の米兵が駐留《ちゅうりゅう》しているはずだ。それに救援なら、アフガン軍に頼めばいいはずだ」

柊真は渋《しぶ》い表情で首を捻《ひね》った。

カンダハール空軍基地にNATOから派遣された支援部隊は、総勢六十三人で、十二人を派遣している米国と英国を筆頭に、ドイツが十人、フランス、カナダ、イタリア、ポーランドが六人、スペイン五人という構成である。アフガニスタン軍の指導が目的で治安維持のために来ているわけではない。

「バグラム米空軍基地の周囲を市民のデモ隊が包囲しているため、外に出たくても動けないらしい。それにアフガン軍が米軍に対して、サボタージュをして妨害しているようだ。下手に動けば、一般市民に銃を向けることになり、アフガン軍と小競《こぜ》り合いになる可能性もあるらしい。我々は米軍がいなくなったために基地の警備に就くことになっている。すまないが、スペイン軍と一緒に行ってくれないか」

ビアホフは表情もなく言った。基地の警備を率先《そっせん》してするのは、外に出たくないのだろう。たぶん実戦の経験もないに違いない。

「ひょっとして、トランプの発言でそうなったのか？」

「それ以外、何がある？」

ビアホフは肩を竦めてみせた。

「君らは行かないつもりか？」

「我々は近接戦のプロじゃない。君らこそ適任だ。少なくとも、爆弾処理を指導している我々の任務じゃない。正直言って、身勝手な米国の応援を断っても構わない、と私は思っている。詳しくは米軍に聞いてくれ」

ビアホフは迷惑そうな顔で言った。彼もトランプ大統領の発言に腹を立てている一人らしいが、紛争地で戦闘に巻き込まれたくないというのは、虫のいい話である。

「分かった」

渋々領《うなず》いた柊真は、溜息《ためいき》を吐《つ》いた。

二

「シャナブ・ユセフィの救出は、バグラム米空軍基地の司令部から応援要請があったからなんだね。なるほど。君たちが応援に駆《か》けつけてくれたことを正直言って、把握していなかった」

柊真が米軍からの応援要請を受けて出撃するまでの経緯を話すと、ノートン大佐は言葉遣《づか》いを改めた。自軍の要請で駆けつけた他国の兵士に対して、敬意を払わなかったことを恥じているのだろう。

シャナブを護衛していた米兵は、負傷してホテル内の上階にいたと思われる。柊真らはホテル内部には入らず、武装集団の追跡に直《ただ》ちに向かっており、彼らと遭遇《そうぐう》していない。

そのため、米軍は柊真ら救援チームの存在すら知らなかったというわけだ。

「救援に向かったNATO支援隊は、フランスとスペインのチームだけでした。他国の兵士は、本国の司令部に確認がすぐに取れなかったのでしょう」

柊真は米軍に応援要請の内容を確認した直後に、外人部隊の司令部に出撃の許可を得ている。同様にスペインの外人部隊のミゲル・アルベルトも、本国の司令部に連絡を取り、救援要請を受諾していた。

応援は急を要するため、他国の兵士が、自軍の司令部に確認を取ったかどうか知る由《よし》もなかった。米軍からの要請は、NATO支援隊の兵士には全員伝わっているはずだが、装備を整《ととの》えて兵舎前に集合したのは、柊真とミゲルのチームだけである。仕方なく、二つのチームは二台の軍用トラックに分乗して、襲撃現場であるムーン・スターホテルに向かったのだ。

「シャナブ警護のために編成された分隊は、四名が死亡、五名が重軽傷だったという報告を聞いた。またテロリストの死体は、十六体あったと聞いている。テロリストたちは、いったい何名いたんだね？」

「シャナブを拉致して脱出したテロリストは、五人です」

柊真のチームが倒したテロリストは四名、ミゲルのチームが三名倒しているので、米軍の分隊と交戦し、死亡したテロリストは九名ということになる。テロリストとの銃撃戦は壮絶だったに違いない。

「テロリストが襲撃前にホテルがある一帯の送電を止めて、辺りは真っ暗だったと聞いているが、彼女が拘束《こうそく》されているのを確かに見たんだね？」

ノートンは訝《いぶか》しげに柊真を見上げた。

「彼女は二人のテロリストに両脇から押さえつけられて、ピックアップの荷台に載《の》せられていたのです。我々は暗視ゴーグルを装着していました。それに私の視力は三・〇以上あります。間違いありません」

柊真はノートンの視線を外さずに胸を張って答えた。幼い頃から武道に明け暮れているため、動体視力もいい。シャナブを乗せたトラックは猛スピードで目の前を通り過ぎて行った。一瞬だが、彼女の悲壮な顔が忘れられない。

「走り去るピックアップの荷台を冷静に見ているとは、たいしたものだ。それでは、バグラム米空軍ではなく、この基地に応援を求めた理由を聞かせてくれ」

ノートンは、机から離れ椅子《いす》に深く腰掛けた。

「我々はテロリストの車輛を追ってきたのです」

柊真は溜息を押し殺して話し始めた。

十二月七日、午前五時半、二台の軍用トラックが、四十キロほどのスピードでカンダハール・ガズニーハイウェイを東に進んでいる。

先頭のトラックの助手席に柊真が座り、ヘッドライトに照らされる道路を見つめていた。夜明け前の街灯もない闇に閉ざされた道を、三時間近くかけてカンダハールから東に百十キロ進んでいる。

「停《と》めてくれ」

柊真は低い声で命じた。

「はい」

ハンドルを握《にぎ》るヌーノ・ヴレンテ軍曹は、急ブレーキをかけてトラックを停め、ヘッドライトも消した。後続のトラックもすぐ後ろに停めると、ライトを消し、辺りは闇に包まれた。草木も生えない荒地を抜けるハイウェイに民家はなく、軍用トラックを見咎《みとが》める者はいない。だが、ヘッドライトは一キロ先からでもはっきり見えるため、武装勢力に発見されることを恐れているのだ。

「周囲を警戒！」

暗視ゴーグルのヘッドセットを被《かぶ》った柊真は、助手席から飛び降り、無線で全員に油断しないように促した。

十メートルほど来た道を戻り、柊真は道路脇で膝《ひざ》をついた。

「見つかったのか？」

スペイン軍の正式銃であるH＆KG36アサルトライフルを手にしたミゲルが、脇《わき》に立った。彼も暗視ゴーグルのヘッドセットを身につけている。

「見ろ、このタイヤ痕《こん》を。まっすぐ北東に向かっている。ホテルから逃走したハイラックスのだろう」

柊真は右手を上げ、北東の方角を示した。ホテルの駐車場から飛び出したピックアップトラックは、二台ともハイラックスだった。

速度を落としてトラックを走らせてきたのは、シャナブを拉致したテロリストらの車がどこで道を外れるか調べていたのだ。というのも、この先にある街、カラートではカンダハールが襲撃されたことを受け、軍の検問所が設《もう》けられて出入りを厳しくチェックしているからである。

「ホテルの駐車場前に残っていたタイヤ痕と同じようだな。テロリストはパキスタンにでも向かったのか」

ミゲルも腰を落として、タイヤ痕をしげしげと見た。タイヤ痕は二台分ある。

「分からない。だが、荒地に入ったおかげでタイヤ痕がはっきりと残っている。追跡は楽になりそうだ」

「まさか、このまま追跡するつもりじゃないだろうな」

ミゲルが声を裏返らせた。

荒地の南側は山岳地帯になっており、遊牧民が暮らす村もあるが、武装勢力のキャンプもある。迂闊《うかつ》に入り込めば、生きて帰れる保証はない。

三年前なら、後先も考えずにタイヤ痕を追って進んでいただろう。だが、柊真はこんな時、浩志ならどうするか考えるようにしている。勇猛果敢《ゆうもうかかん》なだけでは、戦場では生き残れない。また、仲間の安全を考えながら行動しなければ、指揮官として失格である。

「そうしたいのは山々だが、自殺行為だ。米軍かアフガニスタン軍の応援を頼むべきだろう。幸い、カラートには米軍の基地がある。このまま進んで基地まで行こう」

柊真は立ち上がり、ミゲルを促した。

「シャナブ・ユセフィを拉致したテロリストは、東部山岳地帯に向かったのか」

柊真の話を聞き終えたノートンは深い溜息を漏《も》らした。

「小隊クラスの応援を要請します。それに攻撃ヘリの援護と脱出用ヘリも必要です」

柊真は姿勢を正し、ノートンを見据えた。

「分かった。これから司令部の幹部を大至急に招集して打合せをする。その間、兵舎の用意をさせるから、休んでくれ。結果はすぐに伝える」

「ありがとうございます」

柊真は指先に力を入れ、ノートンに敬礼をした。

三

カブール国際空港、午後九時四十分。

トルコ空軍の輸送機で送還された五十人ほどのアフガニスタン人たちは、滑走路に近い格納庫の前に移動させられていた。

浩志とワット、それにトルコから同行しているＣＩＡの諜報員であるバハル・デミルとエスラ・オズベクも一緒である。また、この中に米英仏の諜報員も混じっているという。

女はヒジャブか全身を覆うブルカで顔を隠しているため、素顔は分からない。男は誰しも擦《す》り切れたジャケットやブルゾンを着て風体が悪く、目付きの鋭い連中もいる。疑えば誰もが怪しく見えるが、諜報員ならあえて目立つような真似《まね》はしないだろう。また、浩志に気絶させられた男は輸送機から仲間に担《かつ》ぎ出され、なんとか意識は取り戻したものの足元もおぼつかない状態である。

「おまえたちの入国審査は、警察の立会いで明日の朝行う。勝手に空港から出て行くんじゃないぞ」

自動小銃を構える警備員を伴った空港職員は、欠伸《あくび》をしながら言った。

「勝手なことを言うな。すぐ審査をしてくれ。俺たちに、どこで寝ろというのだ！」

アフガニスタン人の男が、拳を振り上げて抗議した。気温はすでに五度近くまで下がっている。カブールは標高千八百メートルにあり、夜明けともなれば、氷点下三、四度まで下がるだろう。

「夜更《よふ》けに送還されてきたおまえたちが、悪いんだ。おかげで空港職員は、残業をさせられている。格納庫の中に入っていろ、雨風は防げる。言っておくが、おまえたちは強制送還された犯罪者だぞ。まともに扱ってもらえると思ったら、大間違いだ」

鼻先で笑った職員は、警備員とともにトヨタのピックアップに乗り込み、走り去った。

「寒いわ。倉庫に入りましょう」

デミルが震えながらパシュート語で囁き、浩志の腕を引っ張った。彼女の演技があまりにも自然なため、彼女が本当の一般人ではないかと思うほどだ。

「そうだな」

浩志が頷くと、ワットとオズベクも無言で従った。

「どうなっているんだ？　こんなところでぐずぐずしてられないぞ」

格納庫の奥に入り、アフガニスタン人らと離れると、ワットはデミルに迫った。

「大丈夫よ」

デミルは自信ありげに答えた。小脇に抱えていたバッグからハンドライトを出した彼女は、格納庫の壁を照らし、出入口のドアを見つけた。あらかじめ場所を知った上で格納庫の奥にやってきたようだ。それに空港職員が入国審査もせずに立ち去ったのは、アフガニスタン人に紛れ込んでいる諜報員たちの逃亡を助けるためだったに違いない。

浩志は彼女の傍で、アフガニスタン人に注意を払った。彼らも格納庫に入り、浩志らと反対側に集まりだしている。数人がさりげなく格納庫から離れ、姿が見えなくなった。おそらく米英仏の諜報員なのだろう。強制送還に乗じて入国するのは、もともと彼らの作戦だったので、独自の移動方法があるに違いない。

「ついてきて」

ハンドライトを消して辺りを暗闇にしたデミルは、出入口のドアを開けて外に出た。浩志とワットとオズベクの三人も続くと、彼女はドアを閉めてハンドライトを再び点け、横に振った。

カブール国際空港の滑走路は東西に伸びており、空港ビルは南側にある。浩志たちがいる格納庫はエプロンを挟んで空港ビルの東側にあった。近くに格納庫はいくつもあるが、遠くにある夜間灯の侘《わび》しい光にシルエットが切り出されているだけだ。

別の格納庫の陰からライトを消した三台の三菱《みつびし》・パジェロが現れ、浩志らの目の前に停まった。パジェロは輸送機の着陸前から待機していたようだ。

三台の車には暗視ゴーグルを装着し、Ｍ４で武装した男たちが乗り込んでいる。ＳＯＧ（特殊作戦グループ）の隊員に違いない。

「あなたたちは二台目に乗って」

デミルはそう言うと、オズベクと三台目の車に乗り込んだ。

「それじゃ、ホテルまで送ってもらおう」

ワットは気取った仕草《しぐさ》で、二台目の車の後部ドアを開けた。座席の足元には、光量が少ない赤いライトが点灯している。特殊な作戦を行う車両のようだ。

「そうするか」

ここまで来たら従うしかない。苦笑した浩志はワットと後部座席に収まった。仲間には衛星携帯電話機のショートメールで、到着だけ知らせてある。カブール市内の四つ星ホテル、サファリ・ランドマークホテルで合流することになっており、浅岡辰也《あさおかたつや》からは昼過ぎに全員揃《そろ》ったという報告を受けていた。

「こちらワイルドドッグ01、ターゲットを確保した。繰り返す、ターゲットを確保」

助手席で銃を構えて周囲を警戒している男が、コードネームを使って無線連絡をしている。ターゲットは浩志とワットのことだろう。

三台のパジェロは、砂煙を上げながら空港を離れ、エアポートロードに入った。

「ミスター・藤堂、それにミスター・ワット、私は〝ジョーブレーカー〟のリーダー、イアン・メリフィードだ。正直言って、有名人である君たちに会えると聞いて、朝から落ち着かなかった」

助手席の男が、暗視ゴーグルを取って握手を求めてきた。テロの標的になりやすい空港から離れたので、安全だと判断したのだろう。

「ジョーブレーカー？　まだチームは残っていたのか？」

ワットは声を上げた。

二〇〇一年九月十一日の米国同時多発テロ事件の首謀者として、米国はアフガニスタンのタリバーン政権に対してアルカイダの司令官であるウサーマ・ビン・ラディーンの引き渡しを要求したが、タリバーンは拒絶した。それを機に米国は、アフガニスタンに大規模な侵攻を開始したのが、アフガニスタン紛争の始まりである。

ジョーブレーカーは、二〇〇一年の侵攻前に組織されたＣＩＡの特殊部隊で、アフガニスタンに密かに投入され、現地の情報収集や工作活動をしたといわれており、ワットはデルタフォースに所属していたので、極秘情報の一部は把握していた。

「我々のコードネームを知っているとは、さすがだ。ジョーブレーカーの名が継承されているだけで、初期メンバーはいない。今回の奪回作戦で、我々はリベンジャーズに武器の供与と作戦の支援を命じられている」

「一緒に行動するということか？」

浩志は首を傾《かし》げた。ＳＯＧの隊員は優秀だと聞いている。誠治は米軍の作戦行動は難しいと言っていたが、現地の状況を知り尽くしたＳＯＧが任務を遂行すればいいはずだ。

「テロリストらを見つけ出すには、タリバーンの支配地域に深く入り込む必要がある。当初作戦を担うかどうか検討されたが、我々のチームはアングロサクソン系が多く、アフガニスタン人に扮することは難しいため断念したのだ。君たちならモンゴロイド系のウズベク人と言ってもおかしくはない。事実、強制送還されたアフガニスタン人らも疑わなかったはずだ。我々は、いつでも救出できるようにヘリで待機する」

メリフィードは淡々と説明した。感情を押し殺しているようだ。戦場の修羅場《しゅらば》をくぐり抜けてきた男に違いない。

多民族国家であるアフガニスタンには青い目をしたヨーロッパ系もいるが、白人ではない。だが、アングロサクソンが潜り込むことが不可能というわけではないはずだ。彼らは今や米国人は、イスラム教徒の敵になったという事実を恐れているに過ぎないのだろう。

「分かった」

浩志は小さく頷いた。ヘリコプターでの脱出ルートが確保されているのなら文句ないが、戦場ではアクシデントがつきものである。あまり期待し過ぎないことだ。

四

カブール中心部、サファリ・ランドマークホテル、午後九時五十五分。

ホテルはショッピング・モールであるカブール・シティセンターに隣接し、周囲はレストランやホテルが集中するカブール一の繁華街である。そのため、セキュリティの厳《きび》しいエリアであるが、市民や外国人が多く集まるため、テロリストに狙《ねら》われやすい場所でもあった。

キングサイズのベッドが二つある五階のスイートルーム。寝室の隣りに、食卓テーブルとソファーセットまであるリビングに屈強な四人の男が顔を突き合わせていた。

「藤堂さんは、あと十分程度で到着するだろう」

ソファーに座っている辰也は、腕時計を見ながら言った。爆弾を扱わせたらこの男の右に出るものはいないと言われ、〝爆弾熊〟の異名を持つ。

「それにしても瀬川《せがわ》からの連絡が遅いな。何かトラブルでもあったのかな」

辰也の隣りにいる宮坂大伍《みやさかだいご》が、衛星携帯電話機を手に苛立ち気味に言った。宮坂は針の穴も通すといわれる狙撃のプロで、あだ名も〝針の穴〟である。二人の対面《トイメン》の椅子には、動くものなら何でも操縦できるというオペレーターの天才、〝ヘリボーイ〟こと田中俊信《たなかとしのぶ》と潜入と追跡のプロで〝トレーサーマン〟と呼ばれる加藤豪二《かとうごうじ》が腰を下ろしている。

〝コマンド1〟のコードネームを持つ陸自の空挺団出身の瀬川里見《さとみ》と〝クレイジーモンキー〟のあだ名で呼ばれる寺脇京介《てらわききょうすけ》、海上自衛隊の特殊部隊である特別警備隊員だった〝ハリケーン〟こと村瀬政人《むらせまさと》、同じく〝サメ雄〟の愛称を持つ鮫沼雅雄《さめぬままさお》、それにワットの元部下でデルタフォース出身のマリアノ・ウイリアムスが、カブールの街外れにある傭兵代理店に、一時間前に武器と車を取りに行ったのだが、まだ戻ってこないのだ。

彼らは、浩志から武器は傭兵代理店で揃えるように言われている。米軍の最新兵器を貸与すると誠治から提案されているが、タリバーンの支配地域で米軍の武器を携帯しているところをたとえ一般人に見られたとしても、米兵と思われて武装組織に通報されてしまうからだ。代理店に用意させたのは、武装組織と同じ装備である。シャナブ・ユセフィを追跡するには、テロリストに紛《まぎ》れ込むしかないのだ。

宮坂の衛星携帯電話機が振動した。

「待っていたぞ。……そうか、分かった」

電話に出た宮坂は笑みを浮かべ、辰也の顔を見た。

「瀬川か?」

「ホテル周辺にまだ警官が大勢いるそうだ。だから、近寄れないらしい。トランプのせいで街の治安が悪くなったからだ。中心部にあるホテルやレストランが、警官を雇って夜間の警備をさせているみたいだな。検問までしているそうだぞ」

辰也の質問に宮坂は、衛星携帯電話機を耳に当てたまま答えた。

「だが、警官にとっては、いいバイトだ。それで?」

辰也は宮坂を促した。

「了解。すぐそっちに行く」

宮坂は瀬川との通話を終えると、すぐに別の電話を掛け始めた。

「藤堂さんに知らせるんだな？」

辰也は椅子に腰掛けたまま、悠然としている。

「こちら針の穴、……コマンド1から新たな合流場所を指定されました。我々もすぐに向かいます」

頷いた宮坂は浩志に報告した。


「了解、我々もすぐに向かう」

浩志は衛星携帯電話機の通話ボタンを切った。

「ホテルで合流じゃなくなったのか？」

聞き耳を立てていたワットが、肩を落としている。腹が減ったので、ルームサービスで夜食を頼むつもりだったらしい。

「メリフィード。行き先を変更だ。街中は、警備が厳重で入れないらしい」

衛星携帯電話機を仕舞った浩志は、助手席のメリフィードの肩を叩《たた》いて指示をした。彼は街の中心部に近付いているので、暗視ゴーグルをかけて警戒態勢に入っていたのだ。

「場所を変える？　ホテルで休んでいかないのか？」

「ホテルを選んだのは、合流するまでの数時間、仲間の安全を図るためだ。宿泊するつもりは、はじめからなかった。街の南を通るカンパニー・ロード沿いに中古自動車部品専門店があるそうだ」

拉致されたシャナブ・ユセフィの命は、風前の灯《ともしび》である。一刻《いっこく》の猶予《ゆうよ》もない。

「こちらワイルドドッグ01、一号車、バイビー・マイルーからアスメイイー・ロードを経由し、カンパニー・ロードに向かうんだ。……そうだ。セボム・アクラブ・ロードを通ればカンパニー・ロードに出られる。カンパニー・ロードに入って、すぐ左手に中古自動車部品専門店があるはずだ。……分かるな」

浩志から場所を聞いたメリフィードは地図も見ないで、一号車の運転手と無線でやり取りをしている。彼らはカブールを知り尽くしているようだ。

「合流場所に装備を届ければいいのか？」

無線連絡を終えたメリフィードは、バックミラー越しに尋ねてきた。

「武器弾薬、食料も充分揃えたと報告を受けている。他人に頼るつもりはなかったからな。もっとも、請求書はそっちに回るはずだ」

浩志は笑みを浮かべた。今回の契約は、経費は報酬とは別という条件なのだ。

日本の傭兵代理店の社長である池谷悟郎《いけたにごろう》を通じて、アフガニスタンの代理店に装備は手配してある。請求は、池谷からマージンを乗せた上で米国にされるはずだ。池谷のことだから、電話一本であくどく儲けるつもりなのだろう。

「リベンジャーズは、世界中の傭兵代理店から武器弾薬を供給されると聞いていたが、本当だったのか。我々よりも機動力がありそうだ。だが、軍事衛星の支援や通訳もなしで大丈夫か？」

メリフィードは、肩を竦めてみせた。欧米の兵士は、近代兵器によって圧倒的な戦闘力があると思っている。だが、イスラム過激派の兵士は数十年前に開発された武器で、欧米の兵士を苦しめているのだ。

「大丈夫だ」

浩志は冷たく言った。現地の傭兵代理店で調達したのは、武器弾薬だけではない。アフガニスタン軍の特殊部隊出身の傭兵を紹介してもらっている。

誠治は軍事衛星でカンダハールの周辺を偵察しているそうだが、浩志は日本の傭兵代理店のスタッフで、世界屈指と呼べる天才ハッカーである土屋友恵《つちやともえ》にも軍事衛星を使ってシャナブを捜索させている。彼女の場合、米国だけでなく中国、ロシアなどあらゆる国の軍事衛星をハッキングし、自由に使用できる。米軍よりも頼りになるのだ。

「パキスタンとの国境地帯は、世界で一番危険な場所の一つだ。もし、シャナブがそこに連れて行かれたのなら、諦《あきら》めた方がいいかもしれない。誰もそれを咎めないだろう」

メリフィードがアドバイスのつもりで言ったのだろう。

「そうか」

浩志は気のない返事をした。諦めるつもりはないからだ。

五

カラート、ラグマン米軍事基地、午後十時半。

柊真と仲間は、兵舎の一室に集まっていた。すでに消灯の時間を過ぎているが、フランス外人部隊、スペイン外人部隊あわせて十一人の男たちは、ベッドに腰掛けて柊真の言葉に耳を傾けている。

「司令部に問い合わせたが、追跡は命令できないと言われた。だが、一方で撤退も命じられなかった」

柊真は正面の壁を見つめながら言った。衛星携帯電話機で司令部に現状を報告し、任務の続行許可を要請していたが、さきほど答えが返ってきたのだ。

「それじゃ、俺たちにどうしろというんですか？」

サブリーダーのヌーノが両手を前に振って、質問してきた。

フランスの外人部隊は、その他にアルジェリア人のリアド軍曹、モロッコ人のマフムード軍曹、リビア人のザカリア上級伍長、エジプト人のシャリフ伍長という中東と北アフリ力が大半を占める顔ぶれで、ある意味、今回の作戦に向いていた。

「俺は自由意志で任務を続行しても良い、と解釈した」

「自由意志の任務なんてあるんですか?」

隣りに座るヌーノは、両手で頭を掻《か》きむしった。

「だが、勝手に行動するなら、部隊としては何の責任も持たないとも、当然解釈できる。ミゲル、君はどうだ。司令部に問い合わせたんだろう?」

柊真は向かいのベッドに座るミゲル・アルベルト曹長に尋ねた。

「残念だが、帰還命令が出た。所詮《しょせん》軍人には自由意志などない。自由に行動すれば、軍規を乱す、ということだ」

ミゲルは渋い表情で答えた。

「もし、私がフランス外人部隊、というか、影山准尉と行動を共にすれば、脱走兵ということになるんですか?」

スペイン外人部隊のイスマエル・サンチェス軍曹が、柊真とミゲルを交互に見た。

「まあ、軍法会議には間違いなくかけられるだろうな」

ミゲルは苦笑交じりに答えた。

「我々はどうなんですか?」

ヌーノが身を乗り出して言った。

「帰還命令が出てないだけだ。作戦の継続で軍法会議にかけられることは覚悟しないとな」

柊真は笑いながら答えた。彼は以前、同僚殺害の嫌疑で軍法会議にかけられた経験がある。疑いは浩志が晴らした。それが契機で外人部隊に愛想《あいそ》を尽《つ》かしている面もあるのだ。

「軍人に自由行動なんて、ありえませんからね」

腕組みをしたヌーノは、首を左右に振ると、男たちから溜息が漏れた。

「場がしらけたな。准尉、軍法会議の話は任務を続行すればの話だが、その前にシャナブ・ユセフィを追跡する目処《めど》は立ったのか？」

ミゲルは急に声を潜めた。廊下から足音が聞こえたのだ。見回りの兵士らしい。消灯後に起きていても、米兵ではないので咎められることはない。とはいえ、この基地ではあまり歓迎されていないので、彼は気を遣ったのだろう。

柊真が協力を要請したノートン大佐は基地幹部と打合せをすると約束したが、夜が明けてからということらしく、動く気配はない。義理で少人数の兵士を派遣するフランスやスペインの兵士らと軍事協力など、厄介だと思っているに違いない。

「これを見てくれ」

見回りの兵士の足音が遠ざかったことを確認した柊真は、ポケットから折り畳んだ地図を出して見せた。この基地の情報将校に頼んで、周辺の地図を何枚か貰ったのだ。この程度の協力なら、彼らは喜んでしてくれる。一日基地で足止めになったので、柊真はできる限りのことをしてきた。

「このチェックがあるところは、カンダハール・ガズニーハイウェイでテロリストのピックアップが道を逸《そ》れたところだな」

ミゲルは柊真が地図に書き込んだ印を指差した。

「そうだ。タイヤ痕は、まっすぐ北東に向かっていた。チェックマークから地図上に線を引くと、マパンという地域があり、ナレイ、サーデ、マシズイという三つの村がある。最近マパンをパトロールした小隊に聞いたが、タリバーンの支配下にはないエリアらしい。調べるとしたら、まずこの三つの村からだ」

柊真らはラグマン米軍事基地に向かう前に、カンダハール・ガズニーハイウェイから荒野に二百メートルほど入って、テロリストの向かった方角を調べておいた。

マパンはカラートから北東に直線で六十一キロの位置にある。テロリストたちは、カラートを避けて荒野を進んだ可能性が濃厚である。

「マパンを抜ける山道は、エイブ・イスターダ湖の脇を抜けて、アフガニスタン軍の支配にあるシャランに通じている。ザルグーン・シャフルを通る古い街道だ。マパンの先にも村がありそうだな」

ミゲルは地図を見て言った。優れた軍人なら地形図から情報を得られるものだ。

「ザルグーン・シャフルは現在タリバーンの影響がないエリアのため航空機での偵察だけで、地上部隊はほとんど行かないらしい。戦略的にも影響が薄いからだろう」

柊真は基地で様々な兵士に聞き込みをしたが、マパンの先にあるザルグーン・シャフルの情報は得られなかった。

「カラートからカンダハール・ガズニーハイウェイを四十キロ北上し、山道を東に向かって四十キロか。テロリストのタイヤ痕を追って、荒野を進むのが順当だろうが、待ち伏せを食らったらおしまいだ。村に行って情報を集める方がいいだろうな。片道二時間、朝一で出発すれば、昼飯前には帰ってこられるな。ちょいとした散歩程度だ」

ミゲルはのんびりとした口調で言った。この程度なら、命令違反にはならないということだろう。

「距離的には散歩程度かもしれないが、弾薬と食料は充分携帯するべきだ。この基地で装備は整うが、米軍もアフガニスタン軍も人的には協力しないだろうな。トランプの宣言で、米軍は当面、地域の安定を図るのに精一杯だ。アフガニスタン軍には、シャナブの救出をするような肝《きも》っ魂《たま》はないし、米軍のために働くつもりもないはずだ」

柊真は十ヶ月以上もアフガニスタン軍の訓練を行ってきたので、彼らの行動は予想がつく。

「地図まで用意しといて、行かないとは言わないよな?」

ミゲルが上目遣いで見てきた。

「マパンで得られた情報で別の場所へ行く可能性はある。情報が得られないのなら、引き返す他ないだろう。だが、いずれにせよ、命がけの任務になるはずだ。俺はたとえ一人でも行くつもりだ。誰にも同行して欲しいとは言わない。もし一緒に行くというのなら、挙手してくれ。むろん、参加しなくても、意志は尊重する」

柊真はあえて部下の顔を見ないようにした。目を合わせれば、圧力を感じるだろう。正直な気持ちで参加してほしい。

「どうやら、不参加は誰もいないらしいな」

右手を挙げたミゲルが、仲間を見て笑った。

六

マパン、サーデ村から二キロ南東に地図にも記載がないナワという村がある。

この地域の土地は痩《や》せているが、村から六百メートルほど東にある小さな池から畑に水を引いて雑穀を栽培し、村人は糊口《ここう》を凌《しの》いでいる。貧しい村だが、めったに涸《か》れない池があるため、村人はこの地にすがりついているのだ。

十二世帯で人口が七十人にも満たない村の住民の足は、古い日本製のバイクが二台、それに荷車を引くロバとラクダだけということもあり、近辺の村とは、雑穀と小麦を物々交換する程度で、あまり行き来はない。

だが、昨夜から村の外れにある家屋の前に、迷彩柄のカモフラージュネットが被せられた二台のハイラックスが停められていた。シャナブを拉致したタリバーン系武装集団の車である。彼らはカラートを避けるためカンダハール・ガズニーハイウェイを途中から逸れて荒地を進み、山岳地帯の比較的浅い谷間を抜けて、マパンのナワ村までやって来たのだ。柊真が推測した通りであった。

家は農村部でよく見かけられる日干《ひぼ》し煉瓦《れんが》の高い塀《へい》に囲まれた平屋で、〃カライ〃と呼ばれる建物である。内部は長屋のように部屋が横に並んでおり、通常男女は厳格に区分され、外部の人間はその家の女性を見ることができないようになっている。見かけたとしても声をかけてはいけない。許可も得ないで他人が、家の女性にたとえ挨拶でも話しかけることは、アフガニスタンでも古い慣習が残る農村部では侮辱に値するからだ。

家は八つの区画に分かれており、以前は数十人規模の大家族が住んでいたのだろう。長引く紛争で、村の三分の一は空き家になっていた。テロリストらは、村の長老に僅かな金を渡して空き家を借り、食料と水を貰っている。彼らは村人が報復を恐れて通報しないことを知っていた。もっとも一切の通信手段がない村では、通報する手立てもないのだ。

五人のテロリストらは南側の角部屋を使っており、シャナブは部屋の片隅で手錠をかけられ、ぐったりとしていた。顔には泣き濡れた跡がある。放心状態で壁の一点を見つめていた。泣き疲れたのか、あるいは生きて帰ることを諦めたのかもしれない。

ＡＫ74を肩に担いだ若い髭面《ひげづら》の男が部屋に入ってくると、眠っている同年代の男を揺さぶり動かした。

「ハミト、交代の時間だ。起きろ！」

男は見張りをしていたようだ。

「ムハメド。……もうそんな時間か」

起こされたハミトという男は、腕時計を見ると大きな欠伸をした。午後十一時を過ぎている。

「さっさと行けよ！」

声を荒らげたムハメドは、ハミトの肩を押した。

「分かったよ」

ハミトは壁に立てかけてあったＡＫ74を物憂《ものう》げに肩に掛けると、部屋を出て行った。

「何をそんなに苛ついている？」

部屋の中央で横になっていた男が半身を起こして尋ねた。四十代半ば、五人の男の中で一番年上である。

「アムジャドさん、いつまで、この村にいるんですか。早く、俺たちの村に帰りましょう」

ムハメドは自分のAK74を壁に立てかけると、アムジャドの横に腰を下ろした。

「無理を言うな。ハワルとアーメドが怪我をしている。だが、あと一日か二日で動けるようになるだろう。移動はそれからでいい。この村では、誰も我々のことを気にしない。これまでなんどもここを使っているが、彼らが警察や軍隊に通報することもないだろう。下手に動かない方がいいんだ」

アムジャドは諭《さと》すように答えた。

「でも、仲間が十六人も殺されたんですよ。落ち着かないんです」

ムハメドは壁際に並んで眠っているハワルとアーメドを見ながら言った。彼らはカンダハールのホテルでの銃撃戦で負傷したのだ。

「だからこそ。慌《あわ》てないことだ」

「そもそもあのくそ女を殺さずにどうして連れてきたんですか。あの女は足手まといですよ。さっさと殺しましょう」

ムハメドは隣りの部屋を指差した。

「今回の作戦は、軍資金を得るためのものだ。あの女を無傷で引き渡さなければ意味がない。それがクライアントの条件なのだ。それに、殺せば胸が空《す》くが、タリバーンは野蛮だという欧米国家を喜ばせるだけだ。パキスタンからの資金が得られなくなってきた。闘い続けるには、金がいるんだ」

アムジャドはゆっくりと首を左右に振った。

タリバーンはパキスタンやサウジアラビアの援助で政権を樹立させたが、テロ組織であるアルカイダを匿《かくま》って世界を敵に回し、欧米の侵攻を受けて政権を失った。アフガニスタンの反政府勢力となってからは、サウジアラビアは送金を停止し、パキスタンからの資金援助も激減している。だが、現在も敵対するインドへのテロ攻撃にパキスタンはタリバーンを使い、資金を援助しているという噂《うわさ》は絶えない。

「……分かりました」

項垂《うなだ》れたムハメドは、怪我人と反対側の壁際で横になった。

「車だ。二台の車がこっちに向かって来ます」

見張りに出たばかりのハミトが、叫びながら戻って来た。

「慌てるな。仲間だ」

AK74を手にアムジャドは立ち上がると、急いで家を出た。

二台の車が山道を登ってくるのが見える。遮《さえぎ》るものがないため、数キロ先からでも車のライトが見えるのだ。

「助っ人を頼んでいたんですか？」

後から付いてきたムハメドはハミトとアムジャドの横に並んだ。

「クライアントに負傷者を多く出したことを報告したら、援軍を出すと言われた。合流場所にこの村を指定されたのだ。援軍が来れば、明日の朝にでも出発できる。米軍が追っ手を出した可能性がある。ぐずぐずしてられない」

アムジャドは怪我人を心配して出発を遅らせていると言っていたが、本当は護衛待ちだったに違いない。

「頼りになる連中なんですか?」

ムハメドは首を捻ってみせた。

「旧イラク軍の特殊部隊出身のISの兵士だ。リーダーは〝モンスター・クロー〟と呼ばれている男だ」

「モンスター・クロー! かなりやばいやつだと聞いたことがありますよ」

目を丸くしたムハメドは、口笛を吹いた。

数分後、三人の目の前に二台のピックアップトラックである三菱ストラーダが、砂塵《さじん》を巻き上げて停まった。荷台に四人ずつ、合計で十人の男が乗っている。

前の車の助手席から左頰に大きな傷跡がある男が降りてきた。身長は一九〇センチ近くある大男だ。

「待たせたな。ドゥルガムだ」

男はアラビア語で挨拶をし、口にくわえていた煙草《たばこ》を投げ捨てると、ポケットから新しい煙草を出して火をつけた。荷台の男たちも全員煙草を吸っている。イラクでは成人男性で、禁煙家を見つける方が難しい。

「よく来たな。アムジャドだ。歓迎する。それにしても、イラクから手下を荷台に乗せてきたのか？」

アムジャドは首を捻った。外気温は、六度ほどだろう。寒空の下で車の荷台に乗ってきたのかと、呆れているようだ。

「馬鹿な。街道の入口に、車を一台与えて、二人の部下を配置しておいたのだ」

「追っ手に備えたということか。すばらしい！」

声を上げたアムジャドは、ドゥルガムに握手をしようと右手を伸ばした。

「当然だ」

差し出された右手を無視したドゥルガムは、口から煙草の煙を吐《は》いて笑った。

マパンへ

一

十二月九日、零《れい》時四十分、三台のパジェロと二台のトヨタ・ハイラックス、それにハイエースがカバル・ガズニー・ハイウェイをライトも点灯させずに疾走《しっそう》している。パジェロはCIAの特殊部隊ジョーブレーカーの車で、ハイラックスとハイエースはリベンジャーズがカブールの傭兵代理店に用意させたものだ。

ハイラックスは中東でもっとも人気があるSUVであり、ハイエースはアフガニスタンでは荷物運搬用だけでなく路線バスとしても使われているため、もっともポピュラーな車といえる。それだけにどこを走っていても怪《あや》しまれることはない。

また、リベンジャーズはアフガンストール、あるいは〝シュマグ〟とも呼ばれる男性用のスカーフを首に巻き、頭には〝パコール〟という帽子を被《かぶ》っていた。布袋のような帽子で、縁《ふち》を丸めて頭に被るのだが、伝統を重んじるアフガニスタン人が着用し、防寒の役目もある。また、地元住民のような服装に着替えており、外見は誰しもアフガニスタン人のように見える。

アフガニスタンは右側通行にもかかわらず、右ハンドルの日本車ばかり走っている。未舗装道路が多いアフガニスタンでは、丈夫で故障が少ないことが絶対条件であり、ハンドルが右か左かは大した問題ではないのだ。

カブール国際空港でジョーブレーカーの出迎えを受けた浩志とワットは、仲間とカブールの街外れにある中古自動車部品専門店で合流し、その足でシャナブが拉致《らち》されたカンダハールに向かっている。

暗視ゴーグルを装着した加藤がハイラックスのハンドルを握り、助手席の浩志は、いつでも発砲できるようにＡＫ74を膝《ひざ》の間に立てかけて座っていた。

カバル・ガズニー・ハイウェイは見通しのいい場所が多く、ライトを点灯させて走行すれば、テロリストの格好《かっこう》の標的にされてしまう。視力抜群の加藤は夜目《よめ》も効くが、街灯もないハイウェイをライトも点灯させずに車列を組んで走るため、暗視装置を装着して安全を図っているのだ。

また、カンダハールで合流したアフガニスタン人の傭兵は、浩志らが乗っている車のすぐ後ろを走るハイエースに乗っている。ムスタファという名で、アフガニスタン陸軍の特殊部隊出身で、兵士としての実力があると、カンダハールの傭兵代理店の社長アバシンが保証した。

アバシンとは古い付き合いなので、信頼できるとは思うが、実際に一緒に働かなければ分からない。ただ、ムスタファはリベンジャーズからのオファーだと聞いて、喜んで志願してくれたようだ。出発を急いでいたので、挨拶《あいさつ》程度の言葉を交わしただけだが、悪い雰囲気ではなかった。

「了解。新たな情報が分かったら、連絡してくれ」

首を横に振った浩志は、衛星携帯電話機の通話を終えた。

電話は傭兵代理店の友恵からで、彼女は軍事衛星を使ってシャナブを拉致した武装集団の行方を追っているのだ。

浩志らは闇雲《やみくも》にカンダハールに向かっているわけではない。CIAと米陸軍が共同であらゆる情報網を駆使し、シャナブの探索をしていると同時に友恵も独自に動いている。シャナブが拉致された状況を調べた米軍の報告書を元に、浩志が武装集団の逃走ルートを予測し、それを元に友恵が軍事衛星の記録をペンタゴンのサーバーからダウンロードしているのだ。

現段階の情報では武装集団は、カンダハールからカンダハール・ガズニーハイウェイを使って北東に向かったという可能性が濃厚である。Ａ75号線で南東に向かうルートは、パキスタンの国境に一番近いのだが、カンダハール空軍基地の守備隊が封鎖したため、通行できなかったはずだ。もっとも、カンダハール・ガズニーハイウェイも中間のカラートに軍事基地があり、通行不能になっていたため、どこかで道路を外《はず》れて武装集団は、道無き道を進んでいるに違いない。浩志はいずれにしても、パキスタン寄りの山間部に武装集団は潜伏していると睨《にら》んでいる。

「何か分かったか?」

後部座席のワットが、尋《たず》ねてきた。

ハイラックスとハイエースに分乗しているリベンジャーズの仲間は、交代で運転と見張り役の助手席に座り、残りの仲間は眠っている。また、先導する三菱のＳＵＶに乗るジョーブレーカーは、リベンジャーズがガズニーに着くまでの護衛を買って出たのだ。

「正確な時間は分からないが、武装集団は、午前二時過ぎにムーン・スターホテルからシャナブを連れ出したらしい。宿泊客も八人の死傷者を出したようだが、武装集団の狙いは最初からシャナブだったんだろう。外国人を狙ったテロなら、宿泊客にもっと多くの死傷者を出したはずだ。その時間のホテル周辺の衛星画像を友恵に解析させていたんだが、当時多くの軍事衛星のカメラは、シリアとイラクに向けられていたために、カブール市内の映像がほとんどなかったようだ」

浩志は溜息《ためいき》を漏《も》らしながら、自分のスマートフォンに表示されている米軍の報告書をあらためて読み返している。

米軍の報告書では、午前一時二十分、カンダハールのムーン・スターホテルが、多数の武装集団に襲撃を受けたようだ。シャナブが拉致され、護衛していた分隊が壊滅した状況が書き込まれている。これは一時間後、バグラム米空軍基地から到着した米軍の小隊が、提出した報告書で、現地で聞き込みをした情報も添付されていた。

「それにしても、襲撃前、カンダハール空軍基地の米兵が、バグラム米空軍基地に移動していたと報告書に記載されているが、アフガニスタン兵の夜襲を恐れて逃げたんだろう。友軍を恐れなきゃならないなんて、情けない話だ」

ワットも何度も報告書を見直し、そのたびに舌打ちをしている。

「シャナブの警護をしていたのは分隊で、九名だったらしいが、四名が死亡、残りの五名も重傷だったようだ。武装集団は十六名死亡と書いてあるが、本当に分隊が撃退したのだろうか？」

浩志は武装集団の死亡が分隊の四倍という報告書の数が、気に入らない。分隊が襲撃を予期して暗視装置を装着し、待ち伏せしていたのなら分かるが、ホテル内部は非常灯だけで薄暗く、まして外は真っ暗だったらしい。分隊に死人がもっといてもおかしくないのだ。

「俺もそれを不思議に思っている。武装集団はホテルがある一帯を停電させてから襲撃している。どうみても武装集団の方が有利なはずだ。分隊の兵士がよほど優秀だったとしてもこの数字はありえないな」

ワットも気になっていたらしい。

「周囲に展開していたアフガニスタン軍は、暗視装置を持っていないので、まったく動けなかったようだ。とすると、第三の存在があったのかもしれないな」

浩志は振り返って言った。

「第三の存在？　襲撃した武装集団と敵対する勢力ということか？」

ワットが身を乗り出してきた。

「それもあるかもしれないが、米国以外の特殊部隊が動いたのかもしれない。撃退するには暗視装置が必要な状況だったはずだ。武装集団が暗視装置を携帯しているとは思えない。シャナブは彼女自身の意志とは別に、政治的に利用されている。彼女を米国以外で利用しようとする国が救援に来た可能性もなくはないだろう」

「俺たちは純然と彼女を救いたいから出動しているが、その結果は米国に政治的に利用される可能性が大きい。俺たちと同じような立場の特殊部隊が存在するということか」

ワットは腕組みをして唸った。

「そういうことだ」

前に向き直った浩志は小さく頷《うなず》いた。

二

先頭を走っていたジョーブレーカーのＳＵＶがカバル・ガズニー・ハイウェイを逸《そ》れ、荒地と化した麦畑の農道に入った。中堅の都市であるガズニーが近くなったため、街を迂《う》回《かい》するべくハイウェイの東側に入ったのだ。

ガズニーはカブールの南西百二十キロに位置し、標高二千二百二十メートルの高地にあり、古くから商工業が盛んな街である。現政府の経済的基盤を破壊しようとするタリバーンの標的になる商業施設も多く、治安部隊が常駐していた。

この街に駐在しているＣＩＡの諜報員からの報告で、街に通じる幹線道路で治安部隊による検問所が設《もう》けられたという連絡があった。そのため迂回しているのだ。

リベンジャーズの装備は、ＡＫ74にロシア製の手榴弾《しゅりゅうだん》ＲＧＤ5、ロシア製携帯対戦車ロケット発射機であるＲＰＧ7ほか、タリバーンやＩＳなどのテロ集団の標準装備ともいえる武器ばかりである。また、隠密に行動することも考え、サプレッサーを取り付けたグロック19Ｃも揃《そろ》えた。武器はハイラックスとハイエースの座席の下に隠してあるが、検問で見つかればテロリストに間違われてしまう。トラブルを避《さ》けるには、アフガニスタンの治安部隊や警察と接触しないことである。

農道を通り、ガズニーからパキスタン方面に通じる幹線道を渡って街の三キロ東を迂回し、カンダハール・ガズニーハイウェイに出た。カブールからカンダハールまで通じる道路であるが、カバル・ガズニー・ハイウェイはガズニーから南側は名称が変わるのだ。

前方の車列のブレーキランプが点灯し、車は次々と停止した。午前一時二十分になっている。三時間ごとに車の運転と助手席での見張りを、後部座席で休んでいる仲間と交代すると決めていたのだ。

助手席で見張りをしていた浩志は、ＡＫ74を肩に担いで車を降りると、背筋を伸ばした。気温は零度近くまで下がっている。星明りで車のシルエットがなんとかわかる程度の暗闇だが、銃は手放せない。

ポケットの衛星携帯電話機が振動した。

画面を見ると、電話番号は非通知になっている。仕事柄、電話番号を表示させる相手はまずいない。

「…………」

苦笑しながら浩志は通話ボタンを押したが、むろん名前など名乗らない。

――久しぶりだ。元気だったかね。

フランス語で渋《しぶ》い男の声が響《ひび》く。

「確かに」

浩志もフランス語で頷くと、車から離れた。仲間に秘密を作りたくはないのだが、会話を聞かれたくない時もある。

相手は中国共産党の影の組織であるレッド・ドラゴンの幹部で、馬用林《まようりん》と名乗っているが、本名は、トレバー・ウェインライトという米国人である。

彼は軍需会社サウスロップ・グランド社の元重役であった。だが、偶然にも米国の権力中枢の裏組織、アメリカン・リバティ（ＡＬ）の秘密を知ったことで命を狙《ねら》われることになり、敵対するレッド・ドラゴンに助けを求め、米国の軍事機密を持ち込んで組織の幹部になったという。

リベンジャーズは、世界で闘ってきた。だが、紛争の原因ともいえる陰謀や謀略にＡＬやレッド・ドラゴンがかかわっていることもあり、浩志らは二つの組織と敵対することもしばしばあった。

ウェインライトは、浩志に情報を流して利用することで、ＡＬの陰謀を阻止《そし》しようとしている。また、彼を中国に引き入れた中央軍事委員会連合参謀部の幹部、梁羽《りょうう》は、中国の暴走を止めるべく、レッド・ドラゴンの謀略をあえて浩志に伝えることもした。

梁羽は自ら〝世界の守護者〟と名乗り、世界を破滅から救っているというのだ。浩志は一度しか会っていないので、全面的に彼が言っていることを信用しているわけではないが、昨年梁羽とウェインライトの情報でＡＬの幹部であるベックマンの陰謀を阻止できた。

以前はウェインライトと特殊な携帯電話でのみ連絡を取っていたが、今は仕事で使う衛星携帯電話機に直接電話がかかってくるようにしたのだ。胡散臭《うさんくさ》い男ではあるが、ALと闘う上で、大事な情報源になっている。

——君が今、アフガニスタンに行っていることをある筋から聞いてね。慌《あわ》てて電話をしたのだ。

「何！」

浩志は眉《まゆ》を吊《つ》り上げた。

——シャナブ・ユセフィ奪回を米国が君たちに依頼したのは、正解だとは思う。だが、くれぐれも注意して欲しい。

レッド・ドラゴンあるいは中央軍事委員会連合参謀部は、CIAかペンタゴンにエージェントを送り込んでいるに違いない。恐るべし、と言っていいだろう。

「タリバーンの犯行に間違いない。油断するはずがないだろう」

浩志は落ち着いて答えた。犯行声明は出ているが、確かな情報であるか確認できていない。武装組織の犯行声明はあてにできないので、実のところなんとも言えないのだ。

——君の言う通り、タリバーン、あるいはISのどちらかだろう。だが、いずれにしても犯行が用意周到だ。バックに別の組織がいるかもしれないと私は思っている。

「おまえの組織やALは、関係していないのか？」

――分からない。だが、君に死なれては困る。ALに対抗する戦力を失うことになるからだ。今回の事件は、どこかキナ臭い。背景を私は独自に調べるつもりだ。分かったら連絡をする。君も何か分かったら、教えてくれ。お互い情報を共有することで、シャナブ奪回を進展させようじゃないか。

通話は一方的に切れた。ウェインライトは、単純にALと闘う戦力の喪失を恐れているのだろう。決して、浩志や仲間を心配してのことではないはずだ。

「どうした？　美香からの電話か？」

車に戻ると、欠伸《あくび》をしたワットが尋ねてきた。

「池谷の野暮用だった」

適当に誤魔化《ごまか》した。ウェインライトの存在を知らせれば、ワットもリスクを負うことになるからだ。

「そうか」

ワットは小さく頷いてみせた。

三

防衛省の北門近くにあるマンション〝パーチェ加賀町《かがちょう》〟の地下に傭兵代理店はある。オーナーである池谷悟郎は、防衛庁情報本部出身という経歴を持ち、下北沢《しもきたざわ》に質屋を表の顔として傭兵代理店を構えていた。だが、数年前にロシアの犯罪組織ブラックナイトに襲撃されたため、市谷《いちがや》加賀町に五階建てのマンションを建設し、傭兵代理店を移転させたのだ。

午前六時、池谷はマンション五階の自宅からエレベーターで地下二階に下りた。広いエレベーターホールを進み、傭兵代理店のオフィスに入る。正面の壁に百インチの大きなモニターがあり、その周囲に四十インチのモニターがいくつも配置され、パソコンが置かれたデスクが三列で九つ並んでいた。壁際のモニターには、世界中のニュースがリアルタイムに映し出されていた。

また、ニュースだけでなく海外の傭兵代理店や不正ではあるが、友恵がハッキングしている他国の大使館から得られる機密情報なども自動的にアップロードされるため、日本の情報機関よりも極秘の情報が集約されていた。

デスクにはスタッフである中條修《なかじょうおさむ》が正面のモニターに向かって座っている。彼はアフガニスタンの最新情報を米軍などから集める作業を黙々としていた。この時間にいるということは、徹夜したのだろう。もっとも、彼はマンションの四階に住んでいるため、早い時間に出社したのかもしれない。

「おはようございます」

池谷の気配に気付いた中條が振り返って挨拶をした。

「おはよう。土屋君は?」

「自室にいますよ」

作戦室には友恵のデスクもあるが、彼女は特別に作業部屋が与えられている。

池谷は作戦室の入口近くに設置してあるコーヒーメーカーからカップにコーヒーを落とした。業務用の豆から作る本格的なコーヒーメーカーである。金に渋いと言われるが、趣味趣向には金を惜しまないのが、池谷の流儀といえる。コーヒーを淹《い》れたカップを手に作戦室を出ると、隣りの部屋のドアをノックして開け、中を覗《のぞ》いた。

友恵はヘッドフォンをして、六つのモニターの前に向かって仕事をしている。リズミカルな音楽を聴《き》いているらしく、頭を小刻みに上下させながらキーボードを叩《たた》いていた。

池谷は彼女のテーブルに備え付けのカップホルダーに、さきほど淹れてきたコーヒーカップを載《の》せた。テーブルの上に置くと、コーヒーを溢《こぼ》すと、怒られるのだ。

「ありがとう」

ヘッドフォンを外した友恵は、コーヒーカップに手を伸ばした。人前では丁寧《ていねい》に受け答えするが、池谷には子供の頃から世話になっており、父親のような存在のため、他人がいなければ気兼ねしない。

「シャナブを拉致したのは、タリバーンだと犯行声明が出されたようだが、どうだね？」

池谷は遠慮がちに尋ねた。友恵は何も言わなくてもいつでも全力で仕事をしていることを知っているために、報告がないということは苦労しているに違いないからだ。

インターネットでタリバーンが犯行声明を出したと、ニュースで速報が出された。それに対して、米国をはじめとした先進国は、一斉《いっせい》にタリバーンを非難しているのだ。だが、米国は少女の行方《ゆくえ》は分からないため、作戦行動ができないと、ホワイトハウスの報道官は言い訳がましく説明している。

「米軍の軍事衛星が塞《ふさ》がっているので、ロシアとフランスの物を使ってるの。でもやっぱり、米軍の衛星が一番ね」

友恵はコーヒーを啜《すす》りながら答えた。米軍の軍事衛星は、シャナブの拉致事件後にイラクからアフガニスタンにシフトされており、友恵がハッキングして使える状態ではなかった。ロシアとフランスの軍事衛星を使っているものの、新たに情報は得られていないということだ。

「今、藤堂さんはどこにいるのかな？」

池谷は友恵の背後に立った。

「ガズニーから南西三十キロ、カンダハール・ガズニーハイウェイ上を移動中」

友恵は目の前のモニターのすぐ上に設置してあるモニターを指差した。

浩志をはじめとしたリベンジャーズのメンバーは、海外の任務では素肌に直接巻きつける防水の特殊なポーチに国籍の違う偽造パスポートや鍵《かぎ》を開ける小型の道具などを隠し持っている。また、最近では高性能な超小型GPS位置発信機も携帯するようになった。そのため、リベンジャーズから連絡がなくても彼らの位置が分かるのだ。

「今のところ、トラブルもなく順調のようだけど、でもシャナブの場所が分からなければ、浩志さんたちはカンダハールに行ってしまう」

モニターを睨みながら池谷は溜息をついた。

「とにかくリベンジャーズがカラートから先に行く前に、なんとかしたいと思っているんだけどね」

友恵は首をぐるりと回すと、正面のモニターに向き直った。目の前のモニターには、軍事衛星の映像が映し出されている。彼女も徹夜で作業しているようだ。

「浩志さんの考え通りなら、カンダハールから脱出した武装集団の車は、どこかでカンダハール・ガズニーハイウェイから荒地に外れたはず。荒地ならタイヤ痕《こん》が残っている可能性がある。でもこればかりは、目視で確認するほかないのよ」

友恵は右手のマウスで映像を少しずつ動かしている。軍事衛星のカメラをかなり拡大しているため、一度に動かせるのは百メートルほどだろう。また、アフガニスタンは現地時間は午前二時である。暗視モードで見ているため、画像が見づらいのだ。

「これは大変な作業だね。引き続きよろしく頼むよ」

池谷は頷くと友恵の部屋を後にし、すぐ隣りにある自分の仕事部屋に移った。仕事をする机があるものの、銃のコレクションを収蔵する棚があるため、趣味の部屋のようなものだ。

クッションの効いた仕事用の椅子《いす》に腰を下ろした池谷は、メガネを外して目頭《めがしら》を摘《つま》むようにもんだ。スタッフも頑張《がんば》っているが、池谷も海外の傭兵代理店に電話やメールで問合せるなどして様々な情報を集めている。

机の上の電話機が鳴った。

——見つけたみたい。

友恵からの内線通話である。

「拉致犯人を見つけたのかね？」

——まさか。道路から荒地に続く、タイヤ痕を発見したの。衛星画像でもはっきり見えるから、最近つけられたものに違いないわ。

友恵の声が上ずっている。興奮しているようだ。

「なるほど、拉致犯人らの車の可能性が高いのだね。タイヤ痕で彼らの居場所が分かりますか？」

――荒地から山間部に向かっているので、時間がかかると思うけど、必ず見つけるわ。

「よし！　私にできることはないかい？」

――ハンバーガーとコーヒーのお替わりをお願い。

彼女はまだ朝ごはんを食べていないようだ。

「任《まか》せなさい！」

池谷は拳《こぶし》を握りしめ、受話器を下ろした。

四

午前二時二十分、リベンジャーズとジョーブレーカーの六台の車列は、深夜のカンダハール・ガズニーハイウェイを疾走している。

ガズニーから三十キロ以上離れ、周囲は真の闇に閉ざされた暗黒の世界であった。

浩志は二十分ほど前に助手席での見張り役を終えてワットと交代し、後部座席で眠っている。

「……………！」

腕を組んで眠っていた浩志は、胸のポケットの振動で目を覚《さ》ました。衛星携帯電話機の着信である。

画面には電話番号ではなく、〝３０５９〟と四桁の数字が並んでいた。

「俺だ」

画面の表示を見た浩志は、電話に出た。

――今、お話大丈夫ですか？

傭兵代理店の友恵である。代理店からの電話番号はあえて非通知にせず、友恵がプログラミングした暗号通知という四桁の数字で表記されるようになった。それぞれ数字の末尾で誰からか分かるが、それ以外は乱数で毎回違うので、他人に画面の番号を見られても意味をなさない。

「何か、分かったか？」

浩志は座り直して尋ねた。

隣りで眠っていた加藤も、目を開き耳を澄ませている。運転は瀬川に代わっていた。

――藤堂さんの推測に基づいてカンダハール・ガズニーハイウェイを調べていたら、道から外れて荒地を横切るタイヤ痕を発見したんです。

「一般人の可能性はないか？」

――可能性は否定しませんが、カラートのすぐ手前から外れているので、検問逃れだと思います。武器を携帯しているのか、政府から指名手配されている連中の車ですね。

「カラートからパキスタンに向かうカラート・パキスタンロードという田舎道《いなかみち》がある。カラートには向かわずにその道までショートカットし、パキスタンに行った可能性はないか？」

カラートから東に延びるカラート・パキスタンロードは、パキスタンの国境に通じている。ハイウェイを逸れたとしても、パキスタンへの近道をしたのかもしれない。

——タイヤ痕は、ターナック川に沿って北北東に向かい、カラート・パキスタンロードを横切り、その先も続いています。

「タイヤ痕は、どこまで続いているんだ？」

聞き耳を立てていた加藤が、早くも地図を出している。

——居住区ではない荒地を北北東に向かっていますが、その先は山岳地帯です。軍事衛星では岩場が多い山岳地帯のタイヤ痕を見つけるのは、不可能です。現在、タイヤ痕が山岳地帯を抜けた場所に残っていないか調べていますが、時間がかかりそうなので分かっている範囲でお知らせしようと思って電話しました。

「カンダハール・ガズニーハイウェイのタイヤ痕の起点と、山岳地点の終点の座標を教えてくれ」

浩志はようやく頷いた。シャナブを拉致した武装集団の発見は一刻を争うが、見当違いな場所に向かうことになれば、救出は絶望的になる。それだけに浩志は、しつこく聞いたのだ。

——座標をメールで送ります。よろしくお願いします。

「ありがとう。助かった」

通話を終えた浩志は、メールを開き、座標を加藤に見せた。

加藤はスマートフォンの地図アプリに座標を入力して地図上に位置を示す点を表示させ、それを手元の地図に赤ペンで描き写した。さらに浩志は二点を結ぶ直線を赤ペンで書き込んだ。

「マパンか」

浩志は地図上の赤い線を人差し指で辿《たど》って呟《つぶや》いた。線の先を伸ばした先に人が住む最も近いエリアとして、マパンという土地がある。

「山深い場所ですね」

加藤は地図の等高線を見て唸《うな》った。

「マパンには、古い街道沿いに小さな貧しい村が幾《いく》つかあった。ずいぶん昔に近くの山岳道路を走った覚えがある。タリバーンの支配が比較的緩《ゆる》いエリアだったはずだ。アフガニスタンは、未だに紛争が続いている。都市部でない零細《れいさい》な村が衰退することはあっても、発展することはないだろう」

浩志がまだリベンジャーズを結成する前の話である。

「このどこかの村に武装集団のアジトがあるんでしょうか？」

加藤はスマートフォンの地図アプリを地形図から衛星画像に切り替えて、尋ねてきた。

「何らかの理由で、立ち寄ったのだろう。あまりにも貧乏な土地だ。テロリストになるような連中が、住処《すみか》にするとは思えない。だが、カブールやカンダハールのどちらにも近いから、一時的な隠れ家にするにはもってこいだ。住民も武装組織の報復を恐れて、警察や軍には通報しないだろう。もし、やつらがマパンにいるのなら、いずれ移動する。はやく場所を特定しないと、取り逃がすぞ」

浩志は渋い表情になった。

武装集団は住民から税金と称して、金品を取り上げ、活動資金にしている。貧困を絵に描いたような村からは何も収奪することはできないため、拠点にはできないだろう。

「マパンから移動するとしたら、やはりパキスタンの国境地帯ですよね。向こうに逃げ込まれたら厄介《やっかい》ですよ」

加藤は眉をひそめ、頭を左右に振った。

「マパンから南に村はない。北側からマパンに入って調べるほかないだろう」

浩志は地図を睨んで言った。友恵がタイヤ痕を追って調べているが、結果を待っていられないのだ。

「賛成だ」

助手席から身を乗り出してきたワットが、親指を立ててみせた。

「決まりだな」

浩志は大きく頷いた。

五

午前二時四十分、浩志はハイエースの荷台で胡座《あぐら》をかき、広げた地図を挟《はさ》んでワットとジョーブレーカーのメリフィードが立膝をついている。

後部のウィンドウには遮光《しやこう》の布を貼《は》って、ライトを点灯しても光が外に漏れないようにしてある。だが、荷台の荷物をどかしたものの男三人が座るには狭《せま》い。

「カンダハール・ガズニーハイウェイから外れ、荒地に残されたタイヤ痕とカンダハールの襲撃現場に残されたタイヤ痕が一致したと、今さっき確認できた。襲撃犯の車に間違いない」

メリフィードが自分のスマートフォンのタイヤ痕の画像を渋い表情をしながら浩志に見せた。米国が所有する最新の軍事衛星を駆使したのだろう。

浩志は友恵からタイヤ痕の情報を得た直後、仲間に連絡を取って車列を停《と》め、作戦会議をするように指示をしたのだ。その際、根拠となるタイヤ痕の情報をメリフィードに教えていた。

ＣＩＡとペンタゴンが総力を挙げて調査しているのに何の手掛かりも得られない状態にもかかわらず、浩志から情報を貰《もら》ったことにメリフィードは不審を覚えたようだ。しかも、浩志は守秘義務があると言って、情報源を教えていないのでなおさら胡散臭いと思ったに違いない。だが、本部にタイヤ痕の座標を送ってみると、襲撃犯のタイヤ痕だという答えとともにその画像が送られてきた。彼にとって苦笑するほかないだろう。

「現段階で、武装集団が潜伏している可能性が高いのは、マパンだ」

浩志は地図上でマパンを指差した。

「マパンか。あのエリアには米軍のパトロールの小隊と一緒に行ったことがあるが、何もない貧しい村がいくつかあるだけだ。それだけに武装集団が隠れるには都合がいいともいえる。ここからなら、百七十キロほどの距離だ。四時間もあれば行けるだろう。だが、マパンの北側にあるガズニーサブールにも六つほど村がある。武装グループが古い街道に入ったら、どの村にいてもおかしくはない。マパンにいるとは限らないぞ」

メリフィードは腕組みをして首を振ってみせた。

「マパンもガズニーサブールもそうだが、古い街道沿いの村は、どこも貧困に喘《あえ》いでいる。武装組織がアジトにするとは思えない。襲撃したのは、〝トライバルエリア〟を根城としている連中に違いない。直接戻らないのは、何か理由があったのだろう。だとしても、パキスタンに通じる道路から遠くない場所にいるはずだ」

トライバルエリアとは、アフガニスタンとの国境に接するパキスタンの北西部のことで、パキスタンのどの州にも属さず、中央政府の統治下でない地域のことである。また、古くから支配されることを嫌う反政府的な部族が多く住み、二〇〇三年からタリバーンはこの地で活動をしているため、今なおタリバーンとの関係が強い。

アフガニスタンでテロを繰り返すタリバーン系の武装組織は、トライバルエリアを根城とし、越境してくるのだ。

「何か理由とは？」

浩志の答えにメリフィードは質問で返してきた。

「仲間か、シャナブが負傷し、治療、あるいは安静にする必要があったのかもしれない。テロリストが十六人も死亡する激しい銃撃戦だった。生き残った連中にも負傷者はいるはずだ」

悪路を移動するだけで怪我《けが》は悪化する。怪我人をはやく安静にさせる必要があったと考えれば、納得できるのだ。

「なるほど、負傷したとすれば、一番近い村に行くだろうな。それに北に行けば行くほど、パキスタンから遠くなる」

メリフィードが大きく頷いた。

「マパンの一番北側の村から調べるつもりだ」

浩志の意見にワットも頷いて同意している。

「とすれば、一番早く行けるのは、モコルから南下する山岳道路だな」

メリフィードは、カンダハール・ガズニーハイウェイ上にある小さな街を指差した。モコルは、現在地点からおよそ八十キロ南にある小さな街で、その街を経由し、マパンまでは百八十キロである。

「そのつもりだ」

「我々はモコルまで同行できるが、その先は一緒に動けない。マパンに到着するころには、夜が明ける。行くこと自体は問題ないが、日中に移動しているところをアフガン軍や警察に目撃されたくないのだ。すまないが、我々はカラートの基地で待機する。二人の女も一緒だしな」

メリフィードは伏し目がちに言った。マパンは警察も軍隊もいない山岳地帯だが、ハイウェイに戻れば、軍や警察と遭遇する可能性が高いため、リベンジャーズには付き合えないということだ。また、二人の女とはデミルとオズベクのことである。彼女たちはカブールで降ろすつもりだったが、浩志とワットがホテルに寄らずに仲間と合流したため行動をともにしていた。

「構わない」

浩志は素っ気《そけ》なく答えた。そもそも彼らに期待していなかったのだ。

ハイエースの後部ドアが、ノックされた。

「デミルとオズベクが、何か話があるそうです」

フル装備の瀬川である。車列をハイウェイ上に停めているため、仲間は暗視ゴーグルを装着して警戒をしている。

「どうした？」

車内灯を消したメリフィードが、後部ドアを開けてデミルに尋ねた。

「私たちは、リベンジャーズと一緒に行動したいのです。ミスター・藤堂、許可してください。私たちはパシュート語が話せます。それに女が一緒なら避難民のように見せかけることができます。その方が、タリバーンの支配地区でも安全なはずです」

デミルは、浩志の顔をまっすぐ向いて言った。

「危険な任務だ。本部の命令か？」

メリフィードは鋭い視線を二人の女に投げかけた。女性が浩志らと同行するというのに、彼らが撤収するというのでは格好がつかないからだろう。

「本部には聞いていません。私たちはミスター・藤堂とワットをカブールまで送ったら帰還するように命令が出されていましたから」

デミルは、毅然《きぜん》と答えた。

「理由を聞こう」

二人のやりとりを黙って見ていた浩志は、おもむろに口を開いた。

「私たちは二人ともアフガニスタン出身です。パキスタンやインドもそうですが、この国の女性に対する偏見と差別は凄《すさ》まじいものがあります。それは、この国の出身者でなければ分かりません。普通の国民でさえ、女性蔑視《べっし》なのに、タリバーンは女性を奴隷としかみていません。それに対して、危険も顧《かえり》みずに声を上げたシャナブを私たちは是《ぜ》が非《ひ》でも救い出したいのです」

暗いため彼女の表情は分からないが、必死に話していることは伝わる。

「何を馬鹿なことを。君らは、素人《しろうと》じゃないだろう。感情で命令を無視するような行動は、慎《つつし》むべきだ」

メリフィードは鼻先で笑った。

「ワーロックに確認を取るんだな」

彼女が言うように、女連れなら怪しまれることはないかもしれない。だが、銃撃戦になれば、兵士でもない人員は足手まといになるだけだ。それに無事に帰れたとしても、彼女たちは命令違反で処罰されるだろう。

「しかし……」

デミルは口ごもった。部下をむざむざ危険にさらす上司もいない。誠治が、決して許可しないと確信しているのだろう。

「できないのなら、帰れ」

浩志は冷たく言い放った。

六

午前三時、カラートの陸軍基地の正面ゲートから三台のハイラックスが出た。

車体の後ろに小さなカナダ国旗が描かれた古い車である。これはカナダ政府が十数年前にアフガニスタンに提供したハイラックスで、未だに活躍しているのだ。

ハイラックスがアフガニスタンに限らず、中東で絶大な人気を誇っているのは、後部座席に人員も乗せられ、荷台に重機関銃も設置できるため、強力な武器として使えるからである。だが、一番の理由は頑丈で壊れにくいことだ。

ピックアップトラックなら、他社でも生産している。現にハイラックスの人気にあやかり、中国製のコピー商品がリビアなどに大量に輸出され、リビア経由で他の中東諸国にも出回ったこともあったが、壊れやすく燃費も悪いということで、ゲリラ兵の失望を買い、かえって日本車の信頼度を高める結果になった。

そのため、カナダ政府が提供したハイラックスは本物であるという証明にもなり、アフガニスタンでは政府関係者だけでなく、民間人にも人気の的になり、やがて反政府組織の手にも渡ったようだ。保証書代わりになったカナダ国旗の楓《かえで》のマークにあやかって楓のタトゥーを入れるのが、ゲリラの間で流行ったほどだという。

荷台には穀物が入った麻袋やアラビア語で記されたダンボール箱が積んである。アフガニスタンではよく見かける物資を運ぶトラックのようだ。だが、乗り込んでいるのは、柊真率いるフランス外人部隊のチーム、ティグルとミゲル・アルベルトが率いるスペイン外人部隊のチームであるアギラのメンバーが分乗していた。

柊真らはカラートの基地まで軍用トラックに乗ってきたのだが、タリバーンの支配地域に行く可能性があるということで、基地で使用していたハイラックスを三台借用したのだ。また、軍服も目立つので、駐屯《ちゅうとん》している米軍兵士から私服を借り、アフガンストールを首に巻いている。また、誰しも無精髭《ぶしょうひげ》を伸ばしているのでアフガニスタン人に見えなくもない。

本来なら銃も武装勢力と同じようにＡＫ74に替えたかったが、基地に駐屯している米軍もアフガニスタン軍も所有しておらず、今使っている銃の５・56ミリＮＡＴＯ弾と手榴弾の供給だけ受けた。基地では武装勢力から没収した武器を保管することもあるが、最近は横流しを防ぐため破壊した上で破棄《はき》するようだ。

「それにしても、米軍は、こんな真夜中に出発するとは、思わなかったようですね」

ハンドルを握るリアド・スリマニ軍曹は、欠伸を噛《か》み殺しながら言った。

柊真は仲間の作戦継続の意志を確認した後で、睡眠をとるように指示をし、自分も三時間ほど眠った後で行動を起こした。

三十分ほど前に、眠っている基地司令官であるノートン大佐を訪ね、本国から出撃の許可が出たために軍用車でない車を貸してくれと頼み込んだのだ。トランプ宣言でアフガニスタン軍との対応に追われて疲れ切っていたノートンは、渋々基地で使用している車を貸してくれた。

彼がわざわざフランスとスペインの外人部隊の本部に確認しないはずだという柊真の読みは当たった。どちらのチームにも帰還命令が出ている。確認されれば、脱走兵扱いされる可能性がある。柊真はノートンの判断力が鈍《にぶ》る寝込みを狙って、基地から出たのだ。

「夜が明ける前に襲撃犯を見つけたい。俺たちには暗視装置がある。だが、明るくなったら待ち伏せされるだけだ」

柊真は両膝に挟んでいる、布で包んだＨＫ４１６カービンに手をかけて言った。

先頭の車には柊真も含めてフランス外人部隊が四人、二台目は、サブリーダーのヌーノ軍曹とモロッコ人のマフムード軍曹とスペイン外人部隊の二人の兵士、最後尾はミゲル含めてスペイン外人部隊の三人が乗っている。混成部隊だが、すでに柊真の指揮下で動く一つの小隊として機能していた。

「停まれ!」

助手席の柊真は、声を上げた。

カンダハール・ガズニーハイウェイを五十分ほど走ってきた三台の車は、カラートから五十キロの地点でライトを消して停止した。マパン方面に続く、古い街道の入口を見つけたのだ。マパンは、ここから四十数キロ先にある。とはいえ、三叉路に道路標識があるわけではない。それに交差点というほどはっきりとした分岐点でなく、踏み固められた未舗装の道が、東に向かってあるだけだ。

「これから先は、一切のライトの使用を禁止する。全員暗視ゴーグルを装着」

柊真は無線で二つのチームに命令した。

山岳道路ではスピードが出せない。また、地図で見る限り、開けた場所もある。待ち伏せ攻撃を受けたらひとたまりもない。ヘッドライトを点灯し、のろのろと山道を登れば、狙撃してくれと言っているようなものである。

ここまでカンダハール・ガズニーハイウェイは、ターナックという川に沿っていた。地図上では、分岐点から六十メートルほど南東に進み、川を渡る地点にハビッド・カルナという村があるはずだ。

マパンはここから四十五キロ先だが、念のために人家がある場所はすべて調べるつもりである。目印となる二台のハイラックスを見つければいいのだ。ここから先は貧困な地域でハイラックスを二台も所有する村はまずないため、見つければ武装集団がいると思って間違いないだろう。

——2号車、準備完了。

ヌーノから無線連絡が入った。

——3号車、いつでも出発できる。

ミゲルから返事が届いた。

「出発!」

柊真は無線で呼びかけた。

三台のハイラックスは、暗闇を進み始めた。

謎の追っ手

一

　午前三時二十分、暗視ゴーグルを装着した柊真が、ＡＫ74を構えながら小さな村を進む。彼の周囲には一定の間隔を開け、銃を構えた六人の男たちが行動をともにしていた。ターナック川からほど近いハビッド・カルナという村である。

　男たちは日干《ひぼ》し煉瓦《れんが》の家々を縫《ぬ》うように進むと、何事もなかったように村を後にし、二百メートルほど離れた場所に停車している三台のハイラックスの前に集まった。彼らが探しているのは、武装集団が乗っていた二台のハイラックスである。車さえ見つければ、家の中までテロリストを捜す必要はない。

　とはいえ、彼らの車を発見したら慎重に行動しなければならないだろう。下手に踏み込んで銃撃戦になれば、拉致《らち》されたシャナブの命を脅《おびや》かすことになるからだ。

柊真が一番前に停《と》められている車の助手席に乗ると、他の男たちも無言で三台の車に乗り込んだ。村を調べた男たちは、柊真を含めたフランスの外人部隊から五人、それにスペインの外人部隊から二人、残りの人員は車の近くで待機させていた。

「出発」

柊真の号令で、ハンドルを握るリアド軍曹がアクセルを踏んだ。

「やはり、マパンでしょうか?」

暗視ゴーグルをかけているリアドは、慎重に運転している。暗視ゴーグルは視野が狭くなるため、スピードを出して走れないのだ。

「行ってみないとな。それにマパンまでは他にも村がある」

柊真は暗視ゴーグルを外《はず》すと、目頭《めがしら》を摘《つま》んで軽いマッサージをした。視力がいいせいかもしれないが、暗視ゴーグルで行動すると、極度の眼精疲労を覚えるのだ。

「疲れているようですね。マパンまでは一時間近く掛《か》かります。後部座席で仮眠したらどうですか?」

リアドに目頭をマッサージするところを、しっかりと見られていたらしい。

「馬鹿《ばか》を言うな。今この時もシャナブは恐怖で震えているはずだ。呑気《のんき》に休んではいられない。それに地図には載っていないが、マパンまで小さな村が街道沿いに五つあるようだ」

先頭車の助手席は見張りとして重要な役割があるのだ。疲れたなどと甘えたことなど、口が裂《さ》けても言えない。

柊真はポケットからスマートフォンを出し、画面の光が車の外に漏《も》れないように座席の下で起動させた。

カラートの基地で、米軍が使用している衛星通信用の携帯無線Ｗｉ－Ｆｉルーターを借りてきた。これで、衛星携帯電話機を持っていない柊真らも、ルーターを使って個人のスマートフォンを使うことができる。そのため、地図アプリを使って現在位置だけでなく、衛星写真も見ることができるし、インターネットで電話もかけることができるようになった。通信機器の進化で、戦場での戦い方も変わってきた。ごく最近まで衛星通信は、かなり大きな機材が必要だったが、今は片手サイズの機器ですんでしまうのだ。

「ここから六キロ先に村があるようだ」

柊真は地図アプリを衛星画像モードにし、地図に記載のない村を見つけた。

十分後、柊真らは名もなき村を探索し、ハイラックスがないことを確認すると、すぐ次の目的地に向かった。

カンダハール・ガズニーハイウェイの分岐点からマパンまでは、比較的浅い谷間を道が通り、谷の開けた場所に小さな村が五つあった。どの村も規模が小さいので数人で見回れば、充分である。

ただ、テロリストらが軍事衛星を警戒し、上空から発見されないようにカモフラージュシートやネットを使用している可能性もある。地上で見れば車が隠してあることは分かるが、それでも判別しにくいので慎重に確認する必要があった。

マパンから一キロ手前で柊真は車を停め、車内でヌーノとスペイン外人部隊のミゲル、それにイスマエルの四人で打合せをした。マパンに入るための作戦会議である。車には、外から毛布をかけて車内灯の光が漏れないようにしている。

「マパンに入ったこの辺りが、気になる。俺なら待ち伏せ攻撃をする」

柊真は地図の一点を指差した。

「サーデ村の手前の道が曲がっている場所だな。道路から三百メートル南側に丘がある。等高線から見て崖《がけ》かもしれないな。道を曲がった途端《とたん》に崖の上から狙撃されるような気がする。確かに待ち伏せ攻撃をされたら、ひとたまりもないな」

対面《トイメン》に座るミゲルは、地形図を見ながら渋《しぶ》い表情で言った。

「俺が斥候《せっこう》に出る。志願者を募《つの》ろう」

柊真は二つのチームで、リーダーとなっているが、現在の任務は正規のものではない。あくまでも自主的に集まった戦闘集団である。斥候のような危険な任務を他人に押し付けるつもりはない。

「それじゃ、俺が行こう」

ミゲルが手を挙げた。

「おまえはだめだ。待機しているチームを仕切ってほしい。ここにいる三人はだめだ。こちらティグル1、全員に尋《たず》ねる。これから俺は斥候に出るが、だれか一人志願者はいるか？」

ミゲルの志願を却下した柊真は、無線で仲間に呼びかけた。

——こちら、ティグル3、斥候に行かせてください。

——こちらアギラ4、連れて行ってください。

——こちら、ティグル5、斥候を志願します。

——こちら、ティグル6、私も行きます。

——ちょっと待ってくれ、アギラ3、志願します。

結局、柊真の目の前にいる三人以外は、先を争うように志願してきた。

「先着一名だ。ティグル3、一緒に来てくれ」

苦笑を浮かべた柊真は、車内灯を消して外に出た。

二

柊真とティグル3のコードネームを使っているリアドは、山岳道路から外れた岩場を小走りに進んでいる。

アルジェリア人のリアドは、ポルトガル人のヌーノ軍曹と同じフランス外人部隊の精鋭である第二外人落下傘《らっかさん》連隊に所属していた。そのため、落下傘降下をはじめとした空挺技術だけでなく、射撃、格闘技にも優れている。

また、マフムード、ザカリア、シャリフの三人は、第二外人歩兵連隊に所属しており、リアドらに劣《おと》らず、戦闘能力があった。軍人としては誰しも優秀なのだが、彼らの共通点は上官に逆らうなどの軍規を犯して軍法会議にかけられ、除隊かアフガニスタン行きかの選択肢を迫られたという曰《いわ》く付《つ》きの兵士であることだ。

カンダハールに着任早々、腕っ節自慢の彼らは上官となった柊真に対して、格闘技の訓練中に本気で挑んだが、軽く捻《ひね》られて痛い目に遭《あ》っている。また、柊真は誰とも分け隔てなく付き合うため、彼らに一目置かれる存在になった。根はいい連中なのだ。

柊真とリアドは、マパンの一キロ手前から山岳道路を外れて山の斜面を迂回《うかい》し、崖の頂《いただき》を目指している。山岳道路は百メートルほど眼下にあり、乾《かわ》いた川を渡る道はうねっている。狙撃には適した場所だ。ＲＰＧ７で狙《ねら》い撃ちすれば、車輛ごと破壊することも容易にできるだろう。

柊真は右拳《こぶし》を上げて立ち止まると、身を屈《かが》めた。

百メートル先の岩場の陰にＲＰＧ７を膝《ひざ》に抱えて座っている男を発見したのだ。しかも、男の数メートル上の崖の上から銃身が覗《のぞ》いている。狙撃兵がいるらしい。RPG7の男を銃撃するのは簡単だが、逆に崖の上から狙撃されてしまう。RPG7の男は暗視装置を持っていないようだ。下の道を通る車のヘッドライト目掛けて、ロケット弾を発射するつもりなのだろう。

柊真はリアドにハンドシグナルでこの場からRPG7の男を見張るように命じると、目の前の崖を回り込みながら登った。急な斜面だが、H&K416カービンを構えながら歩くことはできる。

「……………！」

足元の岩が崩れた。

柊真は数メートル滑《すべ》り落ち、大きな岩の上に叩《たた》きつけられた。近くの岩に銃弾が跳《は》ねた。崖の上から撃ち込んでくる。

「くそっ！」

柊真はすぐさま起き上がって反撃した。

敵は崖の上に隠れ、銃身だけ下に向けて撃ってくる。互いの距離は二十メートルもない。この距離での銃撃戦は、歴戦の兵士でさえ恐怖を覚えるものだ。

「RPG！」

援護射撃を開始したリアドが叫んだ直後、ロケット弾が柊真の一メートル脇を通過し、背後の山肌で爆発した。

ＲＰＧ７の男に向かって銃撃すると、柊真は崖を駆け上った。

崖の上にＡＫ74を手にした男が膝立ちになっている。男の銃口がこっちに向き、火を噴いた。

柊真は横に飛んで、トリガーを引く。

敵の銃弾が耳元の空気をつん裂き、柊真の銃弾が男の胸に三発命中した。

銃撃は止んだ。リアドもＲＰＧ７の男を始末したようだ。

ＡＫ74を発砲してきた男は、アラブ系の顔をしている。銃には暗視スコープが取り付けてあった。

――何があった？

男の防寒ジャケットから、男の声が聞こえてきた。アラビア語である。

胸ポケットを調べるとモトローラの無線機が出てきた。〇・五ワットのタイプで、見通し距離なら九キロ近くは電波が届く。周囲に丘があるが、ここから五キロ前後なら、通話は可能だろう。

――返事をしろ！

やがて通話は切れた。

「准尉《じゅんい》、大丈夫ですか！」

リアドが崖下から叫んでいる。負傷の報告をしないということは、無傷ということだろう。

「大丈夫だ！」

無線機をポケットに入れた柊真は、周囲を警戒しながら崖を降りた。

市ヶ谷、傭兵代理店、午前八時十五分。

「えっ！」

作業部屋で、コーヒーを片手に池谷が差し入れてくれたドーナッツを頬張《ほおば》っていた友恵が声を上げた。

正面のモニターにアラートが点灯したのだ。

友恵はすぐさま浩志に電話を掛けた。

——どうした？

2コールで浩志が応じた。

「たった今、マパンで銃撃戦があったようです。銃撃と爆発を確認しました」

友恵は軍事衛星の熱センサーのアラートを受け、アラートを発した時刻まで映像を一分十秒巻き戻して確認した。浩志からマパンを集中的に警戒するように言われ、センサーの範囲を限定していたので検知できたのだ。

——場所はどこだ？

「マパンの南西部です。今、座標を送りました」

——熱センサーで、人がいないか調べろ。

「銃撃戦は終わったようです。二人が倒れ、対峙していた二人が西北の方向に移動しています。待ってください。二人の進行方向に三台の車が見えます。車の近くに五人確認できました。でも、車の中までは検知できません」

友恵は移動している二人を追って、軍事衛星のカメラの視野を調整している。熱センサーで人の位置は分かるが、暗視モードの映像も不鮮明で、性別さえ判断できない。米軍の最新鋭の衛星が使えないため能力に限界があるのだ。

——拡大した暗視映像の写真を送ってくれ。

「了解しました」

友恵はすぐさま画像を添付したメールを浩志に送った。

衛星携帯電話機の通話を終えた浩志は、スマートフォンに送られてきた座標をすぐに地図アプリに入力した。座標は友恵が軍事衛星で銃撃戦を確認した場所である。

「百五キロか」

距離を算出した浩志は、腕時計を見て呟《つぶや》いた。現在時刻は午前三時五十分になっている。もうすぐマパンに向かう山岳道路の入口があるモコルという街だが、銃撃戦のあった場所までは二時間、道路の状態によってはそれ以上かかるだろう。

「何が、百五キロなんだ?」

助手席に座っているワットが尋ねてきた。

「マパンで、銃撃戦があったようだ。俺たちが追っている武装集団かどうかは、分からない。だが、場所からいってターゲットが関係している可能性は濃厚だ。ただし、銃撃戦に勝利した連中が、武装集団なのか、謎の追っ手なのかは分からない」

二対二の銃撃戦だったらしい。武装集団と謎の追っ手の本隊が、交戦したわけではなさそうだ。どちらかの見張りと、斥候がぶつかったのだろう。

「それが、百五キロ先ということか。ヘリで飛んで行きたいな」

ワットが悔《くや》しげに言った。

手元の衛星携帯電話機が、振動している。

「どうした?」

――たった今、マパンで銃撃戦があったらしい。ひょっとすると、ターゲットの武装集団かもしれない。

メリフィードの興奮した声が響いた。ペンタゴンの情報を、CIA本部を介して受けたのだろう。

「座標も分かっている。心配するな。手は打った」

友恵に銃撃戦近くで発見した三台の車を、軍事衛星でロックオンするように頼んだ。高性能な軍事衛星なら人間をロックオンして追跡することもできるが、米国以外の衛星でそこまで要求することは難しい。三台の車が武装集団でない可能性もあるが、追っ手だとすれば、結果的に武装集団に導いてくれるはずだ。

——手は打った？

メリフィードは首を捻っているに違いない。

「もうすぐモコルだ。ご苦労だった」

浩志は素っ気なく言うと、通話を切った。

三

午前五時十分。

リベンジャーズのハイラックスとハイエースは、マパン、ナワ村に到着した。モコルからの山岳道路は未舗装《みほそう》で深い轍《わだち》はあったが、傾斜は緩《ゆる》やかで予想より、早く到着できた。しかも、村に着く直前までヘッドライトを点灯させて猛スピードで百キロを踏破してきたのだ。

ジョーブレーカーとは予定どおり、モコルで別れている。また、ＣＩＡのデミルとオズベクの二人は、最後まで同行すると言い張っていたが、マパンで戦闘が確認されたために許可しなかった。彼女たちの決意は尊重するが、戦闘員でない者が一緒に行動できるような作戦ならリベンジャーズでなくても引き受けられる。

暗視ゴーグルを装着した浩志は、ハイラックスから音もなく降りると、ＡＫ74を構えながら村外れの家にゆっくりと近づく。谷を抜ける埃《ほこり》っぽい風が、日干し煉瓦の土塀《どべい》で囲まれた家々を吹き抜ける。街灯もなく、寂《さび》れた村だ。

浩志の後ろに辰也、田中、京介が続き、ハイエースから降りたワットには瀬川、加藤、マリアノが従っている。三台の車には、村瀬、宮坂、鮫沼の三人がそれぞれ運転席で待機していた。

浩志はワットにハンドシグナルで、別行動を取るように指示をした。車が隠されていないか調べさせるのだ。

振り返って辰也らに、他の民家から離れた場所にある土塀の中に入ると合図をした。星明りも射さない、暗視ゴーグルなしでは一歩も歩けない真の闇を進む。土塀の内側は、何もない広い中庭があり、日干し煉瓦の平屋がポツリと建っている。

ドア代わりに吊るされた毛布を潜《くぐ》って家に侵入すると、長い廊下があり、部屋が横に並んでいた。

「クリア！」

銃を構えた辰也と田中がドアもない部屋に入って確認すると、後ろで援護していた浩志と京介のペアが次の部屋を調べる。どの部屋も家財道具はなく、長年人の住んだ形跡もない。

四つの部屋を確認し、突き当たりの部屋に辰也と田中が侵入する。

「フリーズ！」

辰也が叫んだ。

「撃《う》つなよ」

遅れて足を踏み入れた浩志は、部屋の奥に銃を向けている辰也と田中に声を掛けた。アラブ系の二人の男が毛布を掛け、部屋の片隅に仰向《あおむ》けに寝ているのだ。

浩志は自分のＡＫ74を背中に回して掛けると、横たわっている手前の男の毛布の下を覗き込みながらゆっくりと剝《は》がした。肩と腕に二発、胸に二発の銃弾を浴びている。呼吸を確かめるまでもない。肩と腕に関しては、治療を試みた形跡がある。眠っているところを撃たれたのだろう。

「こっちの男も死んでいますよね」

辰也が壁際の男の毛布に手を伸ばした。

「触るな！」

浩志が声を上げ、手を振って辰也を下がらせた。

壁際の男の毛布を少しだけ上げて中を覗くと、脇の下に手製の爆弾が仕掛けてあった。毛布を引っ張ると、安全ピンが外れる仕組みになっている。手製の手榴弾《しゅりゅうだん》を使ったブービートラップだ。

「ブービートラップだ。解除してくれ」

立ち上がると、浩志は辰也に命じた。処理は爆弾のプロに任《まか》せ、完全に無力化しておかなければならない。民間人が怪我《けが》人だと思って毛布を剝がす可能性があるからだ。

「こんなところで、イラクでよく見かけたブービートラップにお目にかかるとは思いませんでしたよ」

苦笑を浮かべた辰也は銃を壁に立てかけ、自分のタクティカルポーチから工具を取り出した。死体に爆弾を仕掛けるのは、イラクの反政府テロリストの常套《じょうとう》手段であった。戦闘で亡くなった米兵に爆弾を仕掛け、仲間が回収した際に爆発するようにするのだ。

——こちらピッカリ。リベンジャー応答願います。

ワットからの無線連絡が、イヤホンに入ってきた。

スロートマイクを使用した無線機は、日本の傭兵代理店で人数分揃《そろ》え、辰也が持ち込んだのだ。

「リベンジャーだ」

――車は一台もない。やはり、逃げられたな。

「こっちは、二つの死体を発見した」

――俺もそっちに行く。

ほどなくしてワットが一人で、現れた。仲間を外で警戒に当たらせているのだろう。

「どうだ。やっぱり、シャナブを誘拐した連中か？」

ワットは死体を見つめながら言った。

友恵からマパンで銃撃戦があったと報告を受け、その際、軍事衛星で発見した三台の車の追跡を彼女に依頼した。

三台の車はマパン西部にあるナレイ、サーデと街道に近い二ヶ所の村を回った後、サーデ村から二キロ南東にあるナワ村に入ると、今度は道なき道を西南に向かって進んでいる。謎の車列がマパンを離れたため、浩志らはシャナブを拉致した武装集団と関わりがあるのか調べる必要があったのだ。

三台の車の動きから見ると、捜索活動をしていると思われる。彼らは、シャナブを拉致した武装集団を追っているのだろう。ナワ村を最後に彼らがマパンを離れたのは、ナワ村で武装集団の存在を確認できる物証を見つけたに違いないと浩志は考えたのだ。

「ホトケは、カンダハールのホテルの銃撃戦で負傷したんだろう。おそらく、この二人を治療するため、この村に来たに違いない。だが、見張りが謎の追跡者と交戦して殺されたために、慌《あわ》てて逃げ出し、怪我人は足手まといだと殺されたと考えれば、辻褄《つじつま》は合う」

浩志は辰也の作業を見ながら言った。

「完了です」

辰也は死体から爆弾を取り外し、笑って見せた。

「この二人を救うためにわざわざこの村に立ち寄ったのに、逃げ出す時はさっさと殺すというのは、矛盾《むじゅん》していないか？」

ワットは首を横に振った。

「俺もそう思った。だが、この村に立ち寄った理由は他にもあったのかもしれない。というのは、死体に仕込んであった爆弾だ。辰也、説明してやれ」

「了解。ほらよ」

頷《うなず》いた辰也は、爆弾の本体をワットに投げ渡した。

「あっ、あぶねえな。Ｍ２２４の砲弾じゃないか」

ワットは慌てて両手で受け取り、辰也を睨《にら》んだ。Ｍ２２４とは、米軍の60ミリ迫撃砲のことである。

「信管は抜いてあるから爆発はしない。イラクじゃ、テロリストが砲弾を改造して、手製爆弾を作るんだ。下の方を見てみろ。三本の線が刻まれているだろう」

辰也は工具を片付けながら言った。

「本当だ。待てよ。三本の線？　聞いたことがあるぞ。これは、モンスターの爪痕、確かモンスター・クローと呼んでいたな」

砲弾に刻まれた三本の線を見たワットは、両眼を見開いた。

「そうだ。爆弾魔のテロリストが、自分が作った爆弾に刻印をするんだ。そいつは、元イラク国軍の特殊部隊に所属していたそうだ。フセイン政権が潰《つぶ》れてからは反政府勢力でテロ活動をし、三年ほど前にＩＳに転向したらしい。残虐非道《ざんぎゃくひどう》で、部下を平気で殺すと言われている」

浩志は、辰也が爆弾を解体している際に、砲弾に三本の線があることに気が付いていたのだ。

「ということは、ここまで逃げてきたタリバーン系の武装組織は、悪名高いＩＳのモンスター・クローと合流したということか。怪我人を殺したのは、そいつかもしれないな。厄《やっ》介《かい》な連中だ」

ワットが死体をしげしげと見た。

「出発するぞ」

死体を調べた浩志は、立ち上がった。死後数時間も経っていない。顎《あご》の筋肉がこわばり始めているが、死後硬直はさほどはじまっていないのだ。武装集団とは、二、三時間、謎の追っ手とも一時間半程度の差だろう。

四

午前五時五十分。

リベンジャーズの三台の車列は、マパンから五キロほど戻り、街道と交わる谷に沿って南南西の方角に向かっていた。

乾いた川床は大小の石が転がっており、中央の石が帯状に色が変わっている。車が通って石の表面が削れ、白っぽくなったのだろう。地図には載っていないが、地元住民が使う道である。とはいえ、悪路であることに変わりはない。

ハイエースも四駆タイプなので、なんとかハイラックスについてくる。舗装道路の少ないアフガニスタンで、日本車の人気が高いのは納得である。

先頭を走るハイラックスは加藤がハンドルを握り、助手席に浩志、後部座席に瀬川、二台目のハイラックスは田中が運転し、助手席に辰也、後部座席に宮坂と京介、三台目のハイエースの運転席にマリアノ、助手席はワット、後部座席に村瀬と鮫沼が乗り込んでいた。

悪路のため運転はチームの中でもドライビングテクニックに長《た》けた三人が行い、車が孤立した場合も考えて車ごとにチーム分けをし、助手席にはリーダーとなる仲間が座っている。

「やはり、そうか」

浩志は、衛星携帯電話機で友恵からの報告を受けていた。彼女は追っ手とみられる三台の車を監視し、同時にその先を走る車はないか調べさせている。

「分かった」

通話を終えた浩志は、友恵から送られてきた三台の車の座標を地図にインプットした。浩志らが調べたマパンのナワ村から三台の車は、渓谷を縫うように通る険《けわ》しい道を南下している。このまま進めば、カラートとパキスタンを結ぶ幹線道路に出るだろう。

浩志らがなぜ彼らの後を追わなかったかというと、少し回り道だが、現在走っている道の方が、難所が少なく幹線道路に早く出られるからである。また、険しい渓谷では待ち伏せ攻撃の危険に絶えず晒《さら》されるためで、時間的な遅れは、カラート・パキスタンルートを飛ばして差を縮めるという計画だ。

「相変わらずですか?」

後部座席で揺られている瀬川が、尋ねてきた。あまりにも車体が揺れるので、シートベルトをした上で、天井に手をついて体を支えなければならない。また、下手《へた》に喋《しゃべ》ると、舌を噛《か》み切る恐れもあるので言葉少なに言ったのだろう。「三台の車は、相変わらず南下していますか?」と聞きたかったに違いない。

「ターゲットは見つかっていない。幹線に出たらしい」

三台の車が走る渓谷の道に、他の車は見当たらないそうだ。おそらくいち早く山岳道路を抜け、パキスタンへの幹線に出たため、対象エリアが絞り込めずに友恵でも見つけられないのだろう。

「ひょっとすると、追跡者もターゲットを見失っている可能性もありますね」

瀬川は心配げに尋ねてきた。

「追っ手はナワ村に残っていたタイヤ痕《こん》を追って山岳道路に入ったはずだ。だが、その先はカラート・パキスタンルートだ。パキスタンに逃げ込まれたら、それ以上の追跡は難しいはずだ」

浩志らは三台の車の行き先を予測して動いている。だが、ターゲットである武装集団を直接追っているわけではない。追跡者が武装集団を見失えば、浩志らもお手上げになる。

「待てよ」

浩志はスマートフォンを出してカンダハールに一番近いパキスタンの国境からカンダハール、そしてカンダハールからマパンを経由し、カラート・パキスタンルートの幹線までの距離を測った。出発地点が分からないが、パキスタンの国境から測ればおよそ五百五十キロある。

　トライバルエリアからカンダハールまでは、片道で五百キロ近くあるため、武装集団はパキスタンを南下して国境地帯の村で給油してからカンダハールへと西に向かったのだろう。距離的な問題だけでなく、トライバルエリアからすぐに国境を越えると、ガズニーやカラートなど米軍やアフガニスタン軍の基地がある街を経由しなければならないため、それは避《さ》けたはずだ。

　浩志らは燃料満タンでカブールから出発し、三百五十キロほどで残り少なくなり、持参した携行缶の軽油をナワ村で補給した。車体が古いこともあるが、道が悪いので、燃費が悪いのだ。長距離の移動に備え、予備の燃料と食料と水はたっぷり持ってきている。だが、武装集団は死亡者数が多いことからみても、荷台に大勢の仲間を乗せてカンダハールまで行ったはずだ。そのため、荷台に予備の燃料を入れた携行缶はたくさん積めなかったに違いない。

　ナワ村に残されたタイヤ痕を調べた加藤は、武装勢力は四台の四駆で移動していると確認しており、車種はテロリストに人気のハイラックスかストラーダと見ている。しかも二台ずつ別々に村に入ったらしく、タリバーン系とＩＳの武装勢力が合流した可能性は高まった。いずれにせよ、浩志らの車と同じで、満タンでも四百キロは走れないだろう。

　パキスタンの国境地帯から幹線を使ってカンダハールまでの往復でも五百キロ、無給油での行動は不可能である。マパンに行った時点で燃料はなくなっているだろう。二、三十リットルの携行缶は持っていたかもしれないが、パキスタンの国境地帯に戻るには、途中で燃料を補給しなくてはならないはずだ。どこかに中継基地のような村があるのかもしれない。

浩志は衛星携帯電話機で友恵を呼び出した。

「俺だ。カラート・パキスタンルートで給油できるような村や街を探して欲しい」

――地図上では、ガソリンスタンドがあるような街や村はありませんが、衛星でチェックしてみます。

「頼んだぞ」

「なるほど。追跡者たちもそれを考えて進んでいるのかもしれませんね」

電話のやりとりを聞いていた瀬川が、言った。

「幹線道路沿いの村なら、車の燃料を備蓄している可能性が高い。それに武装勢力に協力する村がパキスタン寄りにあってもおかしくはないだろう。追跡者は闇雲《やみくも》に追っているわけじゃないはずだ」

浩志と同じように補給基地となる村を探している可能性はある。

「タイヤ痕を追うだけじゃなく、敵の動きを予測して行動しているとしたら、追っ手の指揮官はかなりの切れ者ですね」

運転していた加藤が唸《うな》るように言った。追跡のプロとして感心しているようだ。武装勢力と追跡車のタイヤ痕を調べ、渓谷に続く道を発見したのは彼である。タイヤ痕を辿《たど》ることはだれでもできる。だが、幾筋もあるタイヤ痕から、台数と車種まで見出すのは経験と特殊な技術がいるのだ。

「馬鹿じゃないだろうな」

浩志はふんと鼻息を漏らした。

五

上海《シャンハイ》市提籃橋《ていらんきょう》刑務所、午前九時半。

反政府主義者として認定された法輪功《ほうりんこう》の学習者を迫害する拠点として、有名な刑務所である。

法輪功とは、中国発祥の気功で、道徳の向上と体を鍛《きた》えることを目的としており、一九九二年から爆発的に学習者が増え、彼らが政治的な思想を持つことを恐れた中国共産党は、拷問《ごうもん》や暗殺、無裁判の処刑などあらゆる手段で徹底的に弾圧し、今日においても迫害は続いている。また、彼らを収容する刑務所が裏ビジネスとして、移植手術のための臓器を学習者から生きた状態で摘出することも問題視されていた。

提籃橋刑務所の入所者で法輪功学習者は、採血だけでなくレントゲンなど定期身体検査を受ける。これは健康診断のためではなく、日常的に入所者が拷問を受けるために、商品である臓器が損傷していないか調べる必要があるからだという噂《うわさ》が絶えない。

黒塗りのベンツが提籃橋刑務所の高さが五メートルはありそうな巨大な正門を潜り、玄関前に停車した。助手席から若い兵士が降りてキビキビとした動作で後部ドアを開け、敬礼してみせた。

玄関から制服を着た二人の職員が慌てた様子で階段を駆け下りてくると、後部ドアの前に並んで立った。一人は五十代半ば、もう一人は二十代後半、二人はベンツが入ってくる前から待っていたようだ。

背の高い人民解放軍の将校が、車から降りた。シルバーグレーの髪をした少々中国人離れした彫りの深い男である。

「お待ちしておりました。所長の張浩《ちょうこう》であります」

年配の職員は将校に最敬礼をしてみせた。

「ご苦労」

男は張に軽く頷いてみせた。馬用林の中国名を持つウェインライトである。彼はレッド・ドラゴンの幹部であり、表の顔として中国共産党中央軍事委員会装備発展部情報システム局に所属し、海外に武器の販売をする軍人として働いていた。

彼はもともと米国の軍需会社の幹部であったため武器に詳しく、東南アジアやアフリカ諸国に大量の武器を売りさばいている。その実績を買われ、諸外国でいう中佐である中校の階級を有していた。もっとも、中国では階級は金で買うものである。ウェインライトは身の安全を図るため、惜《お》しげもなく金をばら撒《ま》き、中校にのし上がったのだ。

「私がご案内します」

張は部下を押しのけるように先に歩き、建物に入っていく。張に道を譲《ゆず》った若い職員は両手を前に出し、先に行くように促してきた。頷いたウェインライトは助手席から降りた部下を連れ、張に従った。

「昨日逮捕されたバシムの処刑日は明日と聞いたが、本当か?」

ウェインライトは、表情もなく尋ねた。彼はこの三年の間に、東洋人に見えるように何度か整形手術を受けている。だが、その後遺症として顔面の筋肉が引きつるようになってきたため、表情の変化に乏しいのだ。

「ご存じのように我が国では、麻薬に厳しく、また彼がイスラム系ということもありますし、外国人の極悪な犯罪者にただ飯を食わせるほど、我が国は寛容ではありませんので」

後ろを振り返った張は、苦笑を浮かべ廊下の奥へと進んで行く。

「危ういところだった。バシムに尋問できるんだろうな?」

あらかじバシム・ターリクという死刑囚に尋問したいと、ウェインライトは要請しておいた。中国の刑務所では囚人に人権はないため扱いも酷《ひど》く、満足に口がきけるかどうかも分からない。

人権を無視する中国は、国際連合人権理事会の理事国になっている。世界が中国マネーと軍事力の前に屈した証拠なのだ。

「……大丈夫だと、思います。ただ、男からは洗いざらい自白させてありますので、調書を見ていただければ、すむと思いますが」

張は視線を外して答えた。尋問は期待するなということだろう。あるいは、囚人に新たに自白されては沽券《こけん》にかかわると思っているのかもしれない。

やがて張は鉄格子のドアを過ぎて、すぐ手前に〝訊問室〟と記された鉄の扉の前で立ち止まった。廊下の反対側にも鉄格子のドアがある、その奥は監獄になっているようだ。

「私の部下に手伝いをさせましょうか？」

拷問するなら手伝うということだが、見張っていたいのだろう。

「君らの手を煩《わずら》わせるつもりはない。開けてくれ」

ウェインライトは張をじろりと睨みつけた。刑務所の所長はただの役人である。軍人であり、中校の階級に口答えができるような身分ではないのだ。

「分かりました」

張は不服そうな顔で、鉄のドアの鍵を開けた。

ウェインライトは訊問室の外に部下を立たせて、中に入った。刑務所の職員を信じるほどお人好しではない。嫌《いや》がらせで訊問室に閉じ込められる可能性もあるのだ。

オレンジ色のつなぎを着せられたバシムが、机を挟んでぐったりとした様子で座っている。顔面は顔の形が変わるほど、腫《は》れ上がっていた。拷問されたようだ。また両腕には手錠がかけられ、鎖は床に固定してある机の金具に通されていた。

「すべて、話した。これ以上、話せない」

バシムは潰れかかった目をうっすらと開け、片言の中国語で言った。この男は、上海の暴力団に麻薬を販売していたところを現行犯で逮捕された。中国では、麻薬の所持だけでも死刑である。

「ほお、中国語が話せるのか。無理をしなくてもいい。私は、アラビア語が堪能だ」

ウェインライトは、流暢《りゅうちょう》なアラビア語で話しながら、バシムの対面《トイメン》に座った。

「それはいい。この刑務所のやつらは、アラビア語を口にした途端、殴られた」

バシムはアラビア語で答え、ひきつけを起こしたように息を吐《は》き出した。顔面が腫れているので、まともに笑えないらしい。

「それは、すまないことをした。あとで連中によく言って聞かせよう。困ったやつらだ。かねてから君のことは、タリバーンの情報通だと目を付けてきた。もっとも、君に限ったことではないが、タリバーンの麻薬ビジネスをしている連中は、みんな情報を握っているからね。もし、君が私に有益な情報をくれれば、この刑務所から出してやろう」

「ばっ、馬鹿な。俺はタリバーンのことは、誰にも話していない」

バシムは両眼を見開いた。

「君のところにくるまでに、私は何人ものタリバーンのテロリストから話は聞いてきたんだ。これでも、苦労しているんだよ。先日、カンダハールでタリバーン系の武装組織が、少女を誘拐する事件があっただろう。君の仲間が関係しているそうじゃないか、詳しく話を聞かせてくれ。自由になりたいんだろう?」

ウェインライトは、笑みを浮かべながら穏やかに尋ねた。

カンダハールの事件についてタリバーンが犯行声明を出したため、タリバーンに関する情報を徹底的に調べ上げた。また、国内で投獄されている数人のイラク人犯罪者を尋問してきた。その中で、バシムが浮上したのだ。彼は元々トライバルエリアで活動しており、アフガニスタンに近い部族の資金を麻薬で潤わせているという。

「しっ、知らない。たとえ知っていたとしても言うと思うか。そもそもこの刑務所から出られるわけがない」

バシムは上目遣いでウェインライトを見ると、大きく首を振ってみせた。

「私に不可能はないんだよ。金《きん》! 所長を呼んでこい」

ウェインライトはドアを開け、部下に命じた。バシムは首を傾《かし》げて見ている。ウェインライトの意図《いと》を推《お》し量っているのだろう。

ほどなくして所長が訊問室にやってきた。

「私に何か？」

張は部屋に入ると、ドアの近くの壁際に立った。バシムを危険と思っているのだろうか、腰に下げているホルスターの64式拳銃のグリップを右手で触っている。左手は反対側のベルトに差し込んである警棒を握っていた。先に高電圧の電流が流れる中国の官憲が所持しているものである。無意識にいつも囚人を威嚇《いかく》する態度をとっているらしい。

「バシム君が、私に有力な情報を教えてくれるそうだ。彼をもっと環境のいい別の刑務所に移すつもりだ。書類を作成してくれないか」

ウェインライトは立ち上がって張に命じながら、出入口のドアの鍵を閉めた。

「冗談じゃないですよ。何の権限があって、そんな無茶なことを言うんですか。この男は死刑囚ですよ」

張は鼻先で笑った。

「私は、優しく言っているつもりなんだがね」

ウェインライトは、席を立つと拳で張の顔面を殴りつけ、ベルトに差し込んである警棒を抜くと、張の顔面に当てて電流を流した。張の顔から火花が飛び散った。

「ぎゃっ！」

悲鳴を上げた張は、口から泡を吹いて気絶した。

「あとで、この男に書類を書かせる。まずは別の刑務所に軽微な罪に差し替えて移送するつもりだ。そうすれば、一、二週間で、君は出所できるだろう」

ウェインライトは警棒の指紋をハンカチで拭き取り、床に投げ捨てた。

「………！」

バシムは口を開けたまま、ウェインライトと張を交互に見ている。

「なんでも、君の仲間は、ＩＳのモンスター・クローと呼ばれている爆弾魔と合流しているようだ。元イラク陸軍特殊部隊にいた兵士で、金のためならなんでもする男らしい。とすれば、今回、シャナブ・ユセフィを誘拐したのは、むろん金目当てだろう。だから、彼女を殺さないのだ。イスラム教の国を作るという理想は、どこにいったんだろうねえ。そんなやつを庇《かば》って、君は中国で処刑されてもいいのか？」

ウェインライトは、ナワ村を調べた浩志からモンスター・クローが関わっていると聞いている。シャナブ救出に時間がないために、互いに得られた情報は頻繁《ひんぱん》に交換していた。

「アムジャド・カシムだ。仲間からアムジャドは、大半の手下を銃撃戦で亡くしたと聞いている。金は軍資金として必要だ。だけど、仲間をたくさん死なせては何にもならない。馬鹿なやつだ」

バシムは吐き捨てるように言った。

「アムジャド・カシム」

ウェインライトはポケットからスマートフォンを取り出し、アムジャドの名前を入力した。これは情報機関である中央軍事委員会連合参謀部のホストコンピュータが使える検索システムである。

「おまえと同じ、トライバルエリアのワーナを根城にしている武装集団だな」

ものの数秒で、アムジャドの拠点がヒットした。ワーナは、トライバルエリアの南に位置し、ガズニーからは二百四十キロ南東の街である。

「そんなことまで、分かるのか？」

「取るに足らない情報でも、繋《つな》ぎ合わせることで役に立つんだよ。アムジャドはワーナにもどるんだろう。ルートを教えてくれ」

ウェインライトは、ポケットから米国の百ドル札の束《たば》と地図とペンを出した。

「ルートを教えれば、大金をやる」

百ドル札の束を机の上に無造作《むぞうさ》に置いた。

「分かった」

バシムは舌を出して唇《くちびる》を舐《な》めると、地図を広げてペンで描き込んだ。

「これが、本当かどうか、どうして分かる？　仲間を裏切ることになるんだぞ」

ウェインライトは机を叩いた。

「金をもらえれば、仲間なんてどうだっていい。米国か英国に行くつもりだ。信じるかどうかは、あんたの問題だろう！」

バシムは立ち上がると、座っていた椅子を蹴った。

「どうしたんですか？　今の音はなんですか！」

ウェインライトの部下がドアを叩いている。

「時間がなくなったようだ」

溜息《ためいき》を吐《つ》いたウェインライトは、札束と地図とペンをポケットにしまうと、気絶している張のポケットから手錠の鍵を取り出し、バシムの手錠を片方だけ外し、机の金属製の金具から引き抜いた。

「どっ、どういうことだ」

バシムはきょとんとしている。

ウェインライトは無言で張の腰のホルスターから銃を抜き取り、やおら張の腹と胸に三発撃ち込んだ。

「なっ！」

呆然とするバシムを横目に、ウェインライトはハンカチで銃の指紋を拭き取ると、ズボンに隠し持っていた銃でバシムの頭部を撃った。

「たっ、大変だ。医者を呼べ！　所長が撃たれた！」

悲鳴を上げながらウェインライトは、張の銃を倒れているバシムの手に握らせた。

バシムを檻房《かんぼう》に連れて行こうとした張は警棒を抜き取られて乱暴され、張が銃を抜いて反撃しようとしたが、もみ合って逆に撃ち殺された。あっという間のできごとで、ウェインライトに銃口を向けたバシムを撃つのが精一杯であった、というストーリーである。

「大丈夫ですか！」

ドアの鍵を開けると、部下が血相を変えて部屋に飛び込んできた。

「参ったよ。所長は油断したんだ。部下に頼めばいいものを、自分で死刑囚をこの部屋から出そうとしたんだ。目の前で殺し合いがはじまるなんて、最悪だ」

ウェインライトは額に浮いた汗を手の甲で拭ってみせた。

遭《そう》遇《ぐう》

一

カラート・パキスタンロードは、国境の三キロ手前の山中で終わっている。正確に言えば、パキスタンに通じる山道に途中で何本も枝分かれしており、国境の検問所があるような道路には接続していない。

カラート・パキスタンロードの終点から四十五キロほど手前に〝スパンキー・タッシュ〟と呼ばれ、荒涼とした岩や地面がむき出した土地に数軒ずつ家が点在する寒村があるエリアがある。スパンキー・タッシュは、〝巻《ま》き髭《ひげ》〟とでも訳せばいいのだろうか、地形あるいは未開の土地に住む住民を意味するのか由来は分からないが、住民自らそう呼ぶことはないようだ。

午前六時四十分。

パキスタンとの国境の山際がオレンジ色に輝き始めていた。パキスタン側の方が標高は高いので、日の出まではまだ数分かかりそうだ。

スパンキー・タッシュの東の外れにある村〝マーズ〟を見下ろす小高い場所に柊真の姿があった。彼らは二十分ほど前にこの場所に到着している。

名前の由来は英語の火星ではなく、国境を意味するペルシア語から来ているのだろう。

「准尉《じゅんい》の推測どおり、国境に近い村にいましたね」

腹ばいになっている柊真の傍で、同じ姿勢で双眼鏡を手にしているヌーノが言った。

「四台のピックアップをカモフラージュネットで隠しているが、住民が軍事衛星や無人偵察機から逃れるためにするわけがない。それに村の四隅でたむろしている男は、銃は隠しているようだが見張りだろう。村人が見張りに立つのは不自然だからな」

柊真は百メートル下にある村を見て答えた。この距離なら、薄暗いが裸眼で充分観察することができる。

カブールやカンダハール周辺と違って、マーズ村は全体が日干《ひぼ》し煉瓦《れんが》の土塀《どべい》で囲まれていた。東西に長く、長辺は三百メートル近くあり、短辺でも八十メートルほどある。土塀の内側に建物は十軒ほどしかないが、畑もあるため広いのだ。近くに崩《くず》れかかった土塀だけ残っている場所もあるので、古より他部族の襲撃に備えてきたのだろう。

カモフラージュネットが邪魔で車種までは確認できないが、村の一番西側に四台のピックアップトラックが置かれていた。また、土塀の四隅に四人の男が壁にもたれかかり、煙草《たばこ》を吸いながら寒さに震えている。夜明け前の寒空の下で、村の四方に村人が目を光らせているのはあまりにも不自然だ。気温は二度、煙草を吸っているのは、少しでも暖を取ろうとしているために違いない。

柊真らは村の一キロ手前からハイラックスの機動力を生かして谷間を抜け、反対側の谷間を登って村の裏側を見下ろせる場所に来た。ここまで来るのに道路沿いの村をいくつか調べてきたが、ようやくシャナブを拉致《らち》した武装集団に追いついたようだ。

「それにしても、侵入するのは難しいですね」

ヌーノが双眼鏡で村を覗《のぞ》きながら言った。柊真らがいる場所から村までは十五度から三十度の傾斜角がある崖《がけ》になっており、草木が生えていないため、見通しがいい。駆け下りることはできるが、狙撃の的《まと》になるだけである。

「闇を利用するほかなさそうだ。夜まで連中がここに居てくれたらの話だがな」

柊真は溜息《ためいき》を漏《も》らした。村の人口は三十人前後だろう。三キロほど西にも同じような作りの村があったが、この辺りの人口密度は極端に少ない。村に住む成人が全員武装集団の味方だとしても大した数にはならないだろう。ここもナワ村と同じように武装集団が基地にしているとは思えないのだ。

柊真はこれまでGCPの任務で、タリバーンやISのアジトを急襲したことが何度かある。彼らがねぐらにしている場所は、民間人が住む村と変わりがないようでも、塹壕《ざんごう》や武器庫などが巧《たく》みにカモフラージュされていた。だが、ここにはそういう類《たぐい》の施設はなく、ただの民間人が住んでいる辺境の村にしか見えない。武装集団の本拠地はトライバルエリアであり、連中はここから必ず移動するだろう。

「彼らの本拠地は、どこなんでしょうか？」

双眼鏡を下ろしたヌーノが尋《たず》ねてきた。村を観察し、ここが武装集団の基地でないことに彼も気付いたのだろう。

「俺も同じことを考えていた。タリバーンが犯行声明を出している。だから、タリバーン系武装勢力の多くが潜伏するトライバルエリアに彼らの本拠地があると思っていた。それならマパンを北に進み、途中で東に向かって国境を越える方が早いはずだ。だが、やつらは、マパンを南南東に進んでいる。しかも、幹線はこの先の山の中で途切れているようだ。敵の動きが読めない」

首を振った柊真は、見張りをヌーノに任《まか》せ、ポケットから地図を出して敵の動きを確認した。

武装集団がカンダハールへの襲撃ルートは、トライバルエリアからパキスタンの西部を南北に通るN50号線で中西部の街クエッタを経由してN25号線を西に進み、国境を越えてカンダハールに向かったに違いない。

帰還ルートは、国境が封鎖されることを予期して襲撃時と同じルートを使わないようにしたのだろう。カンダハールの北にあるマパンのナワ村に行ったことは、トライバルエリアの方角と合っているので、多少寄り道だとしても理解できる。

またナワ村では、二人のテロリストの死体を確認していた。銃撃戦で負傷し、村で治療を試みたが、結局死亡したので置き去りにしたのだろう。柊真らは急いでいたため、死体を詳しく調べることはしなかった。

だが、ナワ村からそのまま北に向かわなかったことが、どうにも腑《ふ》に落ちないのだ。

「うん？　待てよ」

首を捻った柊真は、地図に政府軍と米軍基地がある場所に×印を記入してみた。

「明、飯を食えよ。見張りは代わるぞ」

ミゲルが斜面を上ってきた。

ヌーノと見張りをしている場所は山脈の峰で、尖《とが》った岩場になっており、村と反対側の四十メートルほど下に三台のハイラックスを停《と》めてあった。仲間は車の中で暖を取りながら、米軍から支給されたレーションを交代で食べている。

「ミゲル、これを見ろ」

柊真はミゲルに印を入れた地図を見せた。

「この×印は、ひょっとして軍の基地か？」

しげしげと地図を見たミゲルは、逆に尋ねてきた。

「トライバルエリアに行くには、マパンから北に進み、ザルグーン・シャフルを通るのが、一番の近道だ」

柊真は地図の上を指でなぞった。

「その先は、古い街道を使ってシャランを経由し、東に向かえば、パキスタンとの国境だ。その向こうはトライバルエリアになる。俺も武装集団は、マパンから北に向かうと思っていたんだ」

補足しながらミゲルが頷《うなず》いた。

「シャランの東に米軍のシャラナ軍事基地がある。カンダハールの事件が発生した直後、要所で道が封鎖された可能性がある。このルートは使えなかったかもな。それだけじゃない。カンダハールはもちろん、カラートにも軍事基地があるだろう。武装勢力だけにどこが封鎖されるのか、知っていた。実際は米軍が封鎖しなかったとしても、武装集団はリスクを回避したんだ。だからやつらにとっては、予定どおりの行動をしているのだろう」

「俺たちはトランプ騒動で米軍が動けないと思い込んでいたから、武装集団はマパンの北側に行くと勝手に思っていたのか。やつらはトランプ騒動がきっかけで誘拐事件を起こしたわけじゃない。脱出ルートも考えた上で、シャナブ誘拐の準備をしていたんだな」

「そういうことだ。飯を食ってくる」

柊真はミゲルの肩を軽く叩《たた》き、坂を下り始めた。

二

午前七時十分、浩志らが乗った三台の車は、マパンから渓谷の悪路を走破してカラート・パキスタンルートの道に抜け、スパンキー・タッシュの一キロ手前で停車した。

「……分かった。ありがとう」

一台目のハイラックスから浩志が衛星携帯電話機で話しながら降りると、三台の車から運転手を除いて全員が下車した。

携帯電話を切った浩志は、ボンネットの上に地図を広げた。

「何か分かったか？」

ワットが浩志の傍《そば》に立った。仲間は銃を構えて周囲を警戒している。道路は谷に沿って延びているので、高い位置から狙《ねら》われる危険性が常にあるのだ。

「友恵からの連絡では、三台のハイラックスは、この先にあるスパンキー・タッシュの山の中に停車したまま動かないらしい。ここから二キロ先だ」

浩志は地図上の赤い丸を指差した。

友恵から追跡者と思われる三台の車の座標を送ってもらい、地図上に記入したのだ。また、夜が明けて軍事衛星の監視カメラの映像が鮮明になったため、車種まで特定していた。

「位置からして、彼らの西側にある村を監視しているのだろうな」

ワットは地図を見て言った。

「そのようだ。軍事衛星から武装集団の車を発見できていないが、カモフラージュネットが、マーズという村の建物の脇に張られているのは確認できるそうだ。車がその下に隠されているのだろう」

「テロリストは、その村にいるようだな。燃料の補給もしたに違いない。それにしても、いつも友恵からの情報だが、ＣＩＡはいったい何をしているんだ？」

米国人だけにワットは、自国の情報組織の不甲斐《ふがい》なさに腹が立つのだろう。

「友恵と同じ内容の情報をいつも彼女から受けた後で聞かされる。上空にグローバルホークも飛ばしているらしいが、情報が乏《とぼ》しい。ワーロックから俺たちの姿も確認したという報告もさっき受けた。肝心の武装集団の姿は、見つけられないようだがな」

浩志は空を指差し、苦笑した。ワットだけでなく連絡をしてくる誠治も、浩志がいつも最新の情報を持っていることに苛立《いらだ》ちを覚えているようだった。情報を探知する能力は、マシンではなくマン（人）の問題である。浩志の指示を受けているとはいえ、友恵の解析能力が高いということだ。

——こちらトレーサーマン、リベンジャー応答願います。

加藤からの無線連絡である。彼には浩志の命令がなくても、自分の判断で斥候《せっこう》に出ることを許可してあった。

「リベンジャーだ。どうした？」

——三台の車が道を外れた場所を発見しました。北東に向かったようです。四台の車は依然として、この道を進んでいると思われます。現在位置は、本隊の百五十メートル先です。

加藤には友恵の報告をまだ話していない。独自に道路を調べて、追跡者のタイヤ痕《こん》を発見したようだ。本隊とは、リベンジャーズの三台の車のことである。また、武装集団の四台の車は道なりに進んでいるということだ。追跡者たちは、武装集団がいる村を発見し、別の場所から監視するために道を外れたのだろう。

「了解。トレーサーマン、戻ってくれ」

軍事衛星で監視活動をしているので、今は彼の出番ではなさそうだ。

「加藤は追跡者と武装集団の痕跡を見つけたらしいな。さすがだ。やつらが移動する前に村を急襲するか？　夜までは待てないぞ。追跡者に先を越される。俺たちなら、まだシャナブを生きたまま奪回《だっかい》できる可能性がある。行動を起こすべきだ」

ワットは声を潜《ひそ》めて言った。

「これは人質奪回作戦だ。作戦も練《ね》らずに救出を急《せ》くほど、結果は期待できない。マーズ村の土塀で囲まれた二百四十ヘクタールに家は七軒、倉庫が三棟あるようだ。軍事衛星の熱センサーで、どの家にも人がいることも確認できている。人数は二十八人だが、誰がテロリストなのか民間人なのか判断できない。テロリストが人質と立て籠《こ》もっている民家さえ今は特定できないんだぞ」

浩志はまくし立てた。友恵からの情報は、軍事衛星から得られるものがすべてである。それ以上は望めない。可能な限り早く、シャナブを救出したいが、彼女の居場所を正確に把握しなければ動けないのだ。

「たっ、確かにそうだ。だが、彼女はいつ処刑されるのか、分からないぞ」

浩志の反応に戸惑ったワットは、肩を竦《すく》めてみせた。

「すまない。俺も苛立っているらしい。だが、シャナブはすぐには殺されないはずだ。まだタリバーンから身代金の要求はないが、やつらが彼女をイスラム教に反する憎悪《ぞうお》の的と思っているのなら、その場で殺している」

浩志だけではない。リベンジャーズの誰しもが、いつもの闘いと違うため、戸惑い焦《あせ》っている。がむしゃらに闘ったところで、勝利は得られないのだ。

「俺もそうだと思っている。だが、確証はない。追い詰められて、足手まといの彼女を殺す可能性は捨てきれない」

ワットは首を振った。

浩志はワットから離れると、衛星携帯電話機を出し、ウェインライトを呼び出した。彼に積極的に電話をかけることは滅多《めった》にないが、今は藁《わら》にもすがる思いである。

「俺だ。新しい情報はないか」

——一時間ほど前に得た情報だが、検証できないため、君に送るべきか迷っていた。

「検証は、こっちでする。送ってくれ」

——分かった。

ものの数秒で、スマートフォンにメールが届いていた。送る準備はしていたようだ。メールに本文はなく、画像が添付されていた。展開すると、地図に赤ペンで線が描かれている画像だ。

「説明してくれ」

——中国で逮捕したタリバーンの兵士から聞き出したのだ。彼らが、アフガニスタンから脱出する秘密ルートだそうだ。彼らはよくこのルートを使うらしい。

「本当か？」

中国で逮捕されたタリバーンの兵士が、拉致した武装集団の情報を持っているとはにわかに信じがたい。

——私が尋問したのは、バシム・ターリクという男だった。襲撃犯のリーダーが、同じトライバルエリアのワーナという街に本拠地を置くアムジャド・カシムだと自白した。時間がなくて、手段までは聞き出すことはできなかったのだ。すぐに専門家に聞いてみたが、確証は得られなかった。

「分かった」

通話を終えた浩志は、バシム・ターリクとアムジャド・カシムの二人について調べるように、友恵にメールを送った。

「新しい情報か？」

ワットが浩志のスマートフォンを覗き込んでいる。

「武装集団の脱出ルートの情報らしいが、真偽は定かでない」

浩志はそう言いつつ、手元の地図にウェインライトの情報を描き写した。マパンから山岳道路を使って南下し、スパンキー・タッシュを抜けてパキスタンの山岳地帯を抜けるルートである。

「マパンからスパンキー・タッシュへのルートは武装集団と同じだ。その先は国境の検問所も通らないで、トライバルエリアに向かっている。これは、信じてもいいかもしれないぞ」

ワットが声を上げたので、仲間が注目している。

「怪《あや》しいものだ。そもそもこのルートは、途中で急勾配の山越えになる。車は使えない」

浩志は渋い表情で首を左右に振った。

三

午前八時を過ぎようとしている。

柊真は見張り場所から、スパンキー・タッシュの村を見下ろし、微動だにしない。寒さ対策として部下やスペイン外人部隊の仲間は三十分おきに交代させているが、柊真は朝食のレーションを食べるために十五分ほど外しただけで一時間半近く見張りを続けている。

「連中は夜にならないと、動き出しませんよ」

一緒に見張っているモロッコ人のマフムードは、のんびりと言った。柊真の部下の中でポルトガル人のヌーノを除く四人は、全員が中東の出身である。彼らの国の宗教はイスラム教であるが、四人とも自国では少数派のキリスト教徒だったため、迫害を受けてフランス外人部隊に入隊したという変わり種だ。

「そうかもしれないが」

柊真はぶるっと体を震わせた。夜が明けたものの気温は三度しかない。下着を重ね着するなど防寒対策をしたつもりだが、さすがに体の芯から冷えてきた。幼き頃から祖父の明石妙仁《みょうじん》に武道で鍛《きた》えられたせいで、寒さには強いがアフガニスタンの寒さは身に染みる。

「休んだら、どうですか。准尉が凍え死んだら、誰が指揮を執《と》るんですか？」

マフムードは笑っている。緊張感は、まったくない。というのも、見張っている村の住民が二十分ほど前から活動をはじめたのだが、怪しい様子はないのだ。建物の外に出てきたのはまだ六人だけで、村の四隅で見張りをしていた四人の中で、二人が交代したに過ぎず、動きといえば建物に戻る際に井戸から水を汲《く》み上げたり、マキを運び入れたりする程度である。

武装集団が朝一番で動かないとすれば、行動するのは日が暮れてからだろう。軍事衛星やグローバルホークは、どちらも暗視モードで監視することはできるが、やはり日中と違って夜間の画像は鮮明ではない。彼らは上空の監視をできるだけ避《さ》けるため、日中は家の外に出てこない可能性はある。

「やつらは、上空からの監視を恐れているのかもしれない。だが、何か、引っかかるんだ」

柊真は双眼鏡で村の四隅に立っている見張りを見た。イスラム教徒らしい髭を蓄えた男たちである。だが、相変わらず銃も構えずに煙草をふかしているだけなのだ。

「そうですか。私にはただの寒村にしか見えませんが」

「もっと情報が欲しい。今の俺たちは、正規軍のはずなのにテロリストと同じだ」

柊真は空を見上げて言った。正規の任務なら、軍事衛星や航空隊などの支援を受けられる。だが、柊真らは孤立無援の闘いをしているのだ。

「確かに装備は、テロリストと大して変わりませんね。もっとも、最後に頼れるのは銃です。これさえあれば、なんとかなりますよ。何かあれば、すぐに呼びます。少し休んでください」

マフムードの年齢は三十三歳で柊真より年上である。階級こそ下であるが、軍人としてのキャリアは彼の方が長い。

「そうするか」

柊真は気になりつつもマフムードの進言に従った。

「まだ、動かないか？」

浩志は友恵に衛星携帯電話機で尋ねた。

現在位置は一時間前に停車させた場所から変わりはない。スパンキー・タッシュは見通しが利くので、二キロ先の村に近づけないのだ。まして、村を監視している追跡者らからも発見されるだろう。

――村に置かれている四台の車は、停止したままです。それに山の上の三台の車も動きません。

友恵の声に張りがない。睡眠不足で疲れているのだろう。

「了解」

浩志は溜息と共に通話ボタンを切った。

「焦ることはない。やつらは、コウモリと一緒で、昼間飛び回るのが苦手なんだろう、きっと」

ワットは、レーションに入っているチョコバーをかじりながら言った。カブールの傭兵代理店で用意してきた食料は、米軍のレーションである。どうせ、米軍基地からの横流し品なのだろう。

「やつらが、動かない理由は分かる。だが、一刻も早く、アジトに戻りたいと思っているはずだ」

アフガニスタンに留まれば、それだけリスクは増すだけだ。警察や軍の目は逃れたと、油断しているとも思えない。

「おまえは元刑事だろう。張り込みは得意なはずだ。ここに来て、一時間しか経《た》っていないぞ」

ワットは人差し指で腕時計のケースを叩いてみせた。

「いや、日の出から二時間経っている。待てよ？」

浩志はポケットから地図を出して広げた。

「地図を出して、どうした？」

ワットはチョコバーの包み紙をポケットにねじ込むと、地図を覗き込んできた。ゴミをやたらに捨てないのは、マナーの問題ではない。痕跡を残さないためである。

「この道は、ターゲットの村から大きくカーブして西に向かい、やがて途切れる。俺が手に入れたやつらの脱出ルートは、カーブの手前で道から外れ、南に向かって山を越える。車は山越えの前で乗り捨てることになるはずだ」

ウェインライトからの情報は検証ができないので一度頭の中から消していた。それに脱出ルートだとしても、待ち伏せするには村を通らねばならない。動きようがないのだ。

「等高線の間隔からして、ここはかなりの急斜面だ。そうなるだろうな」

ワットは頷いているが、浩志の考えは読めないらしい。

「分からないか。山越えは徒歩なんだ。車はいらない」

村に四台の車があるが、武装集団が徒歩で移動したのなら、車を見張っていても仕方がないということだ。

「なっ、ということは、すでに武装集団は、村を脱出している可能性があるのか？」

ようやくワットは分かったらしい。

「可能性だが、否定はできない」

判断する材料がないのだ。そう答えるしかない。武装集団とは、二時間以上の差がある。夜明け前に出発していてもおかしくはない。

「どうすればいい？」

「直接調べるほかないだろう」

浩志は即答した。


午前五時四十分、遡《さかのぼ》ること二時間二十分。

スパンキー・タッシュの村に到着した武装集団は、家の脇に車を停め、カモフラージュネットを被せた。村人にわずかな金を渡して置かせてもらうのだ。車を預けるのは、今回が初めてではない。その証拠に村人は武装集団の作業をのんびりと煙草を吸いながら見ている。

また、彼らには、半日ほど村の四隅に人を立たせるという仕事を与えていた。追跡者がこの村を見つけた場合に備えて、村にまだいると思わせるためである。村人は意味も知らず、また、追跡者から狙撃される危険性も分かっていないが、金を貰えるので喜んでするのだ。

「ここで朝飯を食うんじゃないのか？」

ＩＳのドゥルガムが、不満げな顔で尋ねてきた。

「朝飯は、国境を越えてから摂《と》る。この村は、中継基地として使っているだけだ。この村にいつも車やバイクを置いていく。今度、このルートでアフガニスタンに入れば、また使

える からだ。ここの村人は車やバイクを使わないから、安心して任せられる。まさか政府軍も、こんな辺境の村に我々の中継基地があるとは思わないだろう」

「まさか、歩くのか?」

「出発だ!」

アムジャドはドゥルガムを無視して荷物を詰め込んだリュックを背負い、先頭に立った。すぐ後ろにはAK74を構えた二人の男に前後を挟《はさ》まれたシャナブが続く。

「どれだけ歩くんだ?」

ドゥルガムは徒歩で移動するとは思っていなかったらしい。

「山の向こうのパキスタン側に別の中継基地がある。地図上の距離は十七キロだが、難所もあるから三時間、女がいるから四時間というところだろう。山歩きは嫌いか?」

アムジャドはドゥルガムを見て笑った。

「馬鹿にするな」

ドゥルガムは右手を大きく前に振って、部下を従えた。

四

午前八時二十分、リベンジャーズの三台の車が、スパンキー・タッシュを疾走し、土塀に囲まれた村の広場に次々と砂煙を上げて停まった。

浩志、辰也、ワットの三人が率いる三つのチームが、逃げ惑う村人を無視し、建物の中に突入していく。

「クリア！」

「クリア！」

「クリア！」

小さな村に傭兵たちの確認の声が響く。

三チームで同時に民家を調べ、ものの二分ですべての建物を確認したリベンジャーズは一旦、村の中央の広場に集まった。

「やっぱり、武装集団はいませんでしたね」

辰也は残念そうに言った。

「村長を見つけてきたぞ」

カブールで合流したアフガニスタン人の傭兵、ムスタファが、イスラム帽を被《かぶ》った白髪の男を連れてきた。七十歳近い老人である。この国で六十歳を過ぎていれば、間違いなく高齢者だ。

「村に金目のものは、ない」

村長が腕を摑《つか》んでいるムスタファの手を振り払った。この程度のパシュート語なら分かる。村長は、リベンジャーズを盗賊とでも思っているのだろう。

「危害を加えるつもりはない。協力してくれ」

浩志はアラビア語で話し、ムスタファに通訳させた。

「ワット、無駄だとは思うが、尋問してくれ」

浩志はワットに頼むと、仲間をハンドシグナルで散開させ、周囲の警戒をさせた。

仲間は無言で頷き、村の四方に散って行く。

「了解。無駄だとは思うがな」

ワットは、同じ台詞《セリフ》で答えた。村長は、単純に武装集団から金をもらって便宜《べんぎ》を図っているに過ぎないだろう。また、素人《しろうと》に重要な情報を渡すようなヘマを武装集団がするとも思えない。

浩志は一人で村の東側に進み、裏山を見上げると、右手を大きく振ってみせた。追跡者が何者かは分からないが、リベンジャーズが武装集団とは違うことを教えなければ、狙撃される恐れがあるからだ。また、彼らの正体も知りたかった。村からは見えないようにうまく隠れている。だが、浩志の合図を彼らは必ず見ているはずだ。

斜面を駆け上った柊真は、見張り場である岩の陰に腹ばいになった。

見張りをしているマフムードから、無線で村が襲撃されていると連絡を受けたからだ。

マーズ村の中央の広場に三台の車が、大胆にも停められており、建物から出てきた男たちが集まり始めた。

「武装集団じゃありませんね。米軍の特殊部隊かもしれませんよ。動きが半端じゃない。しかも武器はＡＫ74で、格好《かっこう》はアフガニスタン人だ。俺たちと違って目立ちませんね」

マフムードと一緒に見張りをしていたミゲルが、双眼鏡を覗きながら感心している。

指揮官らしき男がハンドシグナルを出すと、男たちは四方に散った。武装集団でないことは、一目で分かる。

命令を出した男が、振り返って柊真らがいる山側に向かって数メートル進むと、手を振ってみせた。

「なっ！　俺たちのことが分かっているのか！」

ミゲルが声を上げた。

「まさか！　貸してくれ」

柊真はマフムードから双眼鏡をひったくるように取り上げて覗いた。

「ミゲル、村に下りよう。マフムード、残りの者に、車で村に急行するように伝えてくれ。至急だ！」

柊真はマフムードの背中を叩いた。

「了解しました」

マフムードは慌てて斜面を下りていく。

「どういうことだ。知り合いか?」

ミゲルは怪訝《けげん》な表情をしてみせた。

「世界最強の傭兵特殊部隊を紹介してやるよ」

柊真は得意げに答えると、立ち上がった。

五

マーズ村の倉庫の床に、浩志とワット、それに柊真とミゲルが座り、一枚の地図を囲んで額《ひたい》を寄せ合っていた。

村をリベンジャーズが急襲した直後に、浩志は村の裏山で監視活動をしている追跡者に顔を見せるように合図を送った。目的が同じだとしたら、作戦の優先権はリベンジャーズが握っていると教える必要があるからだ。すると、山から下りてきたのは、思いもかけず柊真と彼の仲間だった。彼らから事情を聞いたところ、軍法会議を覚悟の上でシャナブを拉致した武装集団を追っているという。

彼らの行動は尊重すべきだが、孤立無援の状態ではこの先国境を越えて任務を遂行することは事実上不可能だろう。また、別々に行動した場合、リベンジャーズの活動に支障をきたす恐れもある。そのため、彼らを交えて作戦会議を開く必要があったのだ。倉庫は村長に許可を得て借りていた。会議が終わるまで、仲間には食事や給油など出発の準備を整えておくように指示してある。

「アムジャドらが使っていたピックアップは、燃料を満タンにした状態で置かれていた。また、同じように整備されているオフロードバイクも二台もあった。村長の話では、アムジャドや彼の仲間はいつも手下を連れて山を越えてやってきて、村に置いてある車やバイクでどこかに出かけるらしい。村人は誰一人として、アムジャドら武装集団が国内で何をしているのか知らないそうだ。まあ、武器を持っているんだから、想像できそうなもんだがな」

ワットは村長から聞いた話をした。

「この村は、中継基地として武装勢力と契約しているのだろう。タリバーンは北部、南部、そして国境沿いの東部であるパキスタンのトライバルエリアにも本拠地を持つ。彼らは、この村のような中継基地を各所に持ち、神出鬼没《しんしゅつきぼつ》にテロ活動をしているに違いない。アムジャドがこの村に車を置いていなくなったということは、すでにトライバルエリアに向かったということだ」

浩志が補足した。

「彼らの本拠地がトライバルエリアだという確証はありますか？　国境を越えてパキスタ

ンの南西部まで移動し、アフガニスタン南部のヘルマンド州に侵入する可能性もあります」

柊真が尋ねてきた。ヘルマンド州はタリバーンの南部の拠点で、麻薬の一大生産地であり、彼らの資金源にもなっている。

「ある筋からの情報で、アムジャドの逃走経路が分かった。地図上の赤い線がそうだ。本拠地は、トライバルエリアのワーナという街だ。ここから約四百キロある」

浩志は地図の赤い線を指でなぞった。

「徒歩で山越えをして、どこかで車に乗るんですね。この時期、女性を伴っての山越えはきついですが、我々は武装集団と四時間近くの差があると思います。追いつくことはできますかね」

柊真は渋い表情で地図を見た。屈強な兵士が、山越えをすれば、差は縮められるだろう。だが、その先で車がなければ、どうにもならない。

「この村から、山越えをして十七、八キロ南東のパキスタン側に、車が通れる道がある。武装集団は、向こう側にも中継基地があって車を隠してあるのだろう。道がある場所までは四、五時間、そこからワーナまでは山道を九時間だ。あと、一、二時間で武装集団はパキスタン側の中継基地に置いてある車に乗り込むに違いない。計算上では、十一時間前後で、彼らは本拠地に戻るだろう。だが、俺たちが今から山越えしても二時間以上はかかる。それに、パキスタン側の足もない。山越えルートで追いつくのは不可能だ」

浩志は表情もなく答えた。地図上での算出だが、道路状況も考慮した上でおおよその時間を出してみたのだ。

「彼女を諦《あきら》めろと、言うんですか？　何か方法があるはずです」

柊真は挑《いど》みかかるような鋭い目になった。

「当たり前だ。ここから引き返してマパンを経由し、ザルグーン・シャフルを抜けてトライバルエリアに入れば、九時間でワーナに到着することはできるだろう。彼らを見つけ次第、襲撃するつもりだ」

軽く笑った浩志は、地図で別のルートを示した。古い街道から幹線に入り、国境の検問所も抜けるルートである。

「本当ですか！」

柊真は声を上げ、拳《こぶし》を握りしめた。

「出発は十分後だ。だが、この場で決めなければいけないことがある」

浩志は柊真とミゲルを交互に見た。

二人は顔を見合わせて頷く。

「作戦は、俺たちに任せろ」

浩志は冷たく言い放った。

「冗談じゃない。ここまで来たのに帰れというのか！」

ミゲルが腰を浮かし、浩志を睨《にら》みつけた。初対面だけにいきなり訳の分からない日本人傭兵に命令されても、聞く耳を持たないのは当たり前だろう。

「落ち着け、ミゲル」

柊真はミゲルの肩を押さえつけた。

「トライバルエリアは、パキスタンの無法地帯だ。おまえたちは、部下に国境を越えてまで行くつもりがあるのか確かめたのか。しかも失敗すれば、何百というタリバーン兵士を相手にすることになるんだぞ。部下の死に対して、覚悟はあるのか？」

眉間《みけん》に皺《しわ》を寄せた浩志は、二人に厳しく質問した。

アフガニスタン国内なら、命令違反で軍からの処罰は受けても、国連軍の兵士としてアフガニスタン政府から咎《とが》められることはない。それにトランプ宣言が沈静化すれば、米軍もアフガニスタン軍も救援に駆けつけてくれるだろう。だが、他国に侵入したとなれば、国際問題にもなりかねない。見つかれば、パキスタン軍や警察からも攻撃を受け、捕まれば処刑される可能性もある。

「そっ、それは……」

途端《とたん》にミゲルが声のトーンを落とした。

「確認してきます。行くぞ！」

柊真は、ミゲルを急《せ》き立て倉庫を出て行った。

「子供の使いか」

浩志は舌打ちをした。

「若いな。俺たちもあんな時があったのかな」

ワットが腕組みをして、笑っている。

「否定はしないがな」

浩志は鼻先で笑った。

「打合せ中、すみません」

柊真らと入れ違いに加藤と田中が、遠慮がちに入ってきた。倉庫と言っても風除けの壁と天井があるだけで、出入口の両開きの木戸は、片方が壊れて無くなっている。おかげで入口から入ってくる風で煽《あお》られた砂埃《すなぼこり》が、屋内を舞っていた。

「どうした？」

「村にあるヤマハの二〇一二年型のセローですが、状態は非常にいいです。また地図で調べてみたんですが、バイクで峠越えはできます。テクニックは必要でしょうが、彼らに追いつけます。アジトまで尾行すれば、襲撃前の情報が得られます。行かせてください」

加藤が一歩前に出て、頭を下げた。

村に残されているバイクは、二台ともヤマハのセロー250だった。一九八五年に初代モデルが発売されてから今日に至るまでモデルチェンジをしながら販売が継続されている息の長いシリーズである。それだけオフロードユーザーに支持されているのだが、武装集団も目の付け所がいいということだろう。

「たまにはバイクもいいでしょう。腕前は加藤に負けませんから」

田中はにやりと笑ってみせた。この男にはどんな乗り物でも乗りこなすだけの知識と腕がある。それでも、所詮《しょせん》二人だけの危険で過酷な任務にしかならないだろう。だが、斥候も出さずに敵のアジトに踏み込むのは、自殺行為である。

「いいだろう。だが、深追いはするな。俺たちと合流できなかったら、まず脱出を先に考えろ」

腕組みをした浩志は、何度か溜息を吐《つ》いたのちに答えた。彼らは熟練の傭兵だけに、誰かの指示を受けなくても行動はできる。それだけに無理をする可能性は捨てきれない。

「了解です！」

同時に返事をした加藤と田中は、倉庫を出て行った。

六

午前九時二十分、武装集団はパキスタン側の下り坂を進んでいる。

スパンキー・タッシュのマーズ村を出て四時間ほど経っていた。なんとか峠を越えたが、シャナブの足取りが重く、予定よりも大幅に遅れている。

「お願い……休ませて」

足元をふらつかせていたシャナブは力なく言うと、立ち止まった。

山越えの途中にある峠の気温は氷点下二度。足場も悪い山道で彼女の体力は奪われたのだろう。

「あと、二キロだ。我慢して歩くんだ」

先頭を歩くアムジャドは、焦っていた。うまくいけば、日が暮れる前にワーナに到着することができると思っていたのだが、目算は大きく外れたからだ。

「さっさと歩け！」

シャナブの後ろを歩いていたムハメドが、ＡＫ74の銃口で彼女の背中を突いた。

「あっ！」

バランスを崩したシャナブは、斜面を数メートル転げ落ちて蹲《うずくま》った。

「ちっ！　めんどくせぇ女だ」

ムハメドが舌打ちをした。

「貴様！」

斜面を駆け下りてきたドゥルガムが、ＡＫ74の銃底でムハメドを殴りつけた。

「何をするんだ!」

跪《ひざまず》いて転げ落ちるのを踏みとどまったムハメドが、ドゥルガムに対して銃を構えた。

「死にたいのか! いつでも殺してやるぞ」

ドゥルガムもムハメドの顔面にすばやく銃口を向けた。同時に八人の部下がムハメドに銃を突きつけた。

「じょっ、冗談だ。勘弁してくれ」

ムハメドは、口から流れる血を左手の甲《こう》で拭《ふ》き取りながら薄笑いを浮かべた。

「やめろ、ドゥルガム。まだ殺したりないのか!」

アムジャドが顔を真っ赤にして、二人の間に分け入った。マパンのナワ村で、負傷した二人の部下を移送しようとしたが、ドゥルガムが足手まといだと、撃《う》ち殺したことを言っているのだ。

二人とも瀕死《ひんし》の重傷だったので、移送は難しかった。だが、ドゥルガムはいとも簡単に殺害し、その上、死体にブービートラップまで仕掛けたのだ。

「よく聞け、馬鹿ども。俺はクライアントから、馬鹿なテロリストどもが、シャナブを殺さないように監視を命じられている。この女を死体にしたら、金は一アフガニも手に入らないんだぞ、分かっているのか」

ドゥルガムは部下にシャナブの介抱を命じると、アムジャドと彼の二人の部下の顔を順に見た。ちなみにアフガニは、アフガニスタン通貨の単位である。

「落ち着け、分かったよ。私は今回の仕事で、部下を大勢亡くした。これ以上失ったら、再起できなくなる。銃を下ろしてくれ」

アムジャドは、両掌《りようて》を上下に振って首を振ってみせた。

「分かればいい。ナシャト、シャナブはどうだ?」

ドゥルガムは倒れているシャナブの状態を調べた部下に尋ねた。

「足首を捻挫《ねんざ》したみたいです。これは当分歩けないでしょうね」

ナシャトは口をへの字にして答えた。

「やってくれたな、クズめ。アムジャド、担架《たんか》を作って、おまえの手下にシャナブを運ばせろ」

ドゥルガムは銃口を左右に振って、アムジャドに命じた。

「俺に命令するのか!」

アムジャドは斜面を上って、ドゥルガムを睨みつけた。

「まだ、分かっていないようだな。クライアントの信頼は、俺の方が厚いんだ。おまえたちを監視するために、来たんだぞ。俺の命令に従え」

ドゥルガムはわざとらしく溜息を漏らした。

「馬鹿な。シャナブを拉致したのは、俺たちなんだぞ!」

「そこまで言うのなら、クライアントに直接電話してみろ。おまえたちの資金援助をしているクライアントなんだろ?」

ドゥルガムはポケットから衛星携帯電話機を出し、アムジャドの目の前に突き出して見せた。

「れっ、連絡は、いつも向こうから来る」

アムジャドは口ごもった。

「待っていろ」

ドゥルガムは衛星携帯電話機のダイヤルボタンをタッチし、どこかに電話した。

「アムジャドに、私の立場を説明してもらえますか。馬鹿に任せておくと、シャナブを殺しかねません」

ドゥルガムは誰かと通話すると、電話機をドゥルガムに渡した。

「まっ、まさか」

アムジャドは眉を吊り上げた。

「クライアントのミスター・Dだ。電話に出ろ」

ドゥルガムは自分の電話機をアムジャドの手に無理やり握らせた。

「アムジャドです。……はっ、はい。分かりました。ミスター・D」

通話を終えたアムジャドは、気まずそうな表情でドゥルガムに電話機を返した。

「自分の立場が、俺より低いことが分かったか？」

ドゥルガムは勝ち誇ったかのように鼻から荒々しく息を吐《は》いた。

「ああ」

アムジャドは上目遣《うわめづか》いで首を上下させた。


ニューヨーク、五番街に屹立《きつりつ》する高層ビル、〝五番街アベニュービル〟の一室。近くには何かと世間を騒がせる大統領のトランプ・タワーがある。

五十平米ほどの広さがある部屋の床は、毛足が長いカーペットが敷《し》き詰められている。窓際には分厚い天板の仕事机が置かれ、部屋の中央には革張りのソファーと天然木のテーブルが配置されていた。また、壁にはピカソの真筆画が掛けられ、その隣りにはバーカウンターが置かれている。仕事部屋というより、洒落《しゃれ》たバーのようだ。

「仕事は、すべてドゥルガムの指示に従うんだ。分かったか、アムジャド」

窓際で電話をかけていた銀髪の男が、溜息交じりに電話を切ると、スマートフォンを上等なスーツの胸ポケットにしまった。一九〇センチ近い長身で、五十代前半と見られるが、ぜい肉のついていないスマートな体型をしている。

「こんな遅くに仕事の電話ですか？　ミスター・ドレイク」

出入口のドアの傍に立っていた金髪の三十代と思われる男が、首を振って見せた。身長は一八三センチほど、首が太く鍛えた体つきをしている。

「地球の裏側では朝だ。我が社は世界中と取引している。米国時間で考えないことだ。グリック、一流のビジネスマンは、休息もちゃんと取るが、仕事は二十四時間、待ったなしだ。私の秘書になって日が浅いが、覚悟しておくんだな」

ドレイクは腕時計で時間を確認し、舌打ちをした。時刻は午後十一時五十分になっている。二時間前に重役会議を終えているが、その後書類の整理をしていた。

「あなたは、サウスロップ・グランド社のＣＥＯですよ。働き過ぎで、倒れられては困るので、申し上げたのです」

グリックは首を左右に振り、出入口のドアを開けた。

「私は米国を偉大な国家にするため、様々な知恵を常に張り巡らしている。そもそもおまえを使っている理由は、元ＣＩＡ局員だからだ。仕事は一軍需会社にとどまらず、この米国の運命を握ることさえある。いや、世界を変えると言った方が、いいかもしれない。私の体調を気にするなら、おまえも寝ずに働くことだ」

ドレイクはグリックをジロリと見ると、部屋を後にした。

「私にできることなら、なんでもいたしましょう」

グリックは上目遣いで笑った。

「その言葉を待っていた。私のプライベートジェットで、いますぐ地球の裏側に行ってもらおうか。それから、ジョン・グレーと名乗れ。パスポートならもう作ってある」

「ジョン・グレー？　どこにでもありそうですね」

グリックは肩を竦めてみせた。

「だからいいのだ。敵を油断させられる。おまえは、人知れず敵の懐《ふところ》に忍び込んで、殺すのが得意と聞いている。我々の組織にはうってつけなのだ」

ドレイクは右端の口角《こうかく》を歪めて笑った。

追跡

一

午後一時二十分、浩志とワットはカラートのラグマン米軍事基地の日当たりが良い場所に佇《たたず》んでいた。よく晴れているので、気温は十度近くまで上がっている。

スパンキー・タッシュのマーズ村を午前九時半に出発したリベンジャーズは、直接パキスタンのトライバルエリアには向かわず、軍事基地に寄っていた。

国境に近いマーズ村を調べた後でＣＩＡの誠治に経過を報告したところ、〝ラグマン米軍事基地で待機していたジョーブレーカー〟と一緒に軍用ヘリコプターでトライバルエリアに近いシャラナ軍事基地まで移送するという。ジョーブレーカーは、拠点をシャラナ軍事基地に移すつもりらしい。彼らは本来極秘任務専門のため、米軍基地に入ることはないが、今回は特別のようだ。

カラートから軍事基地までは二百八十五キロ、車で約四時間半から五時間かかる。ヘリコプターなら直線距離で二百十キロ、一時間もあれば行けるだろう。四時間近く節約できれば、トライバルエリアに侵入してからの行動も自《おの》ずと変わる。

シャナブを誘拐した武装集団を追跡している加藤と田中らの情報によっては、武装集団の本拠地ではなく、それ以前の段階で彼女を奪回《だっかい》できる可能性も出てきたのだ。彼らはすでにバイクで山越えをしており、武装集団が乗り込んだと見られる三台の車を追跡中という報告は受けている。

また、ナワ村で足跡を分析した加藤は、敵は十三人で、シャナブと見られる足跡から、彼女はかなり疲労しているらしく、負傷している可能性もあるという。柊真からカンダハールを脱出した武装集団は五人だったと聞いているが、そのうちの二人はナワ村で死体として発見されている。村で新たに十人のテロリストが合流したようだ。

基地は、宿舎となっているプレハブの建物が並び、広場を挟《はさ》んで司令部と通信部になっているコンテナが横並びに置かれている。

「とりあえず、二百八十五キロの移動が楽になる」

宿舎の出入口の壁を背にしたワットは、紙コップのコーヒーを啜《すす》りながら言った。

このところレーションの食事ばかりだったが、今日は基地の食堂でランチを食べた。食堂といっても大きなテントに折り畳みの長机と椅子《いす》が並べてあるだけである。うまくはないが曲がりなりにも調理され、温《あたた》かだっただけでもましだ。早めの時間だったので、コーヒーは煮詰《につ》まってはおらず、レーションのインスタントコーヒーよりはうまい。

「予定通りに、ヘリが来ればな」

浩志も食堂のコーヒーを飲んでいた。作戦中のくつろぎのひとときである。

二人の周りにはリベンジャーズの仲間が荷物を背に座っていた。アフガニスタン人の傭兵であるムスタファの姿もある。気さくな男で、仲間と一緒にいても違和感はない。

それに柊真とスペインの外人部隊ミゲルも一緒にいる。彼らは指揮官として、改めて部下に作戦の続行を希望するか問いただした。そもそも任務は軍法会議を覚悟の上での自主参加だったのだが、さすがに国境を越えてトライバルエリアに潜入するとなると話は違ってくる。ほとんどの部下が迷ったため、サブリーダーに引率《いんそつ》を頼んでカンダハールの基地に撤収を命じたのだ。今なら、彼らは何の罪も問われることはない。だが、柊真とミゲルは、軍法会議どころか死をも覚悟して同行を望んだため、浩志は二人の参加を許可したのだ。

パコールにアフガンショールを身につけ、武装集団のようにAK74を持っている彼らを、基地の兵士らは遠巻きにして見ていた。浩志らリベンジャーズが極秘任務を帯びた特殊部隊であることは、一目瞭然《いちもくりょうぜん》だからだ。

「来ました」

離れた場所にいた柊真が、北の空を指さした。彼の視力は加藤並みにいいらしい。数秒後、北の空に黒い点が現れた。カブールのバグラム空軍基地から飛来してきたＣＨ53で、全長二十六・九七メートル、乗員の他三十七名の兵員を乗せることができ、千キロの航続距離を誇る重量物輸送ヘリコプターである。

凄《すさ》まじい爆音とともに鯨《くじら》のような巨体のＣＨ53が、砂塵《さじん》を巻き上げながら基地の中央部の広場に舞い降りた。

ＣＨ53の後部ハッチがゆっくりと開く。

「ムーブ！　ムーブ！」

姿勢を低くして後部ハッチの脇に駆け寄ったワットが、腕を振り回す。元米軍特殊部隊の指揮官だけに、様《さま》になっている。

仲間はパコールがローターの風圧で飛ばされないように手で押さえ、ＡＫ74を背に次々とヘリコプターに乗り込んで行く。

最後に浩志が乗り込み、ワットがハッチを駆け上がると、ＣＨ53はハッチを閉じながら浮上する。

「どうした？　不機嫌そうな顔をして？」

笑みを浮かべたワットが尋《たず》ねてきた。

この男は大雑把《おおざっぱ》なようでも、実は繊細《せんさい》な感覚と観察眼を持っている。指揮官としては不可欠な能力である。

これまで米軍との共同作戦や彼らの協力を得たことも何度かある。だが、彼らが世界中の紛争に参加しているのは、米国が紛争の元を起こしているという側面もあるからだ。そのため、米軍の輸送機に乗ると、その片棒を担《かつ》がされているような嫌《いや》な気分になる。

「地顔だ」

浩志は鼻先で笑った。

二

午後四時、シャランからパキスタンとの国境に向かう道路を、荷物を満載した二台のハイラックスと一台の古いハイエースが走っていた。

三台の車に乗っているのはリベンジャーズの九人とアフガニスタン人の傭兵、それに柊真とミゲルである。

十二人の男たちは、カラートのラグマン米軍事基地からCH53に乗り、一時間二十分ほどで二百十キロ北東に位置するシャラナ軍事基地に移動していた。車だけでなく予備の燃料や食料水、弾薬とともに基地に用意されており、リベンジャーズの仲間は自ら車や装備の点検を五分ほどで済ませて出発している。

その間、浩志は友恵や誠治、それに武装集団を追跡している加藤と連絡を取り合い、最新の情報を得ていた。

友恵は加藤からの報告を受け、軍事衛星で武装集団が乗っていると思われる三台の車を見つけ出してロックオンし、監視活動を再開させている。

また、例のごとく誠治から同じ内容の報告を受けていた。浩志がマーズ村で加藤と田中を追跡に出したことは知らせてあるので、二人を軍事衛星でロックオンし、そこからトライバルエリアのワーナに至る道を調べ、走行中の三台の車を発見したようだ。米軍の最新軍事衛星なら人をロックオンし、追跡することもできる。

友恵の話では、加藤と田中の二人は武装集団と一キロほどの距離まで差を縮めているらしい。山道なので三台の車は四駆だろうが、オフロードバイクの方が足は速い。加藤と田中なら一キロ先の敵なら簡単に追いつける。追跡を悟られないように、あえて距離を取っているのだ。

浩志は先頭を走るハイラックスの助手席で前方の闇《やみ》を見つめていた。

「あと三キロほどで、アンゴアエイダの国境検問所です」

ハンドルを握る瀬川が、ダッシュボードの上に載《の》せてあるスマートフォンの地図を見ながら言った。衛星通信用の携帯無線Ｗｉ－Ｆｉルーターのおかげで、電波も届かない紛争地にもかかわらず、まるで東京やニューヨークの街中を走っているようにスマートフォンのアプリが使えるのだ。

「むっ？　ああ」

浩志は遅《おく》れて頷《うなず》いた。考え事をしていたのだ。出発間際、ヘリで一緒にシャラナ軍事基地に到着したジョーブレーカーのリーダーであるメリフィードと言葉を二、三交わした。一時間ほど前のことである。

「仲間が彼らのすぐ近くまで迫っている。武装集団は、トライバルエリアまでの山道を進んでいるようだ。ワーナまで二百キロ以上ある。五時間は掛《か》かるだろう」

浩志はメリフィードに友恵ではなく、ＣＩＡの情報として教えた。

「素晴らしい！　なんてチームなんだ」

メリフィードは両手を上げて声を上げた。

「ターゲットを捉えた。人家もないパキスタンの国境地帯だ。ジョーブレーカーだったら、簡単に強襲できるんじゃないのか？」

彼も本部から情報を得ているはずだが、あえて教えたのは、彼の反応が見たかったからだ。

「強襲でシャナブを死なせては、作戦が台なしだ。それに我々の軍事行動は、上層部の許可が下りない。無理を言わないでくれ」

メリフィードは伏し目がちに答えた。

「おまえは、何を腹に隠し持っている？　それが、勇猛で知られたジョーブレーカーのリーダーの言葉か？」

浩志はメリフィードの目をじっと見つめた。彼の瞳《ひとみ》はどこか曇《くも》っている。視線がいつも外れるのだ。隠し事をしている証拠である。

「……モグラだ」

しばらくしてメリフィードは、溜息《ためいき》交じりに答えた。

「モグラ？　ＣＩＡにいるのか？」

モグラとは潜入スパイのことである。

「ＣＩＡだろうと国防省だろうと、どこにでもいる。我々の動きは敵に摑《つか》まれてしまう可能性があるのだ」

「どこのモグラだ？」

米国の機密情報を欲しがるのは、ロシア、中国、北朝鮮などの敵対する国々だけでなく、同盟国もまた同じだろう。

「ＡＬだ。ワーロックは今回の拉致事件にＡＬが関与していると疑っている。だから、ジョーブレーカーは作戦行動が取れないのだ。大統領の宣言でアフガニスタンでの軍事行動が若干制限を受けているが、すでに沈静化しつつある。一番の理由は、モグラなんだ。今後、君らは誰にも報告せずに行動した方がいいだろう」

メリフィードは浩志の視線を外さずに答えた。米軍から特殊部隊を派遣できずにあえてリベンジャーズを起用したのは、機密情報が漏洩《ろうえい》するためだったらしい。

「五分でも寝た方がいいんじゃないですか？」

瀬川は浩志をちらりと見て言った。メリフィードとの会話を思い出し、険しい表情になっていた浩志を疲れていると勘違いしたようだ。

「考え事をしていただけだ」

「それならいいんですが、藤堂さんは、頑張《がんば》りすぎますから。まだ二十キロ先ですが、検問所は迂回《うかい》すればいいんですよね？」

瀬川は苦笑しながら尋ねてきた。

国境付近は地図で見る限りは障害物がないため、早めに対処する必要がある。米国が正式なルートを通せば、アフガニスタン政府の協力も得られ、検問所も素通りできるだろう。だが、どこから情報が武装組織に漏《も》れるか分からないため、この先も極秘に行動する必要があった。

検問所はアフガニスタン側にしかない。トライバルエリアは幾つかの部族が治めるエリアでパキスタン政府の統治下になく、国家の体をなしていないため、検問所は必要ないのだ。そもそもこの辺りの住人は畑や家の敷地を跨《また》ぎ、壁もない国境など意識していないだろう。

「検問所の三キロ南を迂回し、ローカル・ロードに入ってくれ」

アフガニスタンの名もなき道は、国境を過ぎてトライバルエリアに入れば、タンク・ワナ・アンゴア・エイダ・ロードという道路に繋がる。国境を過ぎれば、ワーナの街までは一時間と掛からないはずだ。

加藤からの報告では、武装集団がワーナに到着するのは日が暮れてからだという。浩志らは彼らより三時間前後早く到着する計算だ。二時間で武装集団のアジトを特定し、彼らが帰ってきたところを強襲する。それができなければ、街外れで待ち伏せするつもりだ。シャナブを無事に奪回した場合、ジョーブレーカーがＣＨ53で迎えに来ることになっている。脱出地点もあらかじめ決めてあった。

二十分後、リベンジャーズの車列は、道路を外れて荒れた農地に分け入り、検問所を迂回するルートに入る。

「トライバルエリアに入った。全員油断するな」

浩志はおもむろに無線で仲間に連絡した。

トライバルエリアは紛争地ではないが、パキスタン政府の法律が通用するのは、幹線道路上だけという無法地帯であることに変わりはない。

それにメリフィードの言葉も頭から離れない。米国の政府機関にALの存在があるというのだ。そのため、彼らは動けないらしい。

また、武装集団の動きも気になる。彼らはISの兵士らと合流し、シャナブを拉致《らち》したが、身代金の要求はない。タリバーンなら、少女をその場で殺しただろう。彼らの行動はちぐはぐで、その背後にALがいたとしてもおかしくはない。だが、その真意が分からないのだ。このままでは、リベンジャーズが陰謀にずるずると巻き込まれていくようで胸騒ぎがする。

——了解！

二番目を走るハイラックスの辰也からの連絡が入った。

——了解！　油断大敵だ。分かっている。

三台目のハイエースに乗っているワットが流暢《りゅうちょう》な日本語で答えた。数年前から日本語を勉強しているが、今では日常会話には困らない。場を和《なご》ませようと、使ったのだろう。

「シャナブを奪回するぞ！」

——オー！

懸念を吹き飛ばすべく浩志が気勢を上げると、仲間の雄叫びが無線機のイヤホンを震わせた。

三

アフガニスタンとパキスタンとの国境をなす山々に日が沈もうとしている。

オレンジ色に染まり始めた荒野の道を、砂塵を巻き上げながら進んできた武装集団の四台のストラーダが、涸《か》れ果てた川床を渡った。

道の両脇に日干《ひぼ》し煉瓦《れんが》の土塀《どべい》が現れた。パキスタン中西部の街ジョーブである。

パキスタンの北部は温帯夏雨気候で夏は暑く冬は寒い。南部は砂漠気候だが、インド洋に近い海岸は海洋性の比較的温暖な気候である。中部の東側は砂漠気候、西側はどちらかというとステップ気候で、夏場は四十五度まで気温は上がるが冬は氷点下まで下がる。全体的に雨は少なく、決して暮らしやすい土地ではない。

「この街で腹ごしらえをするか。どのみちワーナに着くのは夜だ。飯は食えんだろう」

先頭を走る車の助手席に座るドゥルガムは、欠伸《あくび》をしながら言った。

夜明け前に彼らは国境を目指し、徒歩で山越えをして谷に沿った道路まで下りた時には、午前十一時を過ぎていた。シャナブが足を挫《くじ》き、アムジャドの二人の手下が担架《たんか》に乗せて移動したため、時間が掛かったのだ。

パキスタン側の中継基地は道路脇の人家もない場所で、アムジャドが用意していた四台のストラーダが、カモフラージュネットで隠されていた。武装集団は分乗して乗り込み、谷間の悪路を六時間かけてジョーブまでやって来たのだ。

「賛成です。腹ペコですよ」

ハンドルを握るドゥルガムの手下が答えると、後部座席の男たちが手を叩《たた》いて喜んでいる。

昼飯はマーズ村から持参したチャパティを食べただけなので、誰しも空腹なのだ。

「この街には、確か食堂が何軒かあったはずだ。ジョーブ・ワナ・ロードには入らず、その手前を右に曲がってくれ」

ドゥルガムは、地図も見ないで言った。パキスタン西部にも来たことがあるようだ。

ジョーブ・ワナ・ロードは舗装《ほそう》されてはおらず、百四十キロ離れたワーナとジョーブを結ぶ道である。

ジョーブはインダス川中流にある大都市、デーラー・イスマーイールハーンから百四十五キロ西に位置し、大きなビルこそないが、空港や大学、警察署、病院、銀行、商店街など都市としての機能を備えている。

涸れた川を渡って山道よりはましな未舗装の道を一キロほど走ると舗装道路になり、赤い屋根の病院の脇を抜けると、店らしき構えの建物が続くホスピタル・ロードに入った。

「そこを左に曲がるんだ」

ドゥルガムは、バックミラーとサイドミラーを見ながら指示をする。

「ちゃんと、後ろの車はついてきますよ」

手下は首を振って苦笑した。

「仲間じゃない、尾行を気にしているんだ」

「まさか、山から下りてきた俺たちに尾行はいませんよ」

「念のためだ。俺が紛争を生き抜いてこられたのは、用心深さゆえだ。早死にしたくなかったら、臆病者のように警戒し、闘うときはモンスターの爪で敵を切り裂くように勇猛に闘う。だから、俺はモンスター・クローと呼ばれ、恐れられてきたのだ」

ドゥルガムはバックミラーを見ながら言った。


ドゥルガムら武装集団の乗った四台のストラーダの二百メートル後を、ヤマハのセロー250に乗った加藤が追っている。田中は加藤のさらに百メートル後ろを走っていた。並走すれば、怪《あや》しまれるからだ。

病院の脇を抜けた四台の車が、2ブロック先で左折した。

加藤は交差点まで進んで停《と》まると、ストラーダの進行方向を確かめた。すぐには追わない。用心深い男が一人でもいれば、尾行は気付かれてしまうからだ。

彼らは、3ブロック先で今度は右折した。加藤はハンドシグナルで後方の田中に合図を送った。田中は加藤を追い越して2ブロック先を左折する。別の交差点から田中が出れば、尾行は気付かれにくい。相手がまた進路を変えれば、同じことを繰り返すまでだ。

加藤は交差点を左折し、3ブロック進んで右に曲がったが、四台のストラーダも田中の姿もなかった。だが、慌《あわ》てることなく、次の交差点で右に曲がり、1ブロック先で左右を確認すると、左折して次の交差点を右折して直進した。

さりげなくバイクを進めた加藤は、2ブロック先で左右を確認すると、バイクを停めてポケットから煙草《たばこ》を出して吸い始めた。煙草は中東の男なら誰でも吸う。地元民に紛《まぎ》れ込み、身を隠す小道具として必需品である。また、加藤と田中は背中に担いでいたAK74を街外れの廃屋に隠した。この街は国境に近いが、政府の管轄下に置かれ、それなりに治安が保たれている。武器を堂々と所持することはできないからだ。

薄暗くなっていることもあるが、通行人は砂塵にまみれた加藤を気にもとめずに通り過ぎていく。

数人の通行人が通り過ぎた後、田中が煙草に火をつけながら近付いてきた。バイクはどこかに隠してあるのだろう。

「車の中まで見えなかった。だが、四台目の車だけ見張りが立っている。彼女が乗せられているのだろう。連中は、交代で晩飯を食うみたいだな。リベンジャーには連絡を入れといた。監視活動に徹するように言われたよ。まあ、援軍もなしに無茶なことはできないからな。もっとも改めて言われて、冷静になったよ」

田中はなにげない素振りで、四台の車のすぐ近くを通り過ぎて確認したようだ。四台のストラーダは、交差点から五十メートル先にある〝イスラマバード〟という名の食堂の前に停められている。彼らは尾行を確認するためにわざと街中を遠回りしたのだろう。食堂は、病院脇を通るホスピタル・ロード沿いにあるのだ。

「隙《すき》があったら、彼女を連れ去ろうと思っていましたが、こっちはバイクです。後ろに乗せてここから脱出するのは不可能でしょう。藤堂さんは、お見通しですね。それにしても、腹が減りました」

苦笑した加藤は、バイクに括《くく》り付けてある麻の袋からペットボトルの水を出して飲んだ。二人ともマーズ村を急襲する前に車の中でレーションを食べたが、その後は昼飯も食べていない。

「二、三十分は出てこないだろう。俺たちも、腹ごしらえをしようぜ」

田中は擦り切れたリュックサックから、レーションに入っていたチョコバーを出した。補助食ではあるが血糖値を上げるには、これが一番手っ取り早い。

「そうですね。この街に泊まるつもりなら、先にホテルにチェックインするでしょう。連中は食事をしたら、すぐ出発するでしょうね。だとしたら、ワーナまで尾行しなければなりません。体力をつけておきましょうか」

頷いた加藤もチョコバーを出して食べ始めた。

四

トライバルエリアの南に位置するワーナは、人口およそ四十三万人の南ワズィーリスターン管区の中心となる街である。

この地を治めるワズィール族は勇猛果敢なことで知られ、他部族や外敵と血で血を洗う抗争が絶えなかった。また、南ワズィーリスターン管区はワズィール族の支配さえ届いていないエリアもあり、パキスタンで最も政情不安な地域である。

ワーナは街の中心に東西に延びる千四百メートルの滑走路があり、大きく分けて滑走路の北側は多くのモスクがあり、公的機関もある政教エリア、南側は軍事基地、西側は住居が少ない農地が広がり、東側に住宅街と商業地区があった。無政府地帯とはいえ、それなりに部族が治めるほどの秩序はある。

商業地区の真ん中にアリ・ワズィールマーケットという露店が軒を並べる大きな市場があり、浩志らは市場の隣りにある商家の一室にいた。乗ってきた三台の車はマーケットの駐車場に停めてある。車は盗まれないように辰也、瀬川、京介、鮫沼の四人がＡＫ74を手に見張りをしていた。

トライバルエリアにはアフガニスタンから農作物や麻薬が入り、逆にトライバルエリアから無法地帯の特産物ともいえる手製の武器が、アフガニスタンに売られていく。浩志らは国境を自由に出入りする闇商人に扮していた。闇商人に限らず、危険を伴う国境地帯を移動するには武器を持った護衛がいるので、浩志らが武装していることを住人が怪しむことはない。

商家の主人はカリーム・ダルというワーナでも有数の金持ちで、アフガニスタンの傭兵代理店から紹介されていた。浩志らがハイラックスに小麦粉やとうもろこし粉などの食料を積んできたのは、ダルからアムジャドの情報と引き換えに渡す約束になっていたからだ。

「武装集団は、ジョーブという街で食事休憩をしているらしい」

衛星携帯電話機で田中との通話を終えた浩志は、仲間に報告した。

三十平米ほどの広さがある部屋は、床が土間のように踏み固められた土でできており、暖炉もストーブもないため足元がしんしんと冷える。だが、中央にテーブルが置いてあり、椅子《いす》が六脚、壁際にはベンチまであった。これでも、客間なのかもしれない。

「ジョーブですか。ワーナから約百四十キロ南の街です。途中の山道が険しそうなので、日が暮れていることもありますから、三時間はかかるでしょう。今日は、ワーナには入らないんじゃないですか?」

宮坂がさっそくテーブルに広げてある地図で調べた。パキスタン西部の広域地図である。他にも手書きではあるが、ダルから提供されたこの街の詳細地図があった。

「ジョーブに泊まるなら、ホテルを先に探すはずだ。飯を食えば出発するんだろう。食事の時間も入れれば、ワーナ到着まで三時間半というところか」

椅子に座っている浩志は腕組みをして、天井を仰いだ。ジョーブはさほど大きな街ではなく、観光地でもない。必然的にホテルも限られているだろう。野宿するのなら別だが、食事の前に宿泊先を確保するはずだ。

「一八一一時だぞ。アムジャドが帰るアジトは、まだ分からないのか？」

ワットは腕時計を見て、苛立《いらだ》ち気味に言った。アムジャドのアジトはワーナに三ヶ所あり、数時間前からダルの部下を使って調べさせているのだが、未だに絞《しぼ》りきれないらしい。浩志らが直接調べたいところだが、見知らぬ街で闇雲《やみくも》に動いても仕方がないため、待っているのだ。

「アジトにアムジャドがいないから、やつの手下もどこに帰ってくるのか、知らないのだろう。このままダルの部下に見張らせても意味がないかもしれない」

アフガニスタン人傭兵のムスタファは、自信なさげに言った。彼は浩志とワットのパシュート語の通訳としてダルと打合せをしている。

ワットが焦《あせ》っているのは、アジトが分からなければワーナでの襲撃は諦《あきら》めて、郊外で待ち伏せしなければならなくなるからだ。だが、移動中に襲撃するのは、シャナブを銃撃戦に巻き込むためにできれば避けたい。

「くそっ、ここまで来たのに、どうしたらいいんだ？」

ワットは浩志を見て歯ぎしりをした。

「三つのチームに分けて、アジトを調べる。武装集団がどこに行くかは、加藤と田中が教えてくれるはずだ。それに闇が味方してくれる」

浩志は手書きの地図に書き込んである三ヶ所の赤い点を指差して答えた。アムジャドのアジトとされる印である。だが、実際にリベンジャーズが確かめたわけではない。日が暮れるまで住民の目を気にして動けなかったのだ。だが、街灯もない街では暗視装置を持っている浩志らが有利に動けるだろう。

三つに分散すれば、仲間は四人ずつに分かれる。治安が悪い街では、それだけでリスクも大きくなるが、これ以上座して待つことはできない。

「俺も賛成だ。だが、街中で銃撃戦になれば、近隣住民がどう対処するか予測がつかない。この街の住人は銃声に慣れているから、夜でも無関心だといいのだが、誰しも武器を持っている。敵に加勢したら厄介だぞ」

ワットは渋《しぶ》い表情で頷いてみせた。商業エリアにある武器商は、手製の銃の性能を見せるために、店先で銃を平気で試射する。だが、それが日常的なので咎《とが》める者は誰もいない。

「リスクを恐れて、作戦の遂行はできない」

浩志は静かに言った。

五

午後七時半、浩志、柊真、瀬川、アフガニスタン人のムスタファの四人は、ワーナの東の外れ、ジャンドラ・サーワカイ・ワナ・ロード沿いにあるガソリンスタンドでハイラックスに給油していた。

ガソリンスタンドといっても錆《さ》び付いたドラム缶から手動の給油機で入れるだけなのだが、敷地奥にある日干し煉瓦の事務所の建物の壁には、本物かどうかは分からないが〝シエル石油〟のマークがペイントされている。

「この街に武器を買いに来たのか?」

白いイスラム帽を被った店の男が、給油しながらムスタファに尋ねた。

「そういうことだ。アフガニスタンの治安は悪くなることはあっても、よくはならない。武器と弾薬はいくらあっても足りないんだ」

ムスタファは適当に話を合わせた。

「そのおかげでこの街は、儲《もう》かっているがな」

店の男は、前歯が抜け落ちた口を開けて笑った。白い立派な顎髭《ひげ》を蓄えている。六十歳前後か。この国では長生きの方だろう。

「斜め向かいにある家は、誰が住んでいるのか聞いてくれ」

浩志はムスタファにアラビア語で尋ねた。

ガソリンスタンドの斜め向かいには、土塀で囲まれた家がある。アムジャドのアジトの一つで、監視をしていたダルの部下と浩志らは交代したのだ。

仲間を三つに分け、浩志のチームはA、辰也、宮坂、京介、村瀬はB、ワット、マリアノ、鮫沼、それにスペイン外人部隊のミゲルはCチームとし、それぞれ別のアジトの監視に入っている。

「あの家は、タリバーンの連中が住み着いている。この街にはそういう家がいくつもあるんだ。連中には近付かないほうがいい。ワズィール族は野蛮だと言われているが、それは昔のことだ。今はみんな争いのない生活を望んでいる」

ムスタファがパシュート語で尋ねると、店の男は給油パイプを車の給油口から引き抜きながら答えた。

「今日は宿が取れなかった。車中泊をするから、この場所に車を停めてもいいか？」

ムスタファは浩志の言葉をパシュート語に訳し、男にパキスタン紙幣である五十ルピー札を、前払いした燃料代とは別に渡した。

「いいとも、朝まで停めておけばいい。外は危ないが、あんたらは武器を持っているから心配することはないだろう」

金をポケットにねじ込んだ男は、ハイラックスの近くでＡＫ74を手に周囲を警戒する瀬川と京介を見て言った。二人ともアフガンストールを顔に巻き付け、テロリストらしく見える。

「ところで、あの家には、何人ぐらいのタリバーンの兵士が住んでいるんだ？　大勢いるのなら、ぶっそうだから他の場所で野宿するよ」

ムスタファは煙草をくわえると、給油を終えた男に煙草を勧めながら尋ねた。

「何日か前、何十人ものタリバーン兵が車を連ねて街を出たっきり帰っていない。あの家に人がいるかどうかも分からん。心配はいらないよ」

男は首を竦《すく》めてみせると、煙草に火を点《つ》けて事務所に戻った。ガソリンスタンドは二十四時間営業なので、事務所の奥に彼は住み込みで働いているのだろう。

「やはり、人数は少なそうだな」

ムスタファから話を聞いた浩志は、にやりとした。ガソリンスタンドに寄る前に一時間ほどアジトの様子は窺っている。人気《ひとけ》がないことに気が付いた浩志は、情報を引き出すためにガソリンスタンドで給油したのだ。

「こちら、リベンジャー。ピッカリ、爆弾熊、応答せよ」

浩志は店の男の姿が見えなくなると、無線で二人を呼び出した。

——こちらピッカリ、どうした？

——こちら爆弾熊、どうぞ。

すぐさま二人から返答があった。

「Aポイントは、ほとんど人がいないようだ。そっちはどうだ？」

それぞれのチームがターゲットとしているアジトは、チームと同じアルファベットで区別している。

——Cポイントもそうだ。この時間なのに真っ暗だ。

——Bポイントは、灯りが点いていますが、ひっそりとしています。

二人とも同じような返答だった。アムジャドは大勢の手下を引き連れて、シャナブを拉致しようとしたが、彼女の護衛との激しい銃撃戦で大半が死亡したらしい。

「作戦を変える。今から五分後、三つのアジトを同時に襲撃する。武器は全員グロック19Cを使う」

——待っていたぞ、その言葉。寒空の下での監視はうんざりだ。アジトを乗っ取り、待ち伏せしよう。

ワットの嬉々《きき》とした声が聞こえる。

——了解。

辰也の声も弾《はず》んでいた。ひたすら追跡に明け暮れて闘うことができなかったので、二人とも腕が鳴るのだろう。

五分後、腕時計で時間を確認した浩志は、柊真、瀬川、ムスタファらと共に灯りの消えているタリバーンのアジトに突入した。

アフガニスタンの農家と違い、木製のドアがあり、ガラスの窓もある。暗視装置のヘッドギアをした浩志は柊真と、瀬川はムスタファと組んで、ドアの鍵をこじ開けて足を踏み入れた。玄関に近い八畳ほどの部屋に、二人の男がカーペットの敷かれた床の上で眠っている。

浩志と柊真は男たちに駆け寄り、鳩尾《みぞおち》に肘《ひじ》打ちを落として気絶させる。二人の行動に遅滞はない。部屋を出ると、廊下の反対側の部屋に瀬川とムスタファが突入した。浩志と柊真はグロック19Cを構え、二人を援護する。

家の中は五分と掛からず調べ上げ、三人の若い男を縛《しば》り上げた。

——こちら、ピッカリ。リベンジャー、応答願います。

「リベンジャーだ」

浩志は無線に答えた。Aポイントを制圧して、まだ一分も経っていない。

――Cポイント制圧。二人捕虜にした。飯炊きなのか、爺《じい》さんが二人だ。こっちに負傷者はいない。楽勝だったな。

ワットが攻略したアジトも抵抗がなかったらしい。

――こちら爆弾熊、Bポイントを制圧。抵抗されたので、銃撃しました。男一人死亡、二人が軽傷です。味方に被害はありません。

三つのアジトはわずかな留守番を残していただけのようだ。これで待ち伏せできる態勢ができた。だが、気になるのは、アムジャドがジョーブの街から動かないことである。加藤の報告では、彼らは街中の食堂に入ったまま出てこないというのだ。狭い食堂のため中に侵入することもできないが、外に置かれた車の見張りを定期的に交代させているので、店の中にいることは間違いないらしい。

「Aポイントも制圧している。捕虜から情報を引き出すんだ。見張りを立てて、油断するな」

浩志は仲間に無線で指示を出した。

六

ジョーブ、ホスピタル・ロード。

通りに沿った食堂〝イスラマバード〟にアムジャドとドゥルガム、それに彼らの部下が店内に居座っている。

店の前に停めてある四台の車の中で、一番後ろの車の周囲には、常にＡＫ74で武装した四人の男が見張りに就いており、店で食事をしている男たちが、二、三十分おきに交代していた。そのため、加藤でさえ、近付くことはできなかったのだ。

赤いテーブルクロスが掛けられた四人席の丸テーブルが、五つある。だが、アムジャドらが銃を持ち込んで食事をしているために地元の客が寄り付かず、店は貸切り状態であった。

店の奥の壁に四十インチの液晶テレビが掛けられており、サッカー中継が放映されていた。都市部から離れた山間部にもかかわらず画像が鮮明なので、衛星放送のようだ。

ドゥルガムと彼の手下が炭酸飲料を飲みながら声を張り上げて観戦をしているのに対し、アムジャドは〝カワ〟というパキスタンの緑茶を飲みながら渋い表情をしている。

イスラム教の国であるパキスタンでは、外国人が泊まるホテルなら別だが路面店でアルコール類が出ることはない。とはいえ、国民が酒を飲まないかというと、金持ちは外国製の高級な酒を密かにたしなみ、貧乏人は粗悪な密造酒を飲む。だが、密造酒には工業用のメチルアルコールやエンジンの不凍液などが混入されていることが多く、毎年のように飲酒による犠牲者が出ている。

「もう、いいだろう。ワーナに到着するのが遅れる。出発するぞ」

苛立ち気味に腕時計を見たアムジャドが、席を立った。午後七時四十分になっている。

「何をそんなに急いでいるんだ」

ドゥルガムはテレビから視線を外さず、のんびりとした口調で言った。

「ふざけるな。サッカーの観戦と仕事とどっちが大切なんだ！」

「イラク人ならサッカーと答えるが、アフガニスタンにサッカーの文化はないからな。試合終了まで見たかったが、仕方がない。ところでアムジャド、娘は、俺たちの車に乗せよう。おまえたちは、見張りで疲れただろう」

ドゥルガムが両腕を伸ばし、欠伸をしながら答えた。

「……そうするか」

アムジャドは近くの席に座っている二人の部下の顔を見て答えた。二人とも疲れた顔をしている。山越えではシャナブを担架で運び、移動中も彼女の見張りをしていたので体力を消耗《しょうもう》しているのだろう。

勘定を済ませた男たちは、店の前に停めてある車の前に集まると、ＡＫ74を構えた。

「女を移すんだ」

ドゥルガムは部下に命じ、猿ぐつわで口を封じられているシャナブをアムジャドの車から引きずり出し、自分の部下が運転する車に押し込んだ。

「出発するぞ！　さっさと車に乗れ！」

アムジャドが威勢良く叫んで、四台目のストラーダの助手席に座った。

「偉そうに、……まあいいか」

道に唾《つば》を吐《は》いたドゥルガムは、にやりと笑って先頭の車に乗り込んだ。

加藤と田中は、四台目の車から百メートル後方にある建物の陰から武装集団の様子を窺っていた。

「今、車から降ろされた女性は、シャナブですよ」

加藤が拳を握りしめて言った。

「本当だ。猿ぐつわをされているが、彼女に間違いない」

加藤の背中越しに、通りを見ていた田中は何度も頷いた。

「背の高い男が、ドゥルガムなんでしょうね。藤堂さんから聞いた特徴と合致します」

米国が手に入れた旧イラク軍の資料からドゥルガムの特徴と古い写真をＣＩＡの誠治を介し、浩志は手に入れていたのだ。

左頰の傷跡と身長が一八七センチという記録に変わりはないだろう。年齢は四十二歳になったはずだ。

「らしいな。偉そうに振る舞っている」

「彼女を他の車に乗せ変えたということは、出発するんですね。でもどうして、車を替えたのかなあ」

「あの車は調子が悪いんだろう。見張りの一人が、さっきまでボンネットを開けていた。悪路を走ってきたんだ。悪くもなるさ。それにしても、食堂に二時間近くも粘っていたな。いったい何をしていたんだ。さっさとワーナに向かえばいいのに、まったく」

田中は革の手袋をはめた両手を擦り合わせながらぼやいた。外気は五度を下回っている。二人とも体を動かしながら見張りをしていたが、体の芯まで冷え切っていた。

「あの食堂が踊りを見せる売春宿でないのなら、サッカー中継でも見ていたのでしょう」

加藤は白い息を吐きながら笑った。

パキスタンには古都ラホールの歴史的売春街であるヒーラマンディのように、伝統的な踊りを見せる娼婦がいる宿があったが、今は廃《すた》れ、その存在は地下に潜っている。加藤はそのことを言っているのだ。

「サッカー観戦だとしても、あっちはぬくぬくといい思いをしていたのか。不公平過ぎるだろう」

田中は苦笑を漏らした。

「三台が先に出発しました。田中さん、よろしくお願いします」

様子を見ていた加藤が、振り返って言った。近くに二台のバイクが置いてある。交代で見張りをしながら給油したので、いつでも尾行は再開できる。だが、バイクではアサルトライフルを隠すことができないため、街外れの廃屋に隠したＡＫ74を回収するのは諦めた。サプレッサー付きグロック19Ｃは懐《ふところ》に、手榴弾《しゆりゆうだん》と暗視装置はバイクに括り付けてあるバッグの中にある。装備はそれだけで充分だと判断したのだ。

「分かった」

田中はバイクを押して裏道に消えた。離れたところでエンジンを掛けるのだ。

「後の一台は、どこに行くんだ？」

首を捻《ひね》った加藤は独り言を呟《つぶや》き、街角から身を乗り出した。街は闇に包まれており、食堂の明るい店先から加藤を見ることはできないだろう。

四台目の車の運転席から男が降りてくると、ボンネットを開けた。田中が言ったように車の調子が悪いようだ。

突然、車が閃光に包まれた。

凄まじい轟音《ごうおん》。

アムジャドを乗せた車は、赤い炎に包まれ吹き飛んだ。

百メートル離れていた加藤も、爆風を受けて尻餅《しりもち》をついた。

——トレーサーマン、応答せよ。何があった！

田中から無線が入った。爆発音は街中に響き渡ったのだ。

「ばっ、爆発。アムジャドの車が爆発しました」

我に返った加藤は、立ち上がって答えた。

奪《だっ》回《かい》

一

午後八時、リベンジャーズを乗せた二台のハイラックスとハイエースは、ワーナから東に向かうタンク・ワナ・アンゴア・エイダ・ロードを疾走していた。

浩志は二十分ほど前、シャナブを拉致した武装集団を追跡していた加藤から、彼らがワーナではなく、ソブ・DIカーン・ハイウェイ（N50号線）で北東に向かっていると連絡を受けた。N50号線は、オバスタスタイという山脈を越え、インダス川西岸の商工業都市デーラー・イスマーイール・ハーンに通じる。

道中にあるのは、小さな村ばかりで街はない。武装集団が向かっているのは、デーラー・イスマーイール・ハーンであろう。

また、ドゥルガムとみられる男がシャナブを車に乗せ、食堂から立ち去った直後、アムジャドと彼の部下は車もろとも爆発して死んだ。

シャナブ拉致《らち》事件の主犯は、タリバーンのアムジャドとその一味と思われていたが、彼らもただの使い走りだったのかもしれない。途中で合流したドゥルガムは、シャナブを第三者に引き渡すため、奪い取ったのだろう。部下の大半を失ったアムジャドは、もはや用済みだと殺されたに違いない。だが、ドゥルガムが主犯だとしても、彼の背後にもっと邪悪な存在があるはずだ。

「ドゥルガムは、シャナブをどうするつもりなんでしょう？」

先頭を走るハイラックスのハンドルを握る柊真は、ちらりと助手席に座る浩志を見た。

「身代金の要求なら、ＩＳは得意だ。シャナブを自分のアジトに監禁し、取引に応じるまで、アフガニスタン政府の出方をみればいい。ドゥルガムが、単純なテロリストならそうするだろう。だが、そうでなかったのなら、想像がつかない」

浩志は戸惑っていた。ドゥルガムがアムジャドを爆死させた理由が、身代金を独り占めするという強欲のためなら理解しやすい。だが、ウェインライトが言うように彼らのバックに犯罪組織があるのなら、その目的は単体ではないはずだ。

ドゥルガムのことは、誠治から詳しい情報を得ている。彼はフセイン時代のイラク軍特殊部隊の中でも、精鋭チームの指揮官だった。フセイン政権が米国の侵攻で崩壊した後は、新政権に恭順《きょうじゅん》せずに反政府組織に身を投じている。その後、ＩＳの勢力がイラクとシリアに広がると、大勢の反政府組織のテロリストを従《したが》えてISに参加し、幹部クラスになったようだ。

ISには二種類の兵士がいる。イスラム原理主義を頑《かたく》なに信じイスラム国の建設を夢見る者と、イスラム教の名を借り、ISが支給する金と女が目当てで参加した連中である。前者はごく一部で、多くが後者であったため、ISの支配地域が縮小して資金が減少すると、彼らは離脱していった。

だが、ドゥルガムはまだ離脱していない。ISの名を借りて、アフガニスタンとイラクで暗殺や銀行強盗を繰り返してきた。彼は手っ取り早く大金を得る犯罪を好み、交渉に時間がかかる誘拐は一度もしたことがないのだ。

「あの男は、軍人として戦術に長《た》けているかもしれませんが、ただの悪党のような気がしてなりません。何か裏がありそうですね。身代金を要求するなら、とっくにしていますよ」

柊真は暗い夜道を七十キロ前後で慎重に走っている。タンク・ワナ・アンゴア・エイダ・ロードは舗装されているが、街灯もガードレールもなく、道の整備状況もかなり悪い。

ジョーブからデーラー・イスマーイール・ハーンまでは、二百十キロ、途中で山越えをしなければならないが、ハイウェイというだけあって走りやすいはずだ。一方ワーナからは百八十キロと距離は短いが、スピードはあまり出せない。浩志らが先に着けるとは限らないだろう。

「おまえは、まだ、俺と一緒に仕事をしたいという気持ちに変わりはないか?」

浩志はバックミラーで後部座席を見た。瀬川と京介が眠っている。休息が必要なため、先に休ませたのだ。傭兵に限らず、兵士はいつでもどこでも眠ることができれば、一人前である。

「もちろんです。今回、アフガニスタン行きを命じられたのも、リベンジャーズに参加したいがために退役を望んだ結果の奉仕任務なんです。私の意志は何者も挫《くじ》くことはできません」

柊真の横顔が厳しくなった。彼の決意の表れなのだろう。あるいは、改めて尋《たず》ねられたことに腹を立てているのかもしれない。

「分かった。それなら、俺と闘ううえで、必要なトップシークレットを教えよう」

浩志はこれまでの任務をかいつまんで話し、ロシアのブラックナイト、中国のレッド・ドラゴン、米国のアメリカン・リバティと、三つの国際犯罪組織の名前を挙げ、世界の紛争や陰謀は必ずといっていいほど、この三つの組織が関係していることを説明した。

以前は仲間にも秘密にしていることもあったが、ブラックナイトを倒した後に、敵の概《がい》要《よう》が分からないでは闘えないと思い、仲間には詳しく教えてある。

「やはり、そうだったんですね。外人部隊の任務でも敵のことを知ろうとすると、圧力がかかることがありました。秘密結社のようなものが関わっていると思っていましたが、これで謎が解けました。藤堂さんは、今回の事件の裏にいずれかの組織が関わっていると、思われるんですね」

「そういうことだ。噂《うわさ》話の域を出ない陰謀説を唱えるつもりはない。だが、現実の世界で起きていることは、必ず裏がある。世界中の人間は、利権を求めて蠢《うごめ》く邪悪な存在に利用され、生きたまま地獄を味わうのだ。今回の事件もシャナブを誘拐して彼女を貶《おとし》めることで、何者かが利益を得るのだろう」

浩志はこれまで国際的な犯罪集団と闘ってきた。そして理解したことは、彼らは信念で陰謀を画策しているわけではないということだ。

「いったい、どの組織が関わっているんでしょうか？」

「まだはっきりしない。だが、いずれにせよ、闘い続ける覚悟が必要だ」

「自信はあります。ただ、私も人間です。挫けることもあるかもしれませんよ」

柊真は苦笑交じりに答えた。

「おまえが強靭《きょうじん》な意志と正義感を持っていることは知っているが、闘い続けるには仲間がいる。俺たちが立ち向かっているのは、ただの悪党じゃない。強大な敵に立ち向かうには、互いに信頼ができる仲間が必要なんだ」

浩志の脳裏に梁羽から言われた〝世界の守護者〟という言葉が浮かんだ。大げさで陳腐だと思っていたが、自らの正義を信じて闘う仲間は、世界の守護者に間違いない。

「それが、リベンジャーズなのですね」

柊真は笑みを浮かべて言った。

二

十五世紀に建設されたデーラー・イスマーイール・ハーンは、インダス川の南北交通路の十字路という地理的な要因で古くから交易の中心として栄え、軍事的要衝でもある。また、交易がもたらす文化の流入で教育も根付いており、女性の地位が低いイスラム圏にもかかわらず、女子大学まであるほどだ。

だが、この文化的な街は、西洋的な教育だけでなく、女性への教育をもっとも嫌うタリバーンの攻撃に度々《たびたび》晒《さら》されている。

午後十一時半、セロー250に跨《また》がり、凍《い》て付くN50号線を走破した加藤と田中は、デーラー・イスマーイール・ハーンに入った。

シャナブを拉致した武装集団が乗る三台のストラーダは、百メートル前方を走っている。街に入る前は距離を取っていたが、街中ではまかれてしまうため、暗視ゴーグルを装着した加藤らはバイクのライトを消して追っていた。

三台のストラーダは、街の中心から西南に延びるアラ・ロードへ右折し、三百メートルほど進んだところで左に曲がった。

加藤は田中を先に行かせ、自分はすぐ手前の交差点を左折した。先回りをするのだ。

――こちらヘリボーイ、トレーサーマン応答せよ。

田中からの無線連絡だ。

「トレーサーマンです。どうぞ」

加藤はバイクのスピードを落としながら答えた。

――やつらは交差点角にある建物の裏にある広場に入った。どうやら目的地に着いたらしい。

「了解!」

次の交差点で右折した加藤は、その先の角の手前で停《と》まると、エンジンを切ってバイクを置き、交差点の角から様子を窺った。三台の車の姿はない。通りの百二十メートル先はアラ・ロードである。田中はそこにいるのだろう。

「トレーサーマン、現場に到着」

――こちらヘリボーイ。表の通りの角にいる。

「斥候《せっこう》に出るので、援護をお願いします」

――了解。気をつけろ。深追いはするな。

加藤は足音も立てずに数十メートル走り、土塀《どべい》の陰に隠れた。

土塀の向こうは広場になっており、ライトを点《つ》けたまま三台の車が停まっている。

「大事な商品なんだぞ。壊れ物だと思って、丁重に扱え。ここまで来て怪我《けが》でもされたら、元も子もない」

駐車場の暗闇でひときわ背の高い男が指図している。

車のライトが大きな建物に当たり、反射した光が男の横顔を浮かび上がらせた。ドゥルガムである。建物は倉庫のような二階建てだ。

二人の手下がぐったりとしているシャナブを車から出し、足を引きずる彼女を両脇から抱えるように建物の中に消えた。広場に面した裏口があるようだ。他の男たちは車のライトを消すと、荷物と銃を抱えて建物に入って行く。

ドゥルガムだけが残り、暗闇に戻った広場を鋭い目付きで見渡している。夜目《よめ》が利《き》くのだろう。

加藤は頭を引っ込め、息を殺した。距離は二十メートル以上離れているのだが、なぜか息遣いばかりか、心臓の鼓動まで聞かれそうな気がする。一瞬だが、暗視ゴーグルでドゥルガムの目を見た。彼の目は穴が開いているがごとく黒く、それでいて鋭い視線に加藤は寒気を感じたのだ。

ドゥルガムは気が済んだのか建物に入り、裏口のドアを閉めた。

加藤はしばらくじっと佇《たたず》み、全神経を集中させた。何も変化がないことを確認すると、来た道を戻り、広場から離れた。

「こちら、トレーサーマン。ヘリボーイ、応答願います」

自分のバイクが置いてある街角まで戻った加藤は、田中に連絡をした。

――ヘリボーイだ。まだ表の通りで監視している。

「シャナブとドゥルガムを確認しました。そっちに行きます」

加藤はバイクを押して1ブロック進んでシートに跨ると、エンジンをかけた。


「了解。引き続き監視を頼む」

浩志は衛星携帯電話機で加藤からの報告を聞き、思わず拳《こぶし》を握りしめた。シャナブが建物の中に連れ去られるのを確認したという。彼女は足を引きずりながらも自分の足で歩いていたらしい。場所が分かったことも重要だが、彼女の無事が確認できたことが一番である。

「ターゲットのアジトが分かったんですね？」

柊真はハンドルを握りながら、聞き耳を立てていたようだ。

「そういうことだ」

浩志は加藤から送られてきたメールを開封し、添付されていた座標を地図アプリに入力すると、地図上に旗のマークがポイントされた。アジトは、街の南西部にあるようだ。

「さすが加藤さんですね」

柊真は口笛を吹いた。

時刻は午後十一時五十分である。タンク・ワナ・アンゴア・エイダ・ロードを走ってきた浩志らは、途中で難所もあったが、タンクという街も過ぎて平地になったためスピードを上げて走っている。デーラー・イスマーイール・ハーンまで、残り数キロに迫っていた。

「リベンジャーだ。トレーサーマンからターゲットの位置を特定したと連絡が入った。これより、アジトに向かう」

浩志は無線で全員に連絡をした。だが、誠治には報告はしない、CIAから情報が漏《も》れている可能性があるからだ。

ジョーブレーカーのメリフィードによれば、ALのモグラのせいで極秘情報まで漏洩《ろうえい》しているらしい。それが本当なら、セキュリティレベルが高い幹部クラスにモグラがいる可能性がある。たとえ誠治でも作戦前の情報を教えることはできない。

「気難しい表情をしていますよ。どうしたんですか？」

柊真が気遣った。

「やつらのアジトが、どうして、デーラー・イスマーイール・ハーンなのか理由が分からない。あの街はテロリストの標的になることはあっても、アジトがあるような街ではないからだ」

デーラー・イスマーイール・ハーンは、首都イスラマバードと同じぐらいタリバーンによるテロ事件が発生している。そのため、警察と治安部隊が厳しい取り締まりをしていると聞いたことがある。イスラム武装集団にとって隠れ住むには、都合が悪い街に違いない。

「そこが盲点かもしれませんよ。まさか、国境を越えて、テロリストのいない普通の街に彼女を隠すとは誰も想像できませんから」

柊真が首を捻《ひね》りながらも言った。彼も導き出した答えに納得していないのだろう。

「それは考えられる。あるいは、彼女を引き渡す相手がそこにいるのかもしれない。いずれにせよ、救出に時間を掛《か》けることはできないかもな」

浩志は浮かない表情で呟《つぶや》いた。

三

バージニア州マクレーン、CIA本部地下作戦室、午後一時四十分。

八十平米ある部屋の壁にはモニターが並び、三列に並んだ机に二十人ほどの男女がノートパソコンに向かって作業をしていた。キーボードを忙しそうに叩《たた》く彼らのモニターには、文字や画像データが次々と送られてくる。最新の情報を集めているのだろう。

「三台の車から八人の男が降りました。車から引きずり出されたのが、〝アテナ〟でしょう」

中央の八十インチのモニターの脇に立っている男は、軍事衛星の暗視映像にレーザーポインターのドットを当てて、彼の前に立っている二人の男に解説している。一人は大柄なスキンヘッドの黒人男性で、もう一人は片倉誠治であった。〝アテナ〟はシャナブのコードネームのようだ。

「拡大して、アテナかどうか確認するんだ」

誠治は説明している男ではなく、背後のオペレーターに指示を出した。

CIAは最新の軍事衛星を使って浩志から得た情報をもとに、マーズ村から山を越えてパキスタンに侵入した武装集団を発見することに成功した。さらに彼らをロックオンすることで、ジョーブからデーラー・イスマーイール・ハーンまで追尾したのだ。

「建物の所有者が分かりました。以前は縫製工場でしたが、五年前に倒産し、現在は地元の不動産業者のカリーム・ムハマドが所有しているようです」

最前列にいるオペレーターが挙手して発言した。アジトの情報を調べあげたらしい。

「カリーム・ムハマドを徹底的に洗い出せ！」

誠治はテキパキと指示を出す。

「イスラマバードのエージェントを使って彼女を奪回できないか？　責任は私が取る」

大柄な黒人男性は別のモニターに映っているパキスタンの地図を指差した。デーラー・イスマーイール・ハーンには、CIAのエージェントはいないようだ。

「グレッグ、君が副長官の権限で、支局を動かせることは分かっている。だが、人質奪回という難しい作戦だ。しかも、アフガニスタンならまだしも、パキスタンだぞ。中近東・南アジア部の責任者である私に、任《まか》せてくれないか」

誠治はCIAでもっとも機密性の高い作戦本部（国家機密部ともよばれている）という部署に所属し、中でも紛争地が多い中近東・南アジア部の部長であった。それだけ責任も多く、CIAの中では重要なポストである。以前は情報本部における中近東・南アジア分析部の部長だったが、作戦本部に昇格したのだ。

「それは充分承知している。だが、君が作戦を成功させられなかったら、君だけでなく、私も責任を取らなくてはならない。アテナ奪回は、米国の面子《メンツ》に関わる問題だ。CIAのエージェントじゃなくても、米軍の特殊部隊を派遣したらどうだ。私が直接ペンタゴンに電話してもいいんだぞ」

「武器を持ったエージェントが捕まるようなことがあったらどうする？　米軍の特殊部隊

が、街中で銃撃戦をしたらどうなるんだ？　だから、リベンジャーズを使っているのだろう。大統領の発言で、パキスタン人の感情は過去最悪だ。二〇一一年の二の舞だぞ」

　誠治は大きく首を左右に振った。

　彼の言う二〇一一年とは、同年の一月二十七日、米国人レイモンド・デービスがパキスタン東部ラホールで、二人の地元住民を銃で殺害した事件を指すのだろう。デービスは逮捕され、ＣＩＡのエージェントだと判明し、両国関係は急速に悪化した。

「誠治、ずいぶん昔の話を持ち出すな。分かったよ。だが、リベンジャーズが、作戦を成功させるという保証はあるのか？」

　ＣＩＡ副長官のグレッグ・バランダーは、誠治を名前で呼んだ。親しい間柄のようだ。

「彼らを信じているからこそ、任せている。というか、彼らができなければ、どんなチームも成功しない」

「諦《あきら》めるしかない、ということか？」

　グレッグは、肩を竦《すく》めてみせた。

「その逆だ。作戦が失敗するとは思っていない。熱センサーで家屋の内部を調べろ！」

　誠治はグレッグと会話しながらも、傍の軍事衛星のオペレーターに命じた。

　画面の映像が変わり、建物内部にいくつかのオレンジ色や緑色の混じった人影が映りこんだが、形が定まらず、不鮮明である。

特殊な熱センサーで得た情報をコンピューターで解析し、三次元化したものを実際の映像に重ねてあるため、内部に人が何人いてどこにいるのかもほぼ分かるが、それでも限界はあるのだ。

「建物はコンクリート製の二階建てのため、二階部分しか分かりません。それに軍事衛星のため、これ以上解像度は上がりません」

画像で見る限り、二階建ての建物は箱のように四角く、建築途中のように外壁はコンクリートの打ちっ放しらしい。また東西に五十メートルと長く、南北に三十メートルとかなり大きな建物である。

「無人機の映像に切り替えろ」

誠治が別のオペレーターに指示した。

部屋の片隅にパーテーションで囲まれた一角があり、迷彩柄の軍服を着た男が、モニターに向かってゲーム機のコントローラーのような小さなレバーを操作していた。空軍に所属するグローバルホークのオペレーターである。誠治は軍と共同で情報活動をしており、兵士に直接命じているのだ。

中央の画面が切り替わり、先ほどよりは幾分鮮明な映像になった。元の映像は他のモニターに映っている。

「二階に二人、一階の南の壁側にも二人確認できます。それ以上は、確認できません。残りの男たちは、一階の中心部にいるのでしょう」

オペレーターはグローバルホークを上空で旋回《せんかい》させ、建物を様々な角度から映るようにコントロールしているが、限界があるようだ。

「ドゥルガムと彼の手下はまだ、一階にいるのだろう。とすれば、アジトにいるのは、十一人、多くても十五人程度か。そのまま上空で監視活動を続けろ」

誠治はグローバルホークのオペレーターに命令した。

「みごとな指揮ぶりだ。作戦本部に昇格しただけのことはあるな。君なら長官の座も狙《ねら》えそうだな」

やりとりを見ていたグレッグは、わざとらしく何度も頷《うなず》いた。

「皮肉は止めてくれ。私は、現場主義者なんだ。本当は、こんな地下牢のような場所でなく、太陽の日差しを浴びて仕事がしたいよ」

誠治は笑って見せながらも、部下の仕事ぶりに気を遣《つか》っている。

「私は、ここでは仕事がないようだから、上で通常業務に戻る」

グレッグは右手の人差し指を上に向けた。

「いや、総責任者として、君も最後までここにいてくれないか?」

「最後? どんな最後だ。リベンジャーズが、奇襲をかけてテロリストを皆殺しにした後、彼らが見つけ出すのは、喉を切り裂かれたアテナの死体だろう。ストーリーはもうできているんじゃないのか?」

グレッグは口の端を歪《ゆが》ませて笑った。

作戦室が静かになり、数秒後キーボードを叩く音がBGMとして蘇《よみがえ》った。作業中のオペレーターの指が一瞬止まったが、何気ない素振りで仕事を続けている。

「我々はいつも最善を尽くすのみだ」

右頬をぴくりとさせた誠治は、笑って見せた。

「リベンジャーズに動きがあったら、教えてくれ。業務を投げ出して、駆けつける」

グレッグは出入口に向かって歩きはじめた。

「むろん連絡する。遅れるなよ」

誠治はグレッグの背中を睨《にら》みつけながら言った。

四

零《れい》時十分、浩志らリベンジャーズを乗せた三台の車は、デーラー・イスマーイール・ハーンのアラ・ロードに到着した。

武装集団のアジトは、東に2ブロック先の角にある。

AK74を背にした浩志は助手席から降りると、東に向かって走りだした。仲間もそれぞれの車を後にし、浩志に続く。車には京介、村瀬、鮫沼の三人が残っている。

　1ブロック先の交差点の陰から男が出てくると、浩志の前に立った。加藤である。

「動きは？」

「ありません」

　浩志が尋ねると、加藤は小さく首を振った。彼は本隊が到着するまで、武装集団の建物を調べていた。内部に侵入することはなかったが、出入口の鍵や警報装置の有無などを確認し、報告している。

　浩志はハンドシグナルでワットを指差し、右手を振った。

　頷いたワットは、宮坂、マリアノ、ミゲル、ムスタファの四人を連れ、交差点を右に曲がり、闇の中を走って行く。チームを三つに分けた。彼らはBチームで、広場がある建物の裏口から侵入するのだ。そこで田中が彼らを待っている。また、車に残った三人はCチームとしていつでも仲間を回収できるように待機させてあった。

　加藤から現地の状況を聞き、誠治から得たCIAの情報をもとに浩志は街に到着する直前まで作戦を練り、無線で全員に伝えてある。敵のアジトには、ドゥルガムとその手下も入れて十一人から十五人ほどいるらしい。シャナブは二階に移された形跡がないため、一階の奥にいるようだ。

　また、作戦終了後の脱出は、街の郊外で米軍ヘリが迎えに来ることになっていた。浩志と仲間だけなら脱出は車でも大丈夫だが、シャナブの状態を考えると、ヘリの移動が望ましい。大型ヘリで脱出ポイントからアフガニスタンのバグラハム空軍基地に帰還する予定である。本来なら彼女をパキスタン警察に保護してもらう方が手っ取り早い。だが、地元の警察や治安部隊では彼女を守りきれないどころか、下手をしたら武装組織の人間が潜入し、彼女を殺害する恐れがある。そのため、誠治からは米軍に保護された後も、米本土に彼女が到着するまで護衛を頼まれていた。

浩志は右手を前に振って辰也、瀬川、柊真の三人に合図をし、ターゲットとなる建物の前まで走った。玄関ドアの脇に立つと暗視ゴーグルを装着し、サプレッサーが取り付けられたグロック19Cを懐から抜いた。その後ろには柊真と加藤が付き、反対側には辰也と瀬川が並んだ。

――Bチーム、位置に就《つ》いた。

ワットからの無線が入った。彼らも建物の裏口に到着したようだ。

ＣＩＡ本部地下作戦室、午後二時十分。

浩志らがデーラー・イスマーイール・ハーンのアラ・ロードに到着した時間である。

「ターゲットの百五十メートル西に三台の車が停まりました！」

軍事衛星の映像を見ていたオペレーターが叫んだ。

「何！」

別のオペレーターに、現地の警察と治安部隊の動きを調べさせていた誠治は驚いて振り返った。

「九人の武装兵が東に向かいます」

「拡大しろ！」

誠治は命令すると、中央モニターの前に立った。

九人の男たちは、武装ゲリラのような格好《かっこう》とＡＫ74を手にしている。

「すみません、リベンジャーズでした。車に識別マーカーがあります」

オペレーターが慌てて訂正した。車の天井部にボディと同じ色だが、赤外線に反応する塗料で味方を意味する識別記号が描かれているのだ。

「グレッグ、はじまるぞ。すぐ下りてこい」

誠治は副長官を業務用の携帯電話で呼び出しながら、中央のモニターを見た。

「うん？」

携帯電話を耳に当てたまま、誠治は首を捻った。熱センサーのモニター上にあるアジトの建物内に赤い人影が急に増えてきたのだ。センサーが感知できなかった場所に隠れていたのだろう。

「大変です。敵の数が急激に増えています」

オペレーターの声が裏返った。

「大変だ。リベンジャーに伝えねば」

両眼を見開いた誠治の顔は青ざめていた。


「了解。Aチームも配置についた。解錠」

浩志はワットの無線に答え、加藤の肩を叩いた。

加藤は米国の警察でも使用している銃型のピッキングツール〝ピックガン〟の先端を鍵穴に差し込み、数秒で鍵を開けた。敵を倒す瞬間まで音もなく行動したい。そのための準備はしてきた。

——こちらピッカリ、解錠した。

「カウント3で、突入」

——カウント3だな。3、2、1……。

ワットは囁くような声でカウントダウンをはじめた。

浩志は彼のカウントに合わせ、0で玄関ドアを開けて、建物に突入した。

銃撃音！

銃弾が耳元をかすめた。

反射的に横に飛んだ浩志は、正面木箱の陰に隠れている二人の男を撃ち抜き、一緒に入った柊真と加藤が反対側にいた男を銃撃した。

銃弾が飛び交う。ドア口で援護していた辰也と瀬川が応戦し、敵を黙らせた。

部屋は六十平米ほどの広さがあり、壁際に無造作に積まれている木箱の陰から敵は撃ってきたのだ。

——待ち伏せだ！

ワットからの無線だ。

「こっちもだ」

浩志はドア口にいる辰也と瀬川に、部屋の反対側の右手から調べるようにハンドシグナルで指示をした。木箱の後ろに辰也らが銃撃した敵が倒れているはずだ。負傷したものの戦闘不能とは限らない。

柊真がグロックを構えながら浩志の前に出て木箱の裏を確認しはじめた。隙《すき》がない動きである。だが、木箱が無数にあるだけに厄介だ。

「むっ！」

微かな物音に反応した浩志は身を屈めて銃を向けると、頭上に銃弾が抜ける。浩志が背後の木箱に発砲すると、背中越しに柊真も銃撃した。隠れていた男が、木箱を崩しながら前のめりに倒れる。

「クリア！」

「クリア！」

部屋の左側をチェックした柊真と加藤が言った。先に倒した三人以外にも二人の男が木箱の陰に転がっていた。

「クリア！」

部屋の右半分を確認した瀬川が声を上げげた。反対側も四人の男が潜んでいたのだ。

「こいつら、いい銃持っていますよ」

辰也が足を引きずりながら男たちが使っていた銃を拾い上げた。ストックが折りたたみ式のショートカービンであるAKS74である。

「撃《う》たれたのか？」

浩志は辰也の左足を見ながら尋ねた。柊真と瀬川は、見た限りでは怪我はなさそうだ。

「太腿をかすっただけです。問題ないっすよ」

にやりとした辰也は右手を横に振ると、バンダナを出して傷口を縛り、左足で床を蹴って見せた。

――こちらピッカリ、裏口を確保した。八人もいたぞ。

誠治の話では、敵は多くても十五人程度と言っていたが、すでに十七人も倒している。所詮《しょせん》軍事衛星や無人機で高高度から感知できることは、たかが知れているのだ。

「こっちもすんだ。辰也が足を撃たれたが、大丈夫だ。そっちは？」

――田中の肩に跳弾が当たったが、大した怪我じゃない。俺も髭《ひげ》剃り後みたいに頬を切った程度だ。

ワットからの無線連絡だが、彼と田中が軽傷を負ったらしい。

「進むぞ」

――了解！

仲間の顔を見た浩志は、右手を振って奥の出入口に向かった。

五

零時二十分、浩志と柊真は、武装集団のアジトの廊下でＡＫ74を構え、部屋を調べている辰也と瀬川と加藤の援護をしている。突入の際、敵の銃撃で侵入が知られてしまったので、サプレッサーが付けられたグロックではなく、より威力があるアサルトライフルを使っているのだ。

武装集団のアジトは、幅が二メートルある廊下を挟んで五、六十平米の部屋が並んでいた。

廊下側にドアがある部屋は、玄関と裏口がある二つの角部屋で、他は壁で区切られただけの簡単な構造である。各部屋の出入口にドアがないため倉庫かと思ったが、三番目に確認した部屋に壊れたミシンが置かれていたので、縫製工場だったようだ。

　武装集団を追跡してきた加藤と田中は、彼らの顔を記憶しているが、すでに倒した十七人の中にドゥルガムと彼の手下はいないという。とすれば、少なくともあと八人はいるということだ。出入口で待ち伏せしていた連中は、タリバーンかＩＳの下っ端なのだろう。仲間に負傷者は出したが、手応えはなかった。

「クリア！」

　部屋を調べた辰也と瀬川と加藤の三人が出てきた。

　Ａチームは廊下の右側、Ｂチームは左側を調べている。

　浩志は銃を構えて次の部屋の出入口から中を覗き、柊真と同時に突入した。今度は、辰也と瀬川と田中が二人の援護をしている。

「クリア！」

「クリア！」

　浩志と柊真は室内を確認すると、部屋を後にした。調べた部屋は四つ、Ｂチームの分も合わせれば八つ、一階の三分の二を確認している。

　残りの部屋は階段ホールの向こうに六つ、ドアのない出入口が廊下を挟んで三つずつあった。階段が出入口近くにないのは、増築したのかもしれないが、従業員が外にすぐ出られないようにしたからに違いない。また、大きな建物にもかかわらず出入口が二つしかないのは、同じ理由なのだろう。

マリアノを先頭にBチームが、先に階段ホールに差し掛かった。

激しい銃声。

二番目に歩いていたミゲルが倒れた。ワットと宮坂とムスタファが応戦し、その隙にマリアノと田中がミゲルを引きずって階段の向こう側の廊下に走り抜いた。ワットと宮坂は、銃撃しながら階段下に逃げ込んだ。

二階から階段下に隠れているワットらに向かって激しく銃撃している。ミゲルは肩を押さえているが、命に関わるような怪我ではなさそうだ。

「来い！」

浩志は辰也と加藤にハンドシグナルで指示を出すと、柊真の肩を叩いて走った。

銃撃は散発的だが、階段下に人を寄せ付けないように撃っているのだろう。

辰也と加藤は階段上に向かって銃撃し、敵がひるんだ隙に浩志はタクティカルポーチから出した手榴弾《しゆりゆうだん》を出すと、階段上に投げた。

「ボンブ！」

階上から叫び声が上がった。浩志が投げた手榴弾は、安全ピンを抜いていないので爆発はしない。だが、咄嗟《とつさ》にそれを判断するのは難しいのだ。敵が爆発しないと確認するまでの数秒が勝負である。

浩志と柊真は階段を駆け上がり、廊下で逃げ惑う男たちに銃弾を浴びせた。


「敵が、二階に来ました！」

ドゥルガムの手下が、パソコンのモニターに映し出された監視映像を見て叫んだ。縫製工場に巧妙に隠されたカメラの映像である。

「くそっ！　リベンジャーズめ、来るのが早過ぎる。尾行されていたというのか？」

ドゥルガムは手下の肩越しにモニターを見て舌打ちをした。

彼と手下は縫製工場の地下にある四十平米ほどの部屋にいたのだ。シャナブも彼らの近くに縛られて座らされている。地下室の出入口は、二階から銃撃されたワットと宮下が逃げ込んだ階段下にあるのだが、簡単には分からないようになっていた。

ドゥルガムは縫製工場跡に到着すると、一階にいた武装テロリストたちを建物内に配置し、手下とともに地下室に下りている。武装テロリストらは、イラクから追い出されたISの兵士で、アフガニスタン経由でパキスタンに密入国させていた。彼らは金のために命をも投げ出す異常な男たちである。

「クライアントの代理人のジョン・グレーと、ここで待ち合わせをしていたんですよね。どうしますか？」

パソコンの前に座る男は、モニターを見たまま尋ねた。階段を駆け上がった浩志と柊真が、ＩＳの兵士たちを銃撃している映像が映っている。

「どうするもないだろう。追跡者から逃れるためにわざわざパキスタンの都市を選んだのに、こっちの準備ができていないんだぞ」

ドゥルガムも手下の肩越しにモニターを見て顔をしかめた。

「代理人は、この街にまだ到着していないんですか？」

「着いている。我々がここに入ったことは連絡してあるから、すぐ近くまで来たはずだ。だが、銃撃戦の最中に訪ねてくる馬鹿《ばか》もいないだろう。それよりも銃声を聞きつけて、警察や治安部隊が来るだろう。俺たちはそろそろ脱出しなければならない。タイシール、脱出口の映像を見せてくれ」

ドゥルガムはモニターを見ている男に命じた。

「大丈夫なようです」

タイシールと呼ばれた男は、パソコンの映像を切り替えて答えた。

「どうしたものか」

ドゥルガムは部屋の片隅に蹲《うずくま》っているシャナブを見て呟いた。

「脱出するなら、この女は足手まといです。それに我々の顔を見ています。殺しましょう」

シャナブの近くにいる手下が、彼女にＡＫＳ74Ｕの銃口を向けて言った。

「馬鹿な。これまでの苦労が水の泡だ。クライアントに連絡をとってみる」

ドゥルガムは衛星携帯電話機を取り出し、ダイヤルボタンを押した。

「ドゥルガムです。リベンジャーズの襲撃を受けています。すでに一階が制圧され、連中は二階まで押し寄せています。そうです。……分かりました。……了解です」

大きな溜息《ためいき》を吐《つ》いたドゥルガムは、通話ボタンを切った。

「とりあえず、マーカーを注入しておこう」

溜息をついたドゥルガムは、近くのデスクに置かれているジュラルミンケースから、銃のようなトリガーの付いた針の太い注射器を出した。

「ヤヒヤ、女を眠らせろ」

ドゥルガムは、シャナブを殺すと言った手下に命じた。

「分かりましたよ。どうせ、殺したら金は払わないって、クライアントに言われたんでしょう」

肩を竦めたヤヒヤはポケットから出した瓶《びん》の蓋《ふた》を取り、ハンカチに瓶の中の透明な液体を浸《ひた》すと、シャナブの猿ぐつわをされている口元をハンカチで覆《おお》った。麻酔薬らしく、シャナブはハンカチを当てられて両眼を見開いたが、すぐに目を閉じ、ぐったりとした。

ドゥルガムはシャナブのシャツの袖を捲《まく》り上げると、彼女の二の腕に注射器の針を刺し込み、トリガーを引いた。

「一旦、脱出する。彼女が見つからなければ、また戻って来るまでだ」

シャナブを床に寝かせたドゥルガムは、ジュラルミンケースに戻した注射器を自分のバッグパックに仕舞《しま》い、肩に担いだ。

六

「クリア！」

「クリア！」

廊下での銃撃戦を制した浩志と仲間は、二階の部屋を調べている。

二階は宿舎と思われる四十平米ほどの部屋が六つと、倉庫のような部屋がいくつかあった。低賃金で雇った労働者を半ば強制的に住み込みで働かせていたのだろう。パキスタンは州ごとに最低賃金が決められているが、それは五十人以上の従業員を雇用する企業に適用されているに過ぎず、依然として女性への低賃金や児童労働が問題視されている。

浩志は建物の一番西側にある部屋の前に立ち、傍で銃を手にした辰也、瀬川、加藤の三人に頷いた。確認していないのは、この部屋だけになった。

辰也と瀬川と加藤が部屋に飛び込んだ。浩志と柊真は出入口で銃を構え、援護の態勢に入る。

「クリア！」

「クリア！」

「クリア！」

辰也ら三人が、ほぼ同時に声を上げた。

「ちくしょう！　シャナブは、どこに行ったんだ！」

辰也は床に転がっている壊れた木製の椅子を蹴り上げた。

「一階と二階にいないのなら、この建物に地下室があるのかもしれない。全員で調べるんだ」

浩志は仲間に指示をすると、振動している衛星携帯電話機をポケットから取り出した。銃撃戦の間も電話が掛かってきたことは知っていたが、出ることはなかった。

――大丈夫なのか？

誠治からの電話である。

「制圧した。だが、シャナブもドゥルガムもいない。捜索中だ」

敵が二十四人いたことは、言わなかった。味方も四人負傷している。報告したところで、自慢にもならない。

――すぐ、退却するんだ。警察に銃声の通報が入った。そっちに行くぞ。

ＣＩＡは地元の警察と治安部隊を監視しており、動きがあれば、すぐに連絡することになっていた。

「対策は考えてある。手がかりを見つけるまでは、ここを離れられない」

浩志は電話を切ると、すぐに無線で京介を呼び出した。

——こちら、クレイジーモンキーです。

「警察がこっちに来る。治安部隊も動き出す前に、例の作戦だ」

——待っていました。了解です。

京介の声が弾んでいた。やっと出番が来たと喜んでいるのだろう。彼には警察や軍に対処させるためにあえて車に残し、待機させていたのだ。

「全員に告ぐ。警察がこっちに向かっているそうだ。物音を立てないように捜索を続けてくれ」

浩志は仲間に無線で連絡をした。

数分後、遠くで雷が落ちたような爆発音が響いた。

——こちらクレイジーモンキー。リベンジャー応答願います。

「リベンジャーだ」

浩志は京介からの無線に答えた。

——成功です。予定どおり、アラ・ロードとタンク・ロードとの交差点で車を爆破させました。通行人に被害はありません。警察が来るか確認していましょうか?

アラ・ロードとタンク・ロードの交差点は、環状線であるウエスト・サーキュラー・ロードとも交わる五叉路になっており、繁華街でもある。その交差点の真ん中に乗ってきたハイラックスを使い、自爆テロを装って爆発させたのだ。

爆弾はあらかじめ辰也に作らせ、京介に設置させた。一般人に被害が及ばないようにするため、爆発方向に指向性を持たせて爆弾を設置する必要があった。その点、京介は辰也に師事しているため、爆弾の取り扱いは慣れている。また五叉路は縫製工場跡から一・七キロほど離れており、警察や軍の目を向けさせるのに都合がいいのだ。車は一台足りなくなるが、武装集団が使っていた車を使えば問題ない。

「周囲に非常線が張られたら、動きがとれなくなる。Cチームは合流してくれ」

浩志は京介に指示すると、廊下の左右を見渡した。一階の各部屋を仲間が一人ずつ調べている。地下への出入口がどこかにあるはずだ。

「待てよ」

呟いた浩志は、階段ホールの手前の壁を調べた。

西側の壁と階段ホールを挟んで東側の壁が違う。不純物が多いコンクリートで作られているのか、東側の方が粗《あら》いのだ。西側の方が建物自体は古く、階段は増築により、交差点側の玄関から離れた位置になったようだ。

浩志は階段下に立って、アラ・ロード側の壁を見た。二メートル四方の壁の色が違っている。元の玄関がコンクリートで塗りつぶされたのだろう。仲間が唯一《ゆいいつ》探していないのは、階段ホールだけであった。浩志は暗視ゴーグルを外し、LEDライトで階段の周囲の壁や床を照らしながら拳で叩いてみた。

階段下の壁の一部の音が違う。

浩志はコンバットナイフを出し、刃先を壁の継ぎ目に刺して横に動かした。固いものに触れたので、そのまま横に動かすと、金属音がして一メートル四方の壁が手前に開いた。ぽっかり開いた穴をLEDライトで照らすと、鉄製の梯子《はしご》があった。

「地下に通じる梯子を発見した。Aチーム、階段下に急行せよ。Bチームは建物の周囲を警戒し、退却の準備だ」

浩志は仲間に無線連絡した。

柊真、加藤、辰也の順に階段下に集まった。

「私を先に行かせてください」

柊真が一歩前に出ると、加藤が横に並んだ。

「いいだろう。辰也、おまえはしんがりだ」

浩志は柊真と加藤を先に行かせ、足に怪我をしている辰也を後ろに下がらせると、二人に続いて梯子を下りた。

梯子の下は、四十平米ほどの部屋になっていた。机と椅子《いす》が置かれているだけで、他は何もなさそうだ。

「シャナブ、発見！」

奥の暗闇から柊真の声が、地下室に響いた。

脱出

一

午前一時、浩志の乗ったハイラックスを先頭にリベンジャーズは、ハイエース、それに二台のストラーダに分乗し、N50号線を西に向かっていた。

救出したシャナブは睡眠薬を飲まされているのか目を覚ます気配がなく、ハイエースの荷台に寝かせている。偽装爆弾テロでハイラックスを一台失っていることもあり、武装集団が使っていた車を二台拝借してきたのだ。アジトである縫製工場跡の駐車場には三台のストラーダがあり、残りの一台のタイヤをすべてパンクさせて、すぐには走れないようにしておいた。

浩志らは八十一キロ離れたオバスタツカイ山脈の麓に設定された脱出ポイントに向かっている。ジョーブレーカーのメリフィードが指揮する回収部隊を乗せたCH53が、迎えに来るのだ。アフガニスタンのバグラム空軍基地に帰還する予定である。

「バグラム空軍基地に着くまでは油断できないが、今回は手こずったな。シャナブを救出すれば任務は終了するが、ドゥルガムを生かしておくのはすっきりしない」

先頭車の後部座席に座るワットは、疲れた表情で言った。

「ＩＳの名で悪事を働くやつだ。いずれまた会えるだろう。俺たちに銃を向けたやつに借りを返す時は必ずくる」

隣りに座る浩志は、フロントガラスの向こうの暗闇を漠然と見つめていた。全身に疲労感を覚えるが、筋肉痛や寝不足はさほど感じない。任務上の最大の目的であるシャナブを救出したが、ワットと同じで敵を逃した悔しさからくる脱力感なのだろう。

ワットは出発の際、作戦の総括をしたいと浩志と同じ車に乗り込んできた。ドゥルガムを追い詰める相談がしたかったのだろう。

「そうだよな。ＩＳは衰退しつつあるが、やつらの拠点はイラクとシリアだ。ドゥルガムの首を取るには、紛争地に行くしかないか」

ワットは舌打ちをした。

「金に汚い男だと聞いている。仲間だったアムジャドを殺したのは、クライアントから受け取る報奨金を独り占めしたかったからだろう。だとすれば、金を餌《えさ》にやつをおびき寄せればいい。あいつを生かしておけば、災いをもたらすだけだ」

「なるほど、それは名案だ。クライアントになりすまし、偽の誘拐を持ちかけて誘い出すか。言っておくが、やつの頭を撃ち抜くのは、俺の仕事だ」

ワットは低い声で笑った。

「それは、シャナブを無事に米国へ届けたらの話だ。だが、ドゥルガムは狡猾《こうかつ》だぞ。策を巡《めぐ》らさなければ、やつを騙《だま》すこともできないだろう」

シャナブを見つけた縫製工場跡の地下室の出入口も巧妙に隠されていたが、地下室には抜け穴もあった。工場跡の東側は交差点に面しているが、西側は隣接する民家と繋《つな》がっていたのだ。ドゥルガムは浩志らの襲撃を察知し、足手まといになるシャナブを残して抜け穴から脱出したのだろう。

抜け穴の先にあった民家は土塀《どべい》で囲まれており、敷地内に三台分の四駆と思われるタイヤ痕《こん》が残されていた。工場跡で待ち伏せしていた武装兵らが使っていた車なのだろう。ドゥルガムは、手下とともにまんまと浩志らを出し抜いて逃げ切ったのである。

「ダラバンを過ぎます」

車を運転している加藤が、声を掛《か》けてきた。

ダラバンは縫製工場跡から五十五キロ西にある村で、村を過ぎれば山深い道になり、ダラバンから十一キロ西は、トライバルエリアになる。誠治の話では、三台の軍用トラックが、リベンジャーズの一キロ後ろに迫っているらしい。自爆テロで彼らの目を逸《そ》らしたつもりだったが、縫製工場跡に隣接する家から出たところを市民に目撃されたようだ。

トライバルエリアに入れば、軍や警察に追われることはない。だが、ワズィール族の治める地域だけにリスクはある。彼らは米軍だろうとパキスタン軍だろうと軍用ヘリコプターを見つければ、攻撃してくる可能性があるからだ。

脱出地点は、トライバルエリアに入ってから十五キロ先のN50号線沿いにある荒野である。できればもっと近い場所がいいのだが、トライバルエリアに入って数キロ地点にダラジンダという街があり、道路沿いに民家が長く延びている。そのため、民家が絶える場所をCH53の着陸地点として選んだ結果だという。

衛星携帯電話機が反応している。

「俺だ」

すぐに通話ボタンを押した。

――ダラバンの先に軍用トラックが二台停《と》まっている。トライバルエリアの検問をしているのかもしれない。注意してくれ。

誠治の声が強張《こわば》っている。リベンジャーズだけならまだしも、シャナブを移送しているので緊張しているのだろう。

「分かった。加藤、ライトを消して車を停めるんだ」

「了解」

加藤が車を停めると、後続車もライトを消して停車した。

「どうした?」

ワットが尋《たず》ねてきた。

「トライバルエリアの手前で軍が検問をしているらしい。こんな時間に通り抜けできるとは思えない」

浩志はスマートフォンの地図アプリで現在位置を確認しながら答えた。もともとトライバルエリアの手前に配置されていた小隊なのだろう。だが、すでに軍に追われているので、油断はできない。

「道を外れると時間が掛かる。ランデブーに間に合わなくなるぞ。強行突破するしかない」

ワットは渋《しぶ》い表情で言った。脱出ポイントに午前一時半に到着することになっている。CH53は巨体だけに標的になりやすい。長時間着陸していることは、リスクを伴うのだ。約束の時間に間に合わなければ、リベンジャーズを待たずにCH53は飛び立つ可能性もある。

「パキスタン軍は敵じゃないがな」

首を振った浩志は、仲間に無線で暗視ゴーグルを装着するように指示を出した。

四台の車はライトを消して走行し、三キロ先で停止した。二百メートル先に軍用トラックが道の両脇に停まっている。彼らはまだこちらの動きに気が付いていないだろう。

浩志がAK74を背に車を降りると、柊真、瀬川、京介が後に続き、ワットには、マリアノ、宮坂、田中、村瀬の四人が付いていた。残った辰也、ミゲル、鮫沼、ムスタファは、運転席に乗り込んだ。四人とも負傷者である。ここに来るまでに浩志は、それぞれの役割を仲間に伝えてあった。

浩志は道の右端を、ワットは左端を仲間とともに走り始める。百メートル走った浩志は道を外れて、目の前に迫った軍用トラックの二十メートル手前まで足音を立てずに近寄った。反対側の軍用トラックにはワットのチームが忍び寄っている。

トラックの傍で焚《た》き火を囲んでいる兵士が三人、道を挟んで反対側も同じである。トラックの荷台にも兵士がいるかもしれない。

「ピッカリ、カウント3だ。3、2、1」

浩志はカウントしながら、瀬川と京介をトラックの荷台に向かわせ、柊真と一緒に焚き火の近くに駆け寄った。

「フリーズ！」

浩志と柊真がAK74を三人の兵士に向けた。他の仲間も同時に声を上げる。

焚き火を囲んでいた兵士が、慌てて足元に置かれている旧式のAK47に手を伸ばした。

彼らは主力部隊の兵士ではないのだろう。陸軍の主力なら小銃は、H&KG3を携帯しているはずだ。

「動くな！」

浩志はパキスタンのウルドゥー語で怒鳴《どな》った。この程度の単語なら知っている。

――ピッカリ、こっちはトラックも制圧した。

――コマンド1、制圧しました。三人の兵士が眠っていました。

トラックの荷台に向かった瀬川からの報告だ。

「兵士を縛り、トラックの荷台に乗せるんだ」

浩志はＡＫ74を兵士に向けたまま柊真に命じた。

二

午前一時二十八分、浩志らリベンジャーズは、トライバルエリアの脱出ポイントに到着した。

西にオバスタツカイの山並みが、星空の切れ目として認識できる。北に三キロ戻ればダラジンダの街外れになる。北を除けば、半径五十キロに人家はない。周囲は草木も生えない岩が剝《む》き出した荒野が続くのみだ。

迎えのＣＨ53は、アフガニスタンの国境を越えてからは、街や村の上空を避《さ》けながらパキスタン軍のレーダーに掛からないように低空飛行で進み、オバスタツカイ山頂の切れ目である南東の谷間からやってくるはずだ。

車を降りた仲間が道路脇の荒地に集まっている。ヘリコプターの爆音が聞こえたら、軽油を使って火を点《つ》け、着陸地点を示すことになっていた。浩志が何も言わなくても、仲間は手分けして見張りと着陸の準備をしている。

――リベンジャー、シャナブの意識が戻りました。

彼女に付き添っていた柊真が無線で知らせてきた。彼は軍の検問所を抜けた後、ハイエースの荷台に乗り込んでいた。

CH53にはジョーブレーカーの隊員だけでなく、シャナブを診《み》てくれる軍医と看護師が乗っている。柊真は軍医に報告するべく、彼女の容態《ようだい》を調べていたのだ。彼は十ヶ月にわたる勤務でパシュート語の日常会話なら不自由しない。積極的に役に立ちたいと思っているのだろう。

「今、行く」

柊真の無線に答えた浩志は、ハイエースに駆け寄り、後部座席のドアを開けた。

荷台で膝立ちしている柊真の隣りにシャナブが座っていた。外は三度まで気温が下がっている。オバスタツカイ山頂から吹き下ろす風も冷たい。着陸したCH53の後部ハッチが開くまで、車の中で彼女を寝かせておくつもりだった。

「救出部隊の隊長のミスター・藤堂だよ」

柊真がシャナブにパシュート語で話し、次に英語で浩志を紹介した。

「起き上がって大丈夫なのか？」

頷《うなず》いた浩志は、シャナブに英語で尋ねた。彼女は米国で手術を受け、リハビリのために一年近く滞在した際に英語の教育を受けたと聞いている。

「はっ、はい。私は、大丈夫。ちょっと、目眩《めまい》がする」

彼女はつたない英語で答えた。

「ヘリが間もなく到着する。担架で運ぼうと思っていたが、歩けるなら自分でヘリに乗り込んでくれ。離着陸は短時間で行いたいんだ」

浩志の説明に、シャナブが首を傾《かし》げた。すかさず柊真が、パシュート語に通訳した。

「ありがとう。みなさんのご親切に感謝いたします」

シャナブが笑顔を見せた。十六歳というのに自立した女性である。タリバーンはイスラム教に則《のっと》り、女性の教育を禁止しているという。ＩＳでもまったく同じ理由である。だが、彼女のような聡明な女性を見れば、男女関係なく教育を受けることが、人間としての当然の権利であることが分かる。タリバーンもＩＳも女性が対等になり、男性優位の権利が脅かされることを嫌っているに過ぎない。どちらも宗教を騙った身勝手な能無し野郎の集団に過ぎないのだ。

——リベンジャー、ヘリです。

見張りをしている加藤からの無線だ。

浩志はハイエースを飛び出し、空を見上げた。微かにヘリコプターの爆音が聞こえてきた。軍事作戦では当たり前のことだが、ＣＨ53はパキスタンの領空侵犯をしているだけに航空灯はむろん着陸灯も点灯させずに飛行している。

仲間が荒地に軽油を浸した布を等間隔に置いている。着火剤を中に入れてあるので、すぐに点火するはずだ。軽油の引火点は四十五度、冷え切っているために着火剤なしでは火は点かない。

——十時の方角です。

傍らに立つ加藤が、南東の方角を指差した。

オバスタツカイの向こうから巨大な黒塊が、飛来してくる。

仲間が地面に置いた布に火を点け、炎の点線で直径五メートルの円を作った。

——こちらワイルドドッグ01、リベンジャー応答せよ。

ジョーブレーカーのリーダーであるメリフィードからの無線連絡が入った。

「リベンジャーだ。準備はできている」

——そのようだな。着陸ポイント確認。お嬢様の顔を見るのが楽しみだ。

メリフィードの笑い声が聞こえる。浩志らを確認してほっとしているのだろう。

「遠慮しないで、さっさと降りてこい」

浩志も軽い冗談を言うと、振り返った。

仲間も笑顔でＣＨ53に向かって手を振っている。

シャナブも柊真に付き添われてハイエースから降りてきた。彼女の数日にわたる悪夢のような苦渋もこれで終わるだろう。

ドン！

北の方角で破裂音がした。

白い煙が一直線にＣＨ53に伸び、轟音《ごうおん》とともに機体に命中した。

「なっ！」

仲間が声を失った。

巨大な炎に包まれたＣＨ53が、空から崩れ落ちるように数十メートル先に落下すると、爆発しながら横転し、ローターが地表を削りながら吹き飛んだ。

「危ない！」

浩志が叫んだ瞬間、吹き飛んだローターがハイエースの後部を引き裂いて飛んでいく。

「火から離れろ！」

仲間に指示しながら、浩志は着陸地点の火を足で踏み潰して消した。

ＣＨ53は、ＲＰＧ7で攻撃されたのだ。ＲＰＧ7の射程距離は最大五百メートルだが、上空のヘリコプターに命中したことを考えれば、敵は三百メートル北にいるのだろう。アサルトライフルで充分狙える距離だ。

銃弾が足元に跳ねた。炎に照らされた浩志を狙ったのだろう。

仲間が北の方角に向かって反撃をはじめた。だが、物陰に隠れているのか、敵の姿は見えない。

「ムスタファ、負傷！ 飛んできたローターに接触しました」

加藤の声だ。振り返ると、ハイエースの傍に加藤がいた。その足元にムスタファが倒れている。

「全員、乗車！ ワット！ シャナブを連れて、先に南に行け！」

浩志は右手を振って仲間をハイラックスと二台のストラーダに振り分ける。

「ムーブ！ ムーブ！」

頷いたワットは、ハイラックスに乗り込み走り出す。

加藤に駆け寄った浩志は、負傷したムスタファを車体後部の壊れたハイエースの荷台に乗せた。肩口から腹の近くまで裂け、止めどもなく血が流れている。

「私が運転します」

加藤は運転席に乗り込んだ。

「行け！」

浩志は後部の荷台に飛び乗ると、叫ぶように言った。

三

浩志の乗った半壊状態のハイエースを先頭にハイラックスと二台のストラーダは、干上がった川を東に向かっている。

着陸地点からN50号線を十キロ南に進み、乾季で干からびた川に沿って道を外れた。本当ならN50号線を戻りたかったのだが、襲撃した連中とまともに対面することになる。またトライバルエリアを出たところで、軍が待ち構えているだろう。迂回せざるを得なかったのだ。

「残念でした」

ハンドルを握る加藤が、沈鬱な表情で言った。

撃墜されたCH53が、地面に激突してローターが吹き飛び、その破片がハイエースとその前に立っていたムスタファを直撃した。

浩志と加藤が負傷したムスタファを半壊状態のハイエースに乗せたが、すでに意識はなく、間も無く息を引き取った。彼はリベンジャーズに参加できたことを、誇りに思うとまで言っていた。それだけに不運な死は、残念でならない。

「ああ」

荷台から助手席に移った浩志は、右手で天井を押さえながら返事をした。

乾燥した川床だが、中央を通れば、場所によってはぬかるみになっており、崖《がけ》に近づくと大小の岩に泣かされる。四駆だから走破できるが、所詮《しょせん》道ではない。まるで暴れ馬に乗っているように車は上下左右に揺さぶられた。

車体の後部がもぎ取られてはいるが、ハイエースの調子は良く、走りに問題はない。ただ、ヒーターを最高温度に設定しているが、三度という極寒の外気が容赦《ようしゃ》なく、吹き込んでくる。

「まだ、トライバルエリアか」

浩志はスマートフォンで位置情報を確認しながら呟《つぶや》いた。着陸地点から脱出して三十分以上休まずに走っている。トライバルエリアを抜けるまで、油断はできない。

「境界まで、あと一キロですね」

加藤は車の距離計を見て答えた。彼の場合、出発した位置から計算しているのだろう。地図がすでに頭の中にインプットされているのだ。常人のなせる技ではない。

数分後、四台の車は、谷間から解放され、乾いた川筋が三つに分かれる広場のような川俣で停止した。時刻は午前二時を過ぎている。

浩志と加藤が車を降りると、仲間はハイエースの周りに集まってきた。ムスタファの葬儀をするのだ。全員暗視ゴーグルを装着している。LEDライトの光は思いの外遠くまで届くため、使わない。民間人だろうと存在を知られたくないのだ。

瀬川と宮坂が毛布に包んだムスタファの遺体を車から降ろした。

「どこに埋めましょうか？」

いささか足を引きずって歩いている辰也が、尋ねてきた。軍で使われる折り畳みのスコップを握っている。追跡するのに野宿を覚悟していただけに、装備は揃《そろ》っているのだ。

「雨季になっても、流されない場所がいいだろう」

浩志は数メートル上の小高い場所を指差した。

「そうですね」

辰也は頷くと、スコップを手にしている京介と丘を登り始めた。

「とりあえず、ここまでは来られたが、どうする？　着陸地点で襲撃してきたのは、おそらくワズィール族だろう。だが、偶然とは思えない。俺たちはどこに行っても狙われている気がする」

ワットは辰也と京介を目で追いながら尋ねてきた。ドゥルガムが、着陸地点に近い場所のワズィール族に連絡したのかもしれない。それしか考えられないのだ。

「イスラマバードに行く。十時間もあれば、行けるだろう」

浩志も辰也らを見ながら淡々と答えた。

今は川筋を辿《たど》っているが、十八キロほど東に進めば、道に出られるはずだ。

「馬鹿な。こんなくそ田舎《いなか》で襲われたんだぞ。首都に出たら余計目立つ。米国を敵対視するこの国の警察も軍も信用できない。インドに抜けた方が、安全じゃないのか」

ワットは首を激しく振った。

「俺たちが首都に出て、堂々と飛行機で出国するとは誰も思わないだろう」

浩志は涼《すず》しい顔で言った。

辰也と京介が穴を掘り始めた。凍《い》てつく大地のため、スコップがなかなか地面に入らないようだ。

「そうかもしれない。だが、俺たちは、常に脱出用のパスポートを所持しているが、シャナブは持っていないぞ」

「柊真もミゲルもな」

浩志は相槌を打った。

「じゃあ、どうするつもりだ？　三人を置いて、俺たちだけで観光客の振りをして出国するつもりか？」

ワットは肩を竦めた。

「ラーワルピンディーに傭兵代理店がある」

浩志はワットに視線を移した。

「ラーワルピンディー？　イスラマバードに近い旧都市か？」

ワットは米軍を退役し、傭兵代理店に登録して数年経つが、まだそのシステムを把握していないらしい。

「パキスタンにはカラチとラーワルピンディーに代理店がある。少なくともこの国の軍や警察より、信用がおける。パスポートもそこで作れば、いいだろう。それに脱出用のパスポートを使うには、パキスタンへの出入国のスタンプがいる。またアフガニスタンに戻るつもりか？」

浩志は鼻先で笑った。

傭兵代理店なら偽造パスポートの作成だけでなく、その国の出入国スタンプも押印してくれる。日本の代理店の池谷からイスラマバードの代理店に連絡させ、事前にパスポートを用意させることも可能なはずだ。代金も池谷が立て替えてくれる。

「アフガニスタンは紛争地だ。できれば、ここから安全な国に行きたい。代理店でその準備ができるのなら、ベストだ」

ワットは笑顔を浮かべた。

「問題ない。ラーワルピンディーの国際空港から、ドバイ経由でニューヨークまで行ける。軍用機に乗る必要はないだろう」

浩志はまた辰也と京介に視線を戻した。作業は順調らしい。瀬川と宮坂が毛布に包んだムスタファの遺体を担いで、丘を登り始めた。

ハイラックスから柊真とシャナブが降りてきた。

「シャナブにムスタファがイスラム教徒だと教えたら、埋葬はイスラム教徒がしなければならないと言い出しまして」

柊真は困った顔をしている。彼は葬儀よりも彼女の体調が、心配なのだろう。

「そういうものだ。彼女を連れてってやれ」

浩志は柊真を促した。

イスラム教徒を埋葬する際、遺体の運搬は、原則としてイスラム教徒でなければならない。当然のことではあるが、祈りを捧げるのもイスラム教徒だけである。中東での紛争に浩志は何度も駆り出されている。そのため、イスラム教徒の葬儀も幾度となく経験した。イスラム教徒は、葬儀で故人に対して神の許しと慈悲を求める。本来彼らはテロリストとは無縁な平和な人々なのだ。

「分かりました」

頷《あ》いた柊真は、LEDライトでシャナブの足元を照らし、彼女と一緒に丘に登った。手の空いている仲間も、ムスタファの遺体が埋葬されるのをじっと待っている。

辰也と京介が掘った穴に、瀬川と宮坂が遺体をそっと置いた。辰也と京介が、穴に土を投げ入れる。誰の表情も硬い。短期間だろうと、一緒に闘ったのならムスタファは戦友である。友の死を埋葬という儀式で、誰しも受け入れているのだ。

浩志も丘に登り、作業を見守った。ワットが河原で見つけてきた大きな石を、埋め戻された穴の上に置くと、仲間は手を合わせて頭を垂れた。

「シャナブ、頼む」

浩志は出来上がった墓の前でシャナブに呼びかけた。

頷いたシャナブが澄み切った声で、「アッラーク・アクバル、ラーイラーハイッラッラー（神は偉大なり、アッラーのほかに神はなし）」と唱え、ムスタファの冥福を祈った。

四

午前九時五十分、ハイラックスに乗った浩志と加藤と田中の三人は、パキスタン中西部の街コハトに到着した。残りのメンバーは、二台のストラーダに分乗し、郊外のガソリンスタンドの近くで休んでいる。

脱出ポイントから東に道無き道を進んでトライバルエリアを抜けたリベンジャーズは、デーラー・イスマーイールハーンを避け、山岳道路を北に進んでダラハンを横切り、イスラマバードを目指してひたすら北に向かって走り続けたのだ。ここまで脱出ポイントから三百五十キロ、約八時間掛かった。

半壊したハイエースは人目につくために、ムスタファを埋葬した場所に近い河原に置いてきた。雨季になれば、車は川底に沈むだろう。

街の中心部を通るバヌ・ロードで車を降りた浩志は、銀行の看板を出している両替商で米ドルを交換した。この通りは大小の金融機関や中国製のコピー商品を所狭しと陳列する店が軒を並べ、この街の商業地区の一角をなしている。また狭い路地に商店が肩を寄せ合うバザールが近くにあるため、通行人も多く活気があった。

「いい香りだ」

車に戻ろうとしたが、香ばしい匂いに惹かれ、浩志は両替商の近くのパン屋の前で立ち止まった。マキをくべた長さ一メートルほどのかまぼこ状の鉄板の上で、直径五、六十センチもあるチャパティを焼いている。店を構えているわけではなく、路上で商売しているのだ。一枚一枚焼いては、後ろにある布を被せた丸い台の上に載せている。

「でかいですね。お土産《みやげ》に買いませんか」

車の傍に立っていた加藤が、いつの間にか浩志の横に並んでいた。普段は食事のことでめったに希望を言わない男だけによほど腹が減っているのだろう。

浩志はポケットからしわくちゃの五十ルピー紙幣を出して、チャパティを焼いている職人の後ろで作業している男に渡した。この街に来たのは、手持ちのドル紙幣をパキスタン紙幣に交換するためだ。携行缶の燃料も底をついたために給油するのに必要だった。

「こんにちは」

紙幣を受け取った男が、いきなり日本語を使った。

「こんにちは」

浩志も笑顔を浮かべて言葉を返した。浩志らはあえてアフガンストールもパコールも被っていない。そのため日本人に見えるのだろう。パキスタンは親日国で、中でもコハトの住民は日本人を見れば親しげな態度をする。

コハトの北四十五キロにある都市ペシャワールとの間にある山岳地帯は、現在もトライバルエリアで、曲がりくねった道が続くコハット・ロードで繋がれていた。だが、二〇〇四年に日本の円借款で、N55号線に全長一千八百八十五メートルのトンネルが作られた。日本の建設会社の対応がよかったこともあり、トンネルの完成で生活を向上させることができたコハトの住民は日本人に対して親近感を覚えるらしい。

「ハザーラ人かと思ったが、やっぱり、日本人か。おまけしておくよ」

男は十五枚ほどのチャパティを新聞紙で包み、満面の笑顔で浩志に渡した。

モンゴロイド系のハザーラ人は、少数民族で差別を受けているため、アフガニスタンでは最下層である。だが、浩志らの身なりは、足元はタクティカルシューズだが、ジーパンにゴアテックスの防寒ブルゾンとそれなりの格好《かっこう》をしているので、日本人と思ったのかもしれない。

チャパティの包みはずっしりと重い。このところ口にしているのは、米軍のレーションだけだが、チャパティで包めば、味も変わるだろう。

「本当におまけしてくれたみたいですね」

加藤が目を丸くしている。

「戻ろうか」

浩志は焼きたてのチャパティを小脇に抱えて、車に乗り込んだ。


午前十時、デーラー・イスマーイールハーン、アブダル・ハイ・ホテル。

フロントでチェックアウトの手続きをしているラテン系の男がいた。髪を黒く染めたジョン・グレーと名乗るグリック・モートンである。

昨夜、縫製工場跡でドゥルガムと待ち合わせをしていたが、リベンジャーズに邪魔されたためにホテルに引き返し、そのまま朝まで待機していたのだ。

「良い旅を、あっ、お仕事でいらしたんですよね。失礼しました」

フロントマンが、チェックアウトのレシートをモートンに渡した。流暢《りゅうちょう》な英語である。三つ星のホテルで、フロントマンもしっかりしている。

「ありがとう」

軽く会釈をしたモートンは、自分のスーツケースを持ったベルボーイに手を振って付いてくるように合図した。

ベルボーイがエントランスの前で指笛を鳴らし、タクシーを呼んだ。

トランクにスーツケースを仕舞ったベルボーイにチップを払ったモートンは、タクシーに乗り込む。とりわけ変わった様子はなく、どこにでもいるビジネスマンに見える。

「ベナジル・ブット国際空港」

モートンは行き先を告げると、ジャケットのポケットから衛星携帯電話機を取り出し、電話をかけた。

「ミスター・D、私です。ホテルを出ました」

相手はドレイクのようだ。

――女の居場所は、分かっているな？

「分かっています。リベンジャーズは、コハトにいるようですが、イスラマバードに行くと思います。いまさらペシャワールを経由して、アフガニスタンには行かないでしょう。私もこれからイスラマバードに向かう予定です」

モートンはなぜかリベンジャーズの動きを知っているらしい。

――リベンジャーズのリーダーは、藤堂という男だ。腕も立つが、頭もキレるようだ。これまでも、我々の仕事を邪魔してきた。裏の裏をかかれる可能性もあるが、私はやつより一歩先を考えている。ペシャワールにはモンスター・クローを配置に就けている。もし、リベンジャーズがイスラマバードに行くようなら、モンスター・クローも向かわせる。おまえは、予定どおり、イスラマバードに行けばいい。

「了解しました。藤堂は、どうしましょうか？　よろしければ、私が処理しますが」

――チャンスがあれば実行せよ。だが、与えた任務を遂行することが、先決だ。それを忘れるな。

「もちろんです」

モートンが答えると、通話は切れた。

五

パキスタンの北部、ポトワール高原に位置する現在の首都イスラマバードは、一九六一年から本格的に新首都としての開発がはじまり、一九六九年に遷都が完了した。ラーワルピンディーはイスラマバードの南十キロに位置し、新都の開発期間中である一九六〇年から一九六六年にかけて、旧首都カラチから行政機関が移され、仮の首都として機能していた。

イスラマバードは碁盤の目のように道路が整備され、近代的な建築物が建ち並ぶ人工的な街である。対照的に、古くから栄えた商工業の街であるラーワルピンディーは、込み入った裏路地が網の目のように張り巡らされ、歴史を感じさせる古い建物が密集しており、人々の生活感が滲み出た街だ。良くも悪くもパキスタンらしい街である。

ラーワルピンディー、ヘイダー・ロード、午後一時半。

ヘイダー・ロードの1ブロック南側のモール・ロードは、連邦政府庁舎がある街路樹が美しい街並みである。反対に1ブロック北側には小型オート三輪の〝リキシャ〟と呼ばれるタクシーや、日本のスズキを派手に改造した乗り合いバスである通称〝スズキ〟が行き交う庶民的な商店街のバンク・ロードがある。対照的な二つの道路に挟まれたヘイダー・ロードはその中間といえばいいだろうか、モスクの緑が映える綺麗な通りだ。

ハイラックスと二台のストラーダが通りに面した駐車場に入り、突き当りの三階建ての建物の前で停まった。建物の前には、フロントガラスに値札が貼られた車が二十台ほど整然と並べてあり、そのほとんどが日本車である。

浩志とワットの二人だけ車から降り、ウルドゥー語と英語で、〝ユーズド・カー〟と表記されている看板が掲げられた出入口のガラスドアを開けて中に入った。この街に来るのは初めてであるが、池谷から傭兵代理店として紹介をうけた店は、表向きは中古車販売業を営んでいるらしい。

四十平米ほどのフロアに接客用の丸テーブルが五つ、その奥にカウンターがある。お揃いのオレンジ色のジャケットを着た二人が客と丸テーブルを挟んで話し込んでおり、年配の男がカウンターの向こうの机で仕事をしている。

浩志は奥まで進み、カウンターの上の呼《よ》び鈴《りん》を鳴らした。

「ようこそ」

呼び鈴に反応した中年の男は、浩志とワットを交互に見て英語で挨拶《あいさつ》をすると、カウンターから出てきた。白髪交じりの小太りの男で、眉毛が太く、アクの強い顔をしている。

「俺たちは」

「分かっております。まずは、お売りになる車を拝見しましょう」

男は小声で話しかけた浩志を遮《さえぎ》り、手もみをしながら二人の前を通り過ぎた。

「おっ、おい」

そのまま男が店を出て行くので、ワットが呆気にとられている。

「もともと車は売るつもりだ。商談を先にすませるか」

苦笑した浩志は男に続いて、建物から出た。飛行機で出国するため、車や武器は不要になる。どうせ廃棄するのなら傭兵代理店に処理を頼んだ方が安全で、使えるものなら買い取ってもらい軍資金にした方がいいのだ。

「ハイラックスにストラーダですか。すばらしい。日本車ならどんなに古くても、我が社では歓迎しますよ、ミスター・藤堂。申し遅れましたが、私がオーナーのモフシン・カーンです。日本の池谷から、連絡を受けております」

浩志らの車を確認したカーンは、振り返って握手を求めてきた。店内に一般客がいたために商談する振りをして、外に出たのだろう。

「頼んだものは用意できたか？」

「もちろんです。こちらへ」

カーンは建物の横にある小道を進み、駐車場の壁の手前にある外階段で二階に上がった。出入口に監視カメラがあり、奥まった場所にドアがあるため、外から見えないようになっている。

「どうぞ中へ」

カーンは二重になっている鍵を開けると、浩志とワットを先に通した。

三十平米ほどの広さの部屋に窓はなく、テーブルを挟んで革張りのソファーがあり、奥に両開きのドアがあった。

「昔は、堂々と傭兵代理店を営んでいましたが、最近は当局からうるさく言われるので、仕方なく中古車販売会社を表看板にしています」

カーンは大きな溜息《ためいき》を漏《も》らすと、浩志とワットにソファーを勧めた。

紛争地は別として、どこの国でも傭兵代理店は表立って営業することはない。だが、政府と太いパイプを持っている会社が多く、倒産するケースはまれだ。また、違法ながら営業できるのは、傭兵は軍人の再雇用先ということもあり、潰《つぶ》れるようなことがあれば、軍からクレームが来るからだろう。世界が平和でない方が、儲《もう》かる業種なのだ。

浩志はソファーに座ると、防寒ジャケットのポケットから自分のも含め、仲間の脱出用のパスポートを出してテーブルの上に載せた。日本の傭兵代理店で用意してきた偽造パスポートである。

カーンは壁際のスチールロッカーから革のバッグを出し、二人の対面《トイメン》に座った。

「ご注文の品をご確認ください」

バッグの中から三つのパスポートを出してテーブルの上に置いたカーンは、浩志らのパスポートを引き寄せた。

渡されたパスポートは、柊真とミゲル、それにシャナブの偽造パスポートである。中を確かめると、柊真は日本、ミゲルはスペイン、シャナブはパキスタンの国籍になっており、柊真とミゲルのパスポートには、入国スタンプが押されていた。注文通りの出来栄えである。

「いいだろう」

浩志が頷くと、カーンは仲間のパスポートを開き、入国スタンプを押し始めた。これでリベンジャーズのメンバーは、堂々とパキスタンから出国できる。

「代金は、三台の車、それにお使いの武器を譲《ゆず》って頂くだけで充分です」

カーンは満足そうに笑って見せた。

ハイラックスは米軍が支給したもので、ストラーダは武装集団の車なのでただで譲っても問題ない。だが、パキスタンでは高値で売れる車種だ。しかも武器はアフガニスタンの傭兵代理店で購入したもので、三つの偽造パスポートと入国スタンプの押印だけで等価交換するには値段が吊り合わない。

「足元をみられたものだ」

浩志は冷たい視線で見た。

「どなたか、負傷された方はいませんか？　正規の医療機関で治療するサービスを無料でおつけしますよ」

カーンは表情も変えずに言った。文句を言われることは、承知だったのだろう。偽造パスポートもそうだが、怪我の治療も高くつくものだ。

「四人いる。安全に治療が受けられるのなら、それでペイしてやる」

浩志は恩着せがましく答えた。強い態度で臨《のぞ》まなければ、追加料金を取られてしまう。命知らずの傭兵を相手にしているだけに、傭兵代理店の経営者はしたたかなのだ。

「了解しました。それから、パキスタン籍のパスポートを使う女性ですが、人前に出て問題ない格好をされていますか？　出国される際に職員や空港の兵士は金さえ払えば便宜を図ってくれますが、それなりの格好をされた方がいいでしょう」

傭兵代理店は情報通である。シャナブのことは知っているはずだが、わざと知らない振りをしているのだろう。

「まあ、そうだろうな」

浩志は曖昧《あいまい》に答えた。

「すてきな高級なサルワール・カミーズを扱う店をご紹介しますよ」

カーンは笑顔で言ったが、狡猾《こうかつ》な男である。紹介するといっても店からマージンを取るのか、あるいは自分が経営している店なのだろう。サルワール・カミーズは、パキスタン女性の伝統的な民族衣装で、柄のシャツ（カミーズ）とズボン（サルワール）の組み合わせである。さらに女性の場合は、〝ドゥバッター〟と呼ばれるストールを組み合わせて着用することが多い。

「大丈夫だ」

苦笑を浮かべた浩志は首を小さく振った。

六

ラーワルピンディー、グレース・クラウン・ホテル、午後四時五十分。

浩志はラウンジで現地の新聞を読む振りをしながら、エントランスを監視している。他にも宮坂と田中と瀬川が別の場所で、エントランスを見張っていた。ワットと柊真と加藤と鮫沼の四人が、シャナブの部屋で守りを固めているので、彼女は今のところ安全である。

傭兵代理店でパスポートを手に入れた後、怪我人である辰也、京介、村瀬、ミゲルの四人は、代理店の近くの病院に行き、残りのメンバーは、ベナザー・ブット国際空港に近いグレース・クラウン・ホテルにチェックインした。空港に近いこともあるが、三つ星ホテルならセキュリティもある程度期待できるからだ。

二十時四十分発ニューヨーク行きのエティハド航空機で、出国する予定である。宿泊するつもりはないが、少しでもシャナブを休ませてやるつもりだ。

ちなみに、ベナザー・ブット国際空港はラーワルピンディーにあり、二〇一八年一月現在は首都の空港として機能しているが、二〇一八年四月にベナザー・ブット国際空港の西二十キロに新しく首都の空港としてイスラマバード国際空港が開港されている。

病院に行ったメンバーで、辰也と京介は十針程度の縫合だけですんだ。だが、村瀬とミゲルは、弾丸の摘出手術を受けたので、病院で二、三時間安静にした後にホテルで合流することになっている。

武器と弾薬はサプレッサー付きのグロック以外は、すでに傭兵代理店に引き渡していた。ハンドガンは傭兵代理店の従業員に空港で渡すことになっている。飛行機に乗る直前まで何があるか分からないからだ。また車も空港の駐車場に乗り捨て、キーを銃と一緒に渡す予定である。タクシーでは全員が一緒に行動できないためだ。

赤と青のサルワール・カミーズを着た親子のような二人の女が、スーツケースを手にエントランスに入ってきた。

二人はフロントでチェックインをすませると、浩志をちらりと見てエレベーターホールに向かった。フロントマンに対してウルドゥー語を話していたが、CIAの諜報員のバハル・デミルと同僚のエスラ・オズベクである。二人はリベンジャーズとともに米国までシャナブの護衛としての新たな任務に就いているのだ。

デミルらと一緒にいれば、シャナブも目立たなくなる。それに男では、トイレなど一緒に入れない場所もあるので、護衛も限界があった。むさ苦しい男ばかりなので、正直言ってシャナブを持て余していたが、誠治がデミルらを寄越《よこ》すと聞いて内心ほっとしていた。

二人は浩志らと別れてからカブールの支局に戻っていたらしく、連絡を受けてすぐに飛んできたのだ。また、彼女らはシャナブの着替えなどを持ってくることになっていた。

浩志は新聞を折り畳んで小脇に挟むと、さりげなくエレベーターを待っている二人の後ろに並んだ。

「任務達成、おめでとうございます」

スーツケースを手にしたデミルが、前を向いたまま言った。フロントの前でベルボーイがバッグを持とうとしたが、彼女はチップを渡して断っている。自分の部屋ではなく、直接シャナブの部屋に行くつもりだからだろう。

「米国に着いたら、そう言ってくれ」

浩志は素っ気なく答えた。米国のCIAの職員にシャナブを引き渡し、はじめて任務は完了する。任務を終えたと思ったのなら、油断しているということだ。

「そうでした」

デミルが答えると、傍らのオズベクが苦笑している。

エレベーターのドアが開き、三人は乗り込んだ。他に客はいない。浩志は四階のボタンを押した。シャナブの部屋は、四階の四一七号室である。

「J・F・ケネディ国際空港に到着後、彼女は保護下に入ります。その後、ワシントンD．C．に移送される予定です」

ドアが閉まると、デミルは笑顔で言った。CIAが指揮する警備部隊が出迎えるということだろう。

「空港で、俺たちの仕事は終わるのだな？」

契約はシャナブの救出と米国までの護衛である。

「すみません。ワーロックからは、ワシントンD．C．までと聞いております」

「そこまで、身内が信用できないのか」

「それもありますが、多分、ワーロックが直接会ってミスター・藤堂にお話がしたいのじやないのかと思います」

デミルは眉をひそめた。身内が信用できないと言われて反発したのかもしれない。

「馬鹿馬鹿《ばかばか》しい。断る」

浩志は冷たく言い放った。米国の空港で出迎えたＣＩＡの職員を信用できないのなら、この先リベンジャーズがどこまで警護したところで不安は解消されない。また、誠治と直接会って話すことも今さらないのだ。

「しかし、……」

デミルは何か言いたげそうに浩志を見つめたが、首を振ると口を閉ざした。

四階に到着し、ドアが開いた。

ドアが閉まらないように浩志がボタンを押していると、デミルが会釈をしてエレベーターから下りた。オズベクも頭を軽く下げて、続く。

小さく頷いた浩志もエレベーターから出た。

「すみません。ワーロックが話をしたいというのは、あくまでも私見です。任務は」

前を歩いていたデミルが立ち止まって振り返った瞬間、突然倒れた。

「デミル！」

叫び声を上げたオズベクを浩志は押し倒し、同時にグロックを懐《ふところ》から出すと、前方の柱の角に向かって発砲した。

デミルは頭を撃たれている。浩志を狙ったもので、彼女が浩志の前を塞ぐように振り返ったために銃弾が当たったに違いない。

浩志は発砲しながら廊下を走り、柱の陰を覗き込んだ。奥に非常ドアがある。ドアを開け、階下に銃を向けながら階段を駆け下りた。一階の非常口のドアが開き、ベージュのジャケットを着た黒髪の男の背中が見えた。

浩志は一階の非常口のドアを注意深く開け、外を覗く。ホテルの脇の駐車場に繋がっているようだ。銃が目立たないように膝の高さまで下ろして外に出た。

目の前を白いセダンが猛スピードで通り過ぎた。サングラスを掛けた男が運転しているが、犯人かどうかは確証が持てない。

「手を挙げろ！」

駐車場の入口から、警官隊が雪崩《なだ》れ込んできた。

「……………！」

浩志は銃を地面に置くと、ゆっくりと両手を挙げた。

護衛

一

午後七時十分、両手を手錠で繋《つな》がれた浩志は、薄汚れたコンクリートの壁に囲まれた暗闇の中で座っている。

市の中心部、エアポート・ロード沿いにある警察署の留置場にいるのだ。部屋に照明はなく、小さな高窓はあったのだが、日も暮れてしまったので闇に身を委ねるしかない。

浩志は銃の無許可携帯だけでなく、デミルの殺人容疑でも拘束されている。彼女を検死解剖して弾丸を摘出し、浩志の持っていたグロックの弾丸の線状痕と比較すれば、少なくとも殺人罪に問われることはない。

だが、現場に居合わせたオズベクの証言を聞いているにもかかわらず容疑が晴れないところをみると、彼女の証言を信用していないというより、浩志を殺人犯に仕立てるように頼まれているに違いない。

デミルを殺した犯人は、浩志が目的だったのだろう。指揮官を殺害すれば、リベンジャーズの力を削《そ》ぐことができると敵は思ったに違いない。犯人がホテルの駐車場から逃走したタイミングで警官隊が現れたのは、あらかじめ警察署に日本人が銃を乱射しているとでも通報したからだろう。犯人は実に狡猾《こうかつ》な男である。

廊下の照明が点灯した。晩飯でも出すというのだろうか。

二人の警察官が浩志の留置室の前で立ち止まった。一人は四十代前半、もう一人は三十代半ばか。

「出ろ、加山《かやま》」

若い警察官が英語で命じ、正面の鉄格子のドアを開いた。浩志は、加山裕也《ゆうや》という名前の日本国籍のパスポートを所持していたのだ。

立ち上がった浩志は、廊下に出た。また取り調べでもあるのだろう。

「勝手に出て、脱走する気か？」

右側の年配の警察官がいきなり、警棒を振り下ろしてきた。

咄嗟《とっさ》に避けたが、左側に立っていた警察官の拳《こぶし》が、浩志の顎《あご》を捉えた。よろけた浩志の首筋に警棒が、叩《たた》き込まれる。

「くっ！」

思わず膝をつくと、背中を蹴られて留置室の中に転がった。

「殺人に脱走未遂。これで、この男は死刑だ」

年配の警察官が笑いながら言った。

「我々にも抵抗しましたから、死刑は免《まぬが》れませんね」

若い警察官は相槌《あいづち》を打った。


ベナザー・ブット国際空港、午後七時二十分。

出発カウンターの前に柊真と瀬川と鮫沼とシャナブ、それにオズベクが並んでおり、少し離れたところに辰也、京介、村瀬、ミゲルの四人が立っている。空港までは傭兵代理店が用意したマイクロバスで来た。携帯していたグロックは、車を降りる際に傭兵代理店のスタッフに渡している。

彼らは、二十時四十分発ニューヨーク行きのエティハド航空に乗るための手続きをしているのだ。

柊真らはむろんシャナブの護衛をしているのだが、大勢では怪しまれるので、彼女たちから少し距離を置いて行動している。

シャナブとオズベクは民族衣装ではなく、羽毛の防寒着にジーパンという格好《かっこう》だ。女二人の気ままな旅行者に見えなくもない。シャナブは、サヘル・ソレイマーニーというパキスタン籍のパスポートで空港に来ているが、ここまで怪しまれることはなかった。もっとも半分は金の力だ。

空港に入るには、職員だけでなく迷彩の軍服を着た兵士にパスポートや手荷物を何度も厳しくチェックを受ける。カーンには金さえあれば彼らは便宜を図ってくれると言われていた。事実、セキュリティチェックを受けるたびに、十ドル程度払えば何も問題はなかったのだ。

また、セキュリティチェックは男女別なので、オズベクがうまく処理してくれた。

「藤堂さんは、大丈夫でしょうか?」

柊真は傍の鮫沼に尋《たず》ねた。

「ワットがなんとかしてくれると信じるほかないよ。間に合わなければ、我々だけで米国まで行くほかないんだ。彼からもそう言われただろう。それにシャナブをこの便に乗せなかったら、後で藤堂さんに叱《しか》られるぞ」

鮫沼はさほど心配していないのか、涼《すず》しい顔で答えた。それだけ仲間を信じているのだろう。

辰也ら四人は負傷者であるため、シャナブの護衛は実質的に柊真と瀬川と鮫沼の三人に委ねられている。

「責任重大ですね」

柊真はシャナブを見て頷《うなず》いた。

空港から街の中心部を南北に横切るエアポート・ロードは、昼間は渋滞することもあるが午後七時を過ぎてめっきりと交通量は減っていた。

浩志が囚《とら》われている警察署はエアポート・ロードに面したT字路の角にある。その警察署の脇道に二台のストラーダが停《と》められており、ワット、宮坂、加藤、田中、マリアノの五人が分かれて乗り込んでいた。

彼らは浩志を警察署から救出するべく、待機しているのだ。現在地元の傭兵代理店のモフシン・カーンが、知人を介して警察幹部と浩志釈放の交渉を行っている。話し合いが決裂するようなら、ワットは仲間と実力で浩志を奪回《だっかい》するつもりであった。

警察署に押し入って仲間を救出することは、彼らにとってはなんでもないことだが、敵でもない警察官に武器を使うことはできるだけ避《さ》けたい。そのためカーンの交渉の結果を辛抱強く待っているのだ。

「今から空港に行っても、チェックインできそうにありませんね」

運転席に座っている田中が、腕時計を見ながら溜息《ためいき》を漏《も》らした。午後七時三十分になっている。空港までは七キロあるため、出発時刻の一時間前には間に合いそうにない。

「最初からそのつもりだ。交渉は、金次第だろう。だが、もし行動を起こすのなら、シャナブが飛行機に乗ってからだ。警察署を襲撃すれば、非常線を張られ、空港業務が停止される可能性もある。浩志を救出して、シャナブを足止めするようなことになれば、本末転倒だ」

助手席のワットは、五十メートル先にある警察署を見つめている。

ポケットの衛星携帯電話機が振動した。

電話に出たワットは、しかめっ面になった。カーンからである。

「交渉は決裂したそうだ」

ワットは電話機をポケットにしまうと、後ろを振り返った。

「任《まか》せてください」

後部座席に座っていた加藤が、車から降りて走って行く。警察署を調べるのだ。

「頼んだぞ」

ワットは加藤の背中を目で追いながら呟《つぶや》いた。

二

エアポート・ロード、警察署、午後八時十分。

横になっていた浩志は、胡坐《あぐら》をかいた。室温は十度以下になっているのだろう。息が白くなる。外気と大した違いはない。

シャツをたくし上げ、素肌に密着させているポーチから先の曲がったピッキングツールを出した。他にもカーンに入国スタンプを押してもらった脱出用の偽造パスポートとドル紙幣も入れてある。

浩志は立ち上がって鉄格子の外を窺いながら、ピッキングツールで手錠を外した。看守はいない。鉄格子の隙間から手を伸ばし、鍵穴にピッキングツールを差し込んだ。今やアンティークともいえる鍵穴が丸いウォード錠である。ものの数秒で解錠した。鉄格子の周囲を調べたが、警報装置は付いていない。

留置室を出た浩志は赤い非常灯の点《つ》いている薄暗い廊下を進み、途中にある鉄格子のドアの鍵も開けて廊下を進んだ。

左右に取調室がある廊下が続き、その先にあるドアの向こうは警察官の大部屋がある。そこを通って留置室に連れて行かれたのだが、裏口があるかもしれない。玄関から堂々と出るには、少なくとも二十人近い警察官を倒さなければならないだろう。夜になったので、職員が帰宅したことを期待するほかない。

とりあえず、取調室の廊下を抜ければ、なんとかなるだろう。傭兵には銃弾を恐れる臆病さも必要だが、時として無茶を承知で闘う無鉄砲さも必要なのだ。

目の前の取調室のドアが開いた。煙草《たばこ》臭い空気が漏れてくる。二人の警察官が話しながら出てきた。尋問ではなく、煙草休憩をしていたのだろう。

「おっ、おまえは」

右側の警察官が、後ずさりすると、左側の警察官が殴りかかってきた。

体を反《そ》らせてパンチを避け、左の強烈な裏拳《うらけん》を相手の顎に当て、右側の警察官の首に手刀を叩き込んだ。二人の警察官が折り重なるように倒れた。浩志は、気絶した二人を取調室に引きずり込んで転がすと、ドアを閉めた。とりあえず、二人は眠らせた。

突き当たりのドアに鍵は掛かっていない。様子を窺うべく、わずかに開けた。視角が狭いため、警察官の姿は見えない。

ドアが、勢いよく開けられた。

浩志が後ろに下がって構えると、バラクラバを被った男が拳を振り上げながら飛び込んできた。

「おっと！」

男は慌《あわ》てて拳を収め、バラクラバを剝《は》ぎ取った。見慣れたスキンヘッドが現れる。

「わざわざ出迎えに来たのか？」

浩志は苦笑を浮かべた。

「そういうことだ。どこも壊れていないな？」

ワットが大袈裟に頭をぐるりと回し、浩志を見た。

「大丈夫だ。外は片付いたのか？」

「おまえのファンクラブの会員を四人連れてきたら、乱痴気《らんちき》騒ぎだ。パーティーはもう終わっただろう」

　ワットは笑いながらドアを蹴った。

　大部屋にバラクラバを被った男が三人いる。警察官の姿はない。よく見ると、床に大勢倒れていた。

「藤堂さん、ご無事で」

　気絶している警察官に手錠を掛けている男が、声を掛けてきた。宮坂のようだ。

「監視システムはありませんでした」

　左奥から、加藤が現れた。セキュリティシステムを確認していたのだろう。

「それを早く言ってくれ」

　マリアノがバラクラバを脱いで、深呼吸した。

「まったくだ」

　宮坂と田中もバラクラバを取った。

「このフロアに二十一人いましたね」

　宮坂が拘束した警察官の数を数えた。顔を見られないように全員気絶させたようだ。一人につき、四、五人を素手《すで》で相手したらしい。浩志が倒した警察官もいれれば、二十三人いたことになる。

「たった、五人で警察署に殴り込んできたのか？」

浩志は首を横に振った。

「たった一人で脱走しようとする馬鹿もいるけどな」

ワットは肩を竦《すく》めてみせた。

「シャナブはどうした？」

苦笑した浩志は、振り返ってワットに尋ねた。

「そろそろ搭乗時間になるころだ。俺たち五人を除いた仲間は、みんな彼女の護衛に就いている。心配はいらない」

ワットは腕時計を見ながら答えた。

「とりあえず、空港に行くぞ」

浩志はワットの肩を叩くと、出入口に向かった。


ベナザー・ブット国際空港、午後八時二十分。

柊真らは出発ロビーにいた。

搭乗時間は過ぎていたが、飛行機の整備のため出発が遅れているのだ。

「遅れているけど、ちょうどいい。藤堂さんの顔が見られるそうだ」

瀬川が出発ロビーの掲示板を見て言った。浩志の救出に成功したことは、すでにワットから全員に伝わっていた。

「そうですね」

柊真が気もそぞろに答えた。

「どうした？」

辰也が柊真の様子を気にして尋ねた。傷口を縫合したために、普通に歩いている。

「上手《うま》くいき過ぎて、胸騒ぎがするんです。何もなければいいんですが」

柊真は落ち着かない様子で言った。

「上手くいき過ぎ？　冗談じゃない。彼女を救出するまでに辛酸《しんさん》を舐《な》めたのを忘れたのか？」

辰也は苦笑を浮かべ、首を振った。

轟音《ごうおん》！

そして、悲鳴が続く。

「何！」

柊真は音がした方角を見た。空港エプロンとは逆の駐車場の方からだ。悲鳴も同じ方角から聞こえるが、搭乗口からは直接見ることはできない。

「駐車場か正面玄関だろう。自爆テロか」

辰也も駐車場がある西の方角を見ていた。

空港職員が無線でやりとりしている。

「何があったんですか？」

柊真はすぐ傍にいる職員に尋ねた。

「駐車場で爆発があり、空港ビルの窓ガラスも吹き飛んだようです。怪我《けが》人も大勢いるということです。すみませんが、空港業務は停止されました」

職員はすまなそうに答えた。

「サヘル！」

オズベクの悲痛な声。サヘルはシャナブの偽名である。

「どうした！」

振り返った辰也が尋ねた。

「まさか！」

柊真の顔が青ざめた。シャナブの姿がないのだ。

三

シャナブは異常に重く感じられる瞼《まぶた》を、必死の思いで開けていた。

だが、眼前の景色が目まぐるしく変わり、目眩《めまい》を覚える。

彼女は車椅子《いす》に乗せられ、空港ビル内を移動していた。ブルーの空港職員の野球帽とジャケットを着た男が車椅子を押しているので、怪《あや》しむものはいない。

駐車場で車が爆発し、空港ビルの窓ガラスも爆風で吹き飛んだせいで大勢の怪我人が出ていた。空港はパニック状態である。他人に構っている暇はないのだ。

大きな爆発音がした際、シャナブは思わずその場を離れた。幼い頃、空爆に怯《おび》えて逃げ惑ったことを思い出し、本能的にどこかに隠れようとしたのだ。だが、人混みの中で、突然口を押さえられて気が遠くなった。気が付くと、車椅子に乗せられていたのだ。

「たっ、助け……」

言葉を口にしようとするが、喉《のど》から声が出てこない。

「ほお、まだ、叫ぼうとする元気があるのか」

背後から男の声がする。

「あなたは……？」

シャナブは振り返ろうとしたが首を回すこともできず、意識が遠のいた。

男は人混みを縫って車椅子を移動させ、空港の医務室に到着した。

「どうしたんですか？」

車椅子のシャナブを見た女性の看護師が尋ねた。医務室といっても、二十平米ほどの広さの部屋に診察用のベッドが二つと薬品が収められている棚が一つあるだけで、特別な医療器具は見当たらない。

「急患です。あなただけですか?」

男はそう言うと、医務室のドアを閉める際に外側のドアノブにクローズの札を吊り下げた。看護師はシャナブに気を取られ、気付いていないらしい。

「スタッフはみんな出払っているの。空港ビルのエントランスに大勢怪我人が出て、今大変なのよ。私も行かないと」

看護師はシャナブの脈を測りながら答えた。出入口の近くに医療用バッグが置かれている。爆発現場に出かける準備をしていたのだろう。

「それは大変だ」

男はさりげなく彼女の背後に回った。

突然男は看護師の首を絞《し》める。

「くっ!」

彼女の顔が真っ赤になり、口から泡を吹いて項垂《うなだ》れた。

男はそれでも首を絞め続け、彼女の息が完全に止まったことを確認すると、死体をベッドの陰に隠した。

「さて、始めるか」

男はシャナブの服を脱がせて下着姿にすると、抱きかかえてベッドにうつ伏せに寝かせた。ポケットから衛星携帯電話機を出し、ダイヤルするとベッドの上に載せ、左耳にブルートゥースレシーバーを入れた。

「グレーです。シャナブを奪回《だっかい》しました」

男はリベンジャーズを付け狙っているグリック・モートンである。

——ドゥルガムの仕掛け花火が、功《こう》を奏《そう》したようだな。小鳥の状態はどうだ?

駐車場の爆発は、ドゥルガムが仕掛けた爆弾だったらしい。シャナブを拉致《らち》するための陽動作戦だったようだ。

「健康状態に問題はありません。それから、左上腕にGPSカプセルを確認、正常に動作しています。私ならこんな場所に挿入しませんが」

シャナブの左腕を医者が触診するように触っていた男は、電話の相手に報告した。ドゥルガムが、シャナブの腕に使ったピストルの形をした注射器は、マイクロGPS発信機を体内に打ち込むためのものだったらしい。

——例のカプセルは入れたのか?

「お待ち下さい」

モートンはポケットから銀色の容器を取り出し、蓋《ふた》を開けた。中にはドゥルガムが使ったものと同じ、ピストル型の注射器と消毒液の小瓶が入っている。モートンは消毒液を診療室にある脱脂綿に浸してシャナブの後ろ髪を上げて首の後ろを消毒すると、首の骨に沿わせるように注射器の針を刺した。

「カプセルを注入しました」

モートンは針の痕に樹脂製のパッチを貼った。皮膚と同化し、まったく針の痕は気にならない。

――ご苦労。

通話は一方的に切れた。

モートンは注射器をケースに戻し、衛星携帯電話機と一緒にポケットに仕舞うと、室内を見渡して頷き、シャナブを放置したまま医務室を後にした。

入れ違いに三人の空港職員が入ってきた。ドゥルガムとその手下である。

「準備をしろ」

ドゥルガムの指示で二人の男が、気を失っているシャナブに彼女のものとは違う別の服を着せて車椅子に乗せた。服はあらかじめ用意してきたようだ。

別の手下が、シャナブの服の上から包帯を巻き、その上から血のような赤い塗料を塗りこんだ。彼女を爆発で巻き添えになった犠牲者に仕立て上げるのだろう。

「運び出すんだ」

ドゥルガムは手下に命じると、医務室を出た。

手下の一人がシャナブの車椅子を押し、残りの二人がその後ろに続く。

空港は早くも閉鎖されている。

ビル内は足止めされた乗客が溢れ、彼らを整理しようとする職員、それに空港に隣接する軍の施設から駆けつけてきた迷彩服の兵隊でごった返していた。

「負傷者だ。道を開けてくれ!」

ドゥルガムはウルドゥー語で叫ぶ。

空港職員がホイッスルを吹いて乗客の注意を引くと、兵士らが乗客たちを押し退けて通路を確保した。

「救急車に乗せるぞ」

ドゥルガムと手下は空港ビルを脱出した。

四

浩志らの乗った二台のストラーダは、ベナザー・ブット国際空港入口から百メートル手前のエアポート・ロードで渋滞に巻き込まれ、立ち往生していた。

自爆テロで空港が閉鎖されたためである。

「くそっ! 渋滞にはまったな」

運転している田中がぼやいた。

助手席の浩志の顔が険しい。辰也と電話で話しているのだ。後部座席には宮坂が座っている。すぐ後ろのストラーダには、ワットと加藤とマリアノの三人が乗っていた。

「絶対、見つけろ！」

珍しく浩志が怒鳴《どな》るように言うと、通話を切った。

「シャナブの所在が分からなくなったと、辰也から報告があった。空港で自爆テロがあり、それに気を取られている隙にいなくなったそうだ。現在、二つのチームに分かれて、捜索中らしい」

浩志は無線でストラーダに乗っている仲間に連絡をした。

「仲間が何人もいて、どうしていなくなるんですか！」

後部座席に座っている宮坂が口調を荒らげた。

「犯人は、空港職員に扮装していたんじゃないですか。それにしても、何をやっているんだか」

田中が荒々しく鼻息を吐《は》いた。

浩志は二人の言葉を聞いて、指揮官として恥じた。辰也に対して感情を露わにしたことで、宮坂らも興奮しているのだ。些細なことでチームは乱れる。もっとも、渋滞の苛立《いらだ》ちも手伝っているのだろう。ここは、冷静に対処するべきだった。

「まさかとは思うが、自爆テロは、囮《おとり》かもしれないぞ」

浩志は呟くように言った。

「囮？」

田中は浩志を見て首を捻《ひね》った。

「自爆テロの鉄則はなんだ？」

「人混みで、爆発させ、より多くの人々を道連れにすることですよね」

浩志の問いに田中は答えた。

「被害者は出ただろう。だが、駐車場に大勢人がいたとは思えない。だとすれば、シャナブを再び拉致するための小細工と考えれば、合点がいく。敵に爆弾魔のモンスター・クローがいる。あの男ならやりかねん」

論理の飛躍かもしれないが、シャナブを連れ去るには仲間の目を逸《そ》らす必要があった。空港の駐車場に入るだけなら、さほど警備は厳重ではない。爆発で空港ビルにも被害は出たかもしれないが、深刻な人的な被害はなかったはずだ。だが、空港業務を停止させ、パニックに陥《おとしい》れるには充分だっただろう。

「そこまで、計画的だったのですか？」

宮坂が尋ねてきた。

「でも爆弾を使えば、空港はすぐ閉鎖されて脱出することもできません。無茶な作戦ですよね」

田中が宮坂の言葉に首を傾げた。

「いや、何かあるはずだ」

浩志は衛星携帯電話機で、友恵を呼び出した。

――電話が来ると思っていました。

1コールで友恵は応答してきた。

「軍事衛星を起動させてくれ。すぐに調べて欲しいことがあるんだ」

彼女は浩志らが作戦に入ってから、徹夜も厭わずに軍事衛星を使って監視活動を続けていた。だが、CIAが最新の軍事衛星を使ってフォローしてくれるので、彼女を休ませるために作業を中断するように言ってあったのだ。

だが、また、襲撃されたことで、今後は誠治と完全に連絡を絶ってリベンジャーズは単独で行動する必要があると判断したのだ。動きを察知されていることからして、どこかで情報が漏洩《ろうえい》している。もはやCIAは信用できない。

――シャナブを奪回してから、起動しています。さきほど、空港の駐車場で爆発があったようですが、大丈夫ですか？

「爆発のどさくさに紛れて、シャナブが拉致された。空港から出て行く車を調べてくれ。封鎖された空港から出て行く車輌は、そんなにないはずだ」

自爆テロが囮なら、犯人らは脱出手段も用意してあったはずだ。空港が閉鎖されている状態なら、リベンジャーズは追うことができない。そこまで、犯人は計算に入れていると考えるべきだろう。

——了解しました。爆発直後からの監視映像を調べてみます。

「頼んだぞ」

今は彼女だけが頼りだ。

「我々はどうしますか？」

田中が尋ねてきた。

「ここにいても身動きが取れない。どこか脇道に入ってくれ」

当分、空港は再開されないだろう。それに今さら行っても仕方がない。

「了解！」

田中はいきなり縁石《えんせき》を乗り越えて歩道を走り始めた。十メートルほど先に路地がある。スマートフォンの地図アプリを見れば、そこから住宅街を抜けて別の幹線道路に出られるようだ。バックミラーを見ると、後続のストラーダも歩道を走り始めた。

——ピッカリだ。どうする？

ワットから無線連絡が入った。状況としては、最悪だ。だが、闇雲《やみくも》に動くのも禁物である。それを危惧しているのだろう。

「エアポート・ロードは渋滞で使えない。それは拉致犯も同じだろう。とにかく、空港近くの別の幹線で待機する」

――なるほど。案内してくれ。

ワットの返事と同時に、後続のストラーダがパッシングしてきた。加藤が運転していたが、ワットは渋滞の退屈しのぎに替わっていたのだろう。

「付いてこい」

浩志は無線だけでなく右手を上げて合図をした。

五

零時《れい》四十二分、東京、傭兵代理店。

友恵は自室の六つあるモニターをフル活動させ、軍事衛星が捉《とら》えた映像を調べていた。

ドアがノックされ、中條がドアの隙間から顔を覗かせた。

「コーヒーを持ってきたけど、飲まないか?」

中條は遠慮気味に尋ねた。友恵は自分の仕事場に他人が入ることさえ嫌う。基本的に仕事は一人でするものだと思っているようだ。

「サンキュー、中條さん」

友恵は背を向けたまま答えた。仕事に夢中な時は、彼女は意外と素直になる。というか眼中にないのだろう。

「状況を教えてもらえれば、ありがたいんだけど。社長にも報告しないとね」

中條は彼女のデスクに備え付けてあるカップホルダーに、コーヒーを淹《い》れたマグカップを載せた。池谷に言われて来たに違いない。

「ちょうど、プログラムを設定したところ。下の三つのモニターは、右からフランス、ロシア、イギリスの軍事衛星の画像を表示させているの。時刻は今から二十二分前、パキスタンの現地時間で二〇時二〇分のベナザー・ブット国際空港上空の映像、始めるわよ」

早口で説明した友恵は、パソコンのキーボードを叩いた。

三つのモニターのタイムカウンターが同時に動き出した。上のモニターは同じ衛星の画像らしく、空港を中心に広域になっている。

カウンターが20：22：08に空港の駐車場が光り、映像が止まった。友恵が停止させたのだ。

「現地時間の二〇時二二分八秒に、駐車場の空港ビル側に置かれていた車が爆発。探査プログラム、起動」

友恵はキーボードを叩き、一旦停止させていた映像を進め始めた。

空港の周囲に四角い緑色の小さな枠が目まぐるしく動き出す。

「この小さな枠は、何？」

中條はモニターを指差した。

「車よ。最新の軍事衛星なら人間もロックオンできるけど、これは動いている車を認識しているの」

「デジカメやビデオカメラで、人の顔を認識して四角い枠が表示されるのと同じだね」

「原理は同じようなものね」

友恵はくすりと笑った。中條のたとえが面白かったらしい。

「そろそろね。シャナブを拉致した犯人は、混乱したビルから彼女を連れ出し、どこかで車に乗せ、空港から脱出する。最低でも五分はかかるはずよ。でも自爆テロを受けて、三分後に空港の出入口は、駐車場も含めてすべて閉鎖されたから、出て行く車はかなり限定されている。この空港は、テロの標的になっているから日頃から訓練はされているようね。対処は早いみたい」

友恵はタイムカウンターを見ながら、説明をした。カウンターが20：27：00を過ぎた。

「空港から車が出た」

中條が左のモニターを指先で示した。どのモニターも同じように四角い枠が表示されている。三つの軍事衛星の性能は大して変わらないようだ。

「空港の緊急車輛かしら。とりあえず、ロックオンすればいいわね」

独り言のように呟きながら、友恵は作業を進めている。車は四、五台続けて空港から出て行った。車が空港から出るたびに彼女は、キーボードを操作している。

「困ったわね。絞りきれない」

友恵は舌打ちをすると、首を左右に振った。

「判断は藤堂さんに任せた方がいいよ」

中條はモニターを見ながら言った。

「そうね。そうする」

友恵はデスクの上に載せてある衛星携帯電話機を手に取った。

「分かった。データを送ってくれ。判断はこっちでする」

友恵からの電話を受けた浩志は、大きく頷いた。

渋滞から抜け出した浩志らは、二台のストラーダを空港の南西を通るラウォール・ロードに停めていた。

ストラーダの後部座席に座る浩志は、スマートフォンで受け取った軍事衛星の映像データを表示させた。

「爆発後、空港から出て行く車のデータだな」

隣りに座るワットが浩志のスマートフォンを覗き込んで言った。打合わせをするべくワットは車を移動していたのだ。

「シャナブの傍には、辰也と柊真と瀬川、それにオズベクの四人がいたそうだ。むろんほかの仲間も近くにいた。だが、揃《そろ》いも揃ってシャナブがいなくなった瞬間を見ていない。不審人物が近づいてくれれば、誰かが気がついたはずだ」

浩志は映像を見ながら言った。

「犯人は空港の職員の格好をしていたんだろう」

ワットもスマートフォンから目を離さずに頷いた。

「誰も気が付かなかったのは、シャナブが爆発音に怯えて自らその場を離れたからだろう。犯人がそこまで計算していたかは疑わしいが、彼女は恐怖のあまり仲間からはぐれ、そこを犯人に見つかった、というか犯人だけが彼女の行動を見ていたのだろう。なんせ、爆発することを事前に知っていたから、冷静に対処できたはずだ」

「なるほど、そういうことか。だが、彼女は抵抗しなかったのか。連れ去られるのなら、叫び声も上げたはずだ。いくらパニック状態でも、誰かは気が付いたはずだ」

「麻酔薬で眠らせ、彼女を怪我人のように車椅子で運んだのだろう。空港は負傷者が大勢出たはずだ。犯人は怪しまれることなく、人混みを抜けていったに違いない」

浩志は十分ほどの映像を早回しで見終わると、再び最初から見始めた。友恵からはそれ以降の画像データも送られてきたが、爆発から十分以内に犯人はシャナブを空港から連れ出したと思っている。時間が経《た》つほど、空港に派遣される兵士の数が増え、警備が厳しくなるためだ。

「爆発後から十分間の間に、空港から出たのは、六台の車だ。その中で救急車は二台、他の車は空港関係者と空軍のだろう。どの車も封鎖されている正面ゲートじゃなくて、一般人が使えない格納庫がある西のゲートと空軍のゲートから出ている」

浩志は映像を拡大して確かめた。空港は空軍と共有されており、基地は空港の南西部にある。

「空軍は無視していいだろう。犯人が軍人なら別だがな。それに救急車が出て行くのもおかしくはない。だが、臭《くさ》いな。大勢負傷者が出た場合は、まず救急隊員がトリアージする。そこではじめて、重篤な怪我人から搬出されるはずだ。一台目の救急車は、爆発から七分、二台目は十分後に空港から出ている。一台目の七分というのは、優秀といえばそれまでだが、早過ぎないか?」

ワットが首を捻った。トリアージとは、患者が複数人の場合、重症度を調べ、治療の優先度を選別することだ。速やかに選別を行い、一秒でも早く患者を移送することが現場の救急隊員や医師に迫られる。だが、現場に駆けつけるだけで、五分近く掛かるはずだ。七分は異常としか言いようがない。

浩志は友恵に電話をした。

「空港から七分後に出た救急車を追跡できるか？」

――街から遠く離れていなければ、記録に残っています。ただ、七分以内に空港から出た車もありますが？

彼女は救急車が特に怪しいと思っていなかったようだ。

「一番不自然なのは、救急車だ。すぐに調べてくれ」

浩志は迷うことはなかった。

――了解です！

友恵ははりきった声で答えた。

六

イスラマバードの南東部に、広大な敷地を誇るシャカ・パリアン自然公園がある。敷地内には第十代ムシャラフ大統領が建てた〝パキスタンモニュメント〟や歴史博物館などの施設のほか、イスラマバードを開発するにあたり、測量を開始し区画整備する基準点となった〝ゼロポイント〟がある。

ゼロポイントから南に三キロ、公園の南端に〝パレードグランド〟と呼ばれる長辺が五百五十メートル、短辺が二百メートルもあるコンクリートで固められたエリアがあった。

博覧会やパレードなどの催し物がなければ、風が吹き抜ける更地と変わらない場所である。また、ここから百メートル東にイベントで使う用具を仕舞う倉庫があった。むろん普段、使われることはない。

零時五十分、一台の救急車がパレードグランドの倉庫の前で停まった。倉庫の脇には、他にも二台の車が、置かれている。

夜中の公園の敷地内だけにひっそりとしていた。また、倉庫から直線距離で三百五十メートルほど北にローカルな警察署があるが、その間には森と川があるため人目に触れることもないだろう。

救急車の助手席からハンドライトを手にしたドゥルガムが降りると、三人の手下がバックドアを開け、シャナブを車から運び出した。彼女はまだ眠っているらしく、手下が乱暴に抱えているが、目を覚ます様子はない。

「俺だ」

ドゥルガムは倉庫の鉄製の両開きのドアを叩いた。すると、ドアは金属の軋《きし》み音を立てながら開いた。

「さすがだ。取り返したんですね」

手下のハッサンが、出迎えた。

「お膳立ては、ミスター・Dの代理人のジョン・グレーがした。俺は駐車場に置いてある車に爆弾を仕掛け、言われた通りに眠っている女を連れ去っただけだ」

不機嫌そうに答えたドゥルガムは、倉庫の中ほどにある椅子に座った。イベント用の樹脂製の椅子や机がいくつもあり、四人の手下が近くの椅子に座って煙草を吸っている。倉庫は広いが、男たちの煙草の煙で空気は澱《よど》んでいた。

「どうされたんですか？　金の生《な》る木をまた取り返したんですよ」

ハッサンは首を振ってみせた。

「俺は人に指図されるのが、嫌いなんだ。それに女を空港で拉致したのは、グレーの手下と聞かされている。だったら、そのまま女を空港から連れ出せばよかったんだ。俺たちに危険なことばかりさせやがって！」

ドゥルガムは立ち上がると、足元に転がっていた椅子を蹴り上げた。

「しかし、グレーの手下が、連れて行ったら金は入りませんよ。アムジャドを殺したのも、分け前を増やすためでしょう。女をくれてやったら、分け前どころじゃありませんから」

ハッサンが仲間の顔を見て肩を竦めると、手下たちは首を上下に振ってみせた。

「分かっている。この女を無傷で渡せば、一人五十万ドルの報酬が得られるんだからな。それまでの我慢か。朝になったら、グレーが女を迎えに来るそうだ。明日になったら、俺たちは大金持ちだ」

ドゥルガムは椅子に座ると、煙草を出して吸いはじめた。

午前二時、浩志はパレードグランドにある倉庫から百メートル東の森の中に身を潜めていた。

——こちら爆弾熊、リベンジャー、応答願います。

辰也から日本語で無線連絡が入った。

「リベンジャーだ。着いたか？」

盗聴された場合に備え、浩志もあえて日本語で答えた。

——着きました。位置を教えて下さい。

「Nの三時、一〇〇だ。サメ雄、ハリケーン、アギラ1は、車で待機。ヘリボーイと合流」

ターゲットである倉庫を北に見て、三時の方向に百メートル離れた場所にいるという意味だ。田中が浩志らの乗ってきた二台の車を一人で見張らせていることは、辰也にあらかじめ教えておいた。鮫沼、村瀬、ミゲルの三人が合流すれば、彼らの乗ってきた車と合わせて、四台の車に一人ずつ待機させることができる。

待つこともなく辰也は、柊真と瀬川と京介の三人を引き連れてやってきた。

「どうですか？」

辰也は囁くように尋ねてきた。

「動きはない。装備は？」

「揃えてきました。最新の兵器とは言えませんが」

辰也が手招きをすると、瀬川と柊真と京介は背負っていた大きなバッグを足元に下ろした。彼らは閉鎖が解除された空港からタクシーで傭兵代理店に行き、装備を整《ととの》えて二台のハイラックスでやって来たのだ。一緒にいたオズベクは別行動を取らせた。現時点でCIAが信用できないからで、彼女自身も身の潔白を証明できないからと理解を示し、空港に残っている。

浩志は仲間と武器が揃うまで、倉庫の監視をしていた。サプレッサー付きのグロックだけで、人質を取る武装テロリストを襲撃するのは、無謀だからである。

「さすがに熱センサーはありませんでした」

苦笑した瀬川がバッグから取り出したのは、暗視ゴーグルとAK74、それにRPG7だった。浩志は倉庫の外から内部の様子が解析できる最新の軍事用熱センサーを駄目元で望んだが、やはり無理だったらしい。結局、傭兵代理店から偽造パスポートと交換した武器を取り戻しただけのようだ。

「まいったな」

浩志は腕を組んで夜空を仰いだ。

加藤に倉庫は詳しく調べさせてある。長辺が五十メートル、短辺が十六メートルと東西に長い。窓はなく、出入口は北側にある両開きの鉄の扉だけで、内側から鍵が掛けられているようだ。これほど籠城するのに適した建物はないだろう。

唯一《ゆいいつ》の欠点は、内部の電源装置に繋がる電線が外から見えることだ。二十メートルほど離れた電柱からケーブルが地中に埋められ、建物の裏から内部に引き込まれている。この箇所で断線させれば、内部は真の闇に埋もれてしまうだろう。

ドゥルガムはこの倉庫で、警察と軍による警戒網が解除されるのを待っているのか、あるいは、誰かと待ち合わせをしているのかのどちらかだろう。彼らがシャナブを連れ出す瞬間を狙うのも一つの手段だが、それでは銃撃戦に彼女を巻き込むことになる。

「仕方がない」

浩志は衛星携帯電話機を取り出し、誠治に電話を掛けた。

――待っていたぞ。

誠治は抑揚のない声で、電話に出た。浩志と電話をしていることを周囲に知られないようにしているのだろう。彼も身内を疑っており、お互い連絡はできるだけ避けるようにしている。二人はＣＩＡから情報が漏れていることを確信していた。さもなければ、敵に幾度も妨害されるはずはないのだ。

「後方支援を頼む」

浩志はきっぱりと言った。

七

ＣＩＡ本部地下作戦室、午後四時十分。

浩志から連絡を受けた誠治は、作戦室をさりげなく見渡した。スタッフは誰しも自分の仕事に専念しており、視線は感じない。彼らは、この作戦のために一人一人精査して採用した優秀な職員ばかりである。また、盗聴されないように新しいスマートフォンと衛星携帯電話機に替えていた。それでも誠治は内部からの情報漏洩を気にしている。

誠治は部屋の片隅にあるグローバルホークのコントロールエリアに入った。オペレーターの空軍兵士は、三時間ごとに交代している。ゲーム感覚とはいえ無人機のコントロールは、精神的な疲労が激しいからだ。

「この座標の建物を調べてほしい」

誠治は交代したばかりの兵士に、衛星携帯電話機の画面を見せた。浩志から送られてきたメールに記されていた座標である。

「この座標なら三十秒で到着します。映像を中央モニターに映しましょうか？」

兵士はコントロール画面を見ながら尋ねてきた。

「いや、このままでいい。建物の内部を調べてくれ」

誠治はさりげなく後ろを振り返った。ＣＩＡ副長官のグレッグ・バランダーがいつの間にか作戦室の中央モニターの前に立っていた。彼は忙しいと言いながらも、作戦室によく顔を出す。

「解析データを私のアドレスに送ってくれ。この建物のことは、私以外の誰にも言ってはならん。たとえ大統領にでもだ」

誠治は念を押すと、自分のメールアドレスをスマートフォンの画面に表示させた。

「イエッ・サー」

兵士は誠治のメールアドレスを書き写しながら返事をした。

誠治がグローバルホークのコントロールエリアにいることに気が付いたグレッグが、右手で手招きをした。コントロールエリアは狭いので、入るのを躊躇《ためら》っているのだろう。

「グレッグ。今そっちに行く」

誠治は振り返って返事をすると「建物の解析は終わっているな。さっきのデータは、私に送ったら消去しろ」と兵士の耳元で命じ、フロアーに出た。

「リベンジャーズが、ヘマをしたらしいな」

グレッグが口元に笑みを浮かべている。彼は誠治がリベンジャーズを起用することに反対していたので、作戦に失敗したことが嬉《うれ》しいらしい。

「全力でアテナを拉致した犯人を探している。結果は出るさ。私はシャナブが無事に救出されることを信じている」

誠治はすでにドゥルガムの位置を把握していることは話さなかった。今後作戦内容は、上司であるグレッグにもシャナブが救出されるまで報告するつもりはない。話しながらスマートフォンに、グローバルホークのデータが送られてきたことを確認した。

「まだ、そんな戯言《ざれごと》を言うのか。君を買い被《かぶ》っていたらしい。この分では、中近東・南アジア部長の座も危ういな」

グレッグの言葉に作戦室の空気は凍りついた。副長官とはいえ、作戦の総責任者を貶《おとし》める言動だけに、あからさまに彼を睨《にら》みつけている者もいる。

「心配するな、グレッグ。私はハッピーエンドが好きなんだ」

誠治は笑いながら片手でスマートフォンを操作し、浩志に映像解析データをメールに添付して送った。

午前二時十三分、浩志は誠治からグローバルホークの解析映像データを入手した。

さっそくデータをスマートフォン上で表示させると、倉庫の上空を旋回して撮影された解析映像であった。

「タイムカウンターからすると、二分前のデータか」

一緒に画面を覗き込んでいたワットが唸《うな》るように言った。

「中央の西寄りに九人、十数メートル離れたその奥に一人いる。シャナブだろう」

壁を通して解析された情報をコンピューター処理で補完し、なんとか人の形は分かるものの性別はもちろん、背丈も分かり難い。

「全員同じ椅子に座っているようだ。離れているのが、シャナブとは限らないぞ」

ワットは渋い表情になった。

「顔の近くをよく見てみろ。蛍《ほたる》のように赤い点が見えるだろう。煙草を吸っているんだ。彼女は煙草を吸わないぞ」

離れた場所に座っている人物だけ、顔の近くに熱源はない。しかも、床に直接座っている他の人物の顔の近くは赤い点が点滅しているのだ。そこだけ高温になっている証拠である。

「辰也、突入口と脱出口を時間差で作りたい。すぐ準備してくれ」

浩志は辰也を呼んで命じた。爆弾の材料を傭兵代理店で揃えるように指示してあった。

「五分ほど、時間をください。組み立てるだけですから」

辰也は背負っていたバッグを下ろし、中から部品を取り出すと爆弾を組み立て始めた。代理店であらかじめ、配線もしてきたのだろう。

「リベンジャーだ。ヘリボーイ、Cチームは脱出に備え、パレードグランドで待機」

爆弾を使って突入するため、警察や軍が駆けつけてくる前にすみやかに作戦を終了し、安全圏に脱出する必要がある。そのため、田中をはじめとする四人を車に配置したのだ。

「できました」

辰也は両手に爆弾を持ち、にやりと笑った。仲間はすでに暗視ゴーグルを装着し、いつでも闘える状態になっている。

「Aチームは、俺と爆弾熊、コマンド1、ティグル1で、東側。Bチームは、ピッカリ、針の穴、クレイジーモンキー、ヤンキースで、西側だ」

浩志はAチームを指揮し、辰也、瀬川、柊真で倉庫の東側に就き、Bチームはワットがリーダーとなり、宮坂、京介、マリアノの四人で、シャナブがいると思われる建物の西側の端に忍び寄った。加藤は建物の裏側にある電線が剝き出しになっている場所に向かっている。彼は電線をワイヤーカッターで切断した後、Bチームに参加するのだ。

辰也がプラスチック爆弾と起爆装置を壁に取り付けた。壁は煉瓦《れんが》でできているので、火薬量は少なめにしてある。

「リベンジャーだ、ピッカリ、トレーサーマン、応答せよ」

――ピッカリだ。準備はできた。

――トレーサーマンです。位置に就きました。

「カウント3で、起爆。トレーサーマンは、爆破が合図だ。3、2、1、ゼロ」

浩志は起爆装置のスイッチを押して、爆弾から離れた。

Aチームは、十秒後、Bチームは二十秒後に爆発するようにセットしてある。

轟音とともに、壁が吹き飛び、噴煙が舞う。

浩志はAK74を手に先頭で倉庫に飛び込み、柊真が続く。辰也と瀬川は二人を援護しながら進む。

内部は椅子や机などが積み重ねられている。その向こうに人影を確認した瞬間、銃弾が飛んできた。内部は真っ暗なため、敵は闇雲《やみくも》に撃っているようだが、恐れているわけではないらしい。銃弾の無駄遣いを減らし、マズルフラッシュで居場所をなるべく悟られないように交代で撃っている。ただのイスラム武装兵と違い、高度な訓練がされているようだ。

銃弾が飛び交う中、浩志は敵を二人撃ち抜く。シャナブがいるため、銃かマズルフラッシュで確実に敵を確認しない限り、むやみに発砲できない。

——コマンド1、負傷！

瀬川の報告だ。

轟音！

Bチームの爆弾が炸裂した。

「撃《う》て！」

浩志は、銃撃しながら叫んだ。敵を釘付けにすることで、ワットらBチームをシャナブの救出に向かわせるのだ。Aチームは攻撃に専念することで、囮にもなる。

──爆弾熊、負傷！

辰也も負傷したらしい。

敵もすでに五人倒した。だが、残った三人は、激しく抵抗している。

──クレージーモンキー、負傷！

敵の反撃が、Bチームにも向けられている。

「くっ！」

左肩に衝撃を受けた。遅れて痛みが走る。肩を撃たれたらしい。

──シャナブ、奪回。トレーサーマンが奪回に成功した。

ワットの声がイヤホンから響く。

「撤収！　撤収！」

浩志は左肩の激痛に耐え、声を張り上げた。

「女が連れさられた！」

ハッサンが、倉庫の西側を銃撃しながら叫んだ。

「くそっ！　離れた場所に置いておくべきじゃなかったんだ！」

東側に向けて銃撃しているタイシールが怒鳴った。

「逃がさんぞ！」

二人の部下の中ほどで座っていたドゥルガムは、脇腹から溢《あふ》れ出る血を左手で押さえながら言った。流れ弾に当たったらしい。

「なっ、何を……」

振り返ったハッサンが銃撃を止めた。

ドゥルガムの右手には起爆装置が握られていたのだ。

負傷した瀬川を担ぐように柊真が壁の穴を抜ける。

「急げ、辰也！」

二人を送り出した浩志は、辰也に肩を貸して倉庫を出た。前回撃たれた足をまた撃たれたようだ。不運な男である。

倉庫の反対側ではワットと宮坂が京介を両脇から抱えて、外に出てきた。その後ろからマリアノがＡＫ74で銃撃しながら、彼らに続く。だが、彼も足を引きずっている。シャナブを銃撃しないように攻撃が制限されていたため、多くの仲間が負傷した。

「倉庫から離れてください！」

五十メートルほど離れた場所にいる田中が、RPG7を肩に叫んだ。彼の両脇に銃を構える村瀬と鮫沼とミゲルの姿もある。交戦中の浩志らの無線を聞きつけて応援に駆けつけて来たのだろう。普通なら持ち場を離れることは許されないが、相次ぐ負傷者に焦ったに違いない。

彼らに向かってシャナブを抱えて走っていた加藤が、よろけて倒れ込んだ。ワットらの援護を受けてシャナブを連れて脱出したが、負傷したらしい。

「ヘリボーイ、撃て！」

救出に加わった仲間が倉庫から三十メートル以上離れたことを確認した浩志は、田中に命じた。

閃光！

まばゆい光に包まれた倉庫が、轟音とともに爆発した。遅れてロケット弾が炎に吸い込まれていく。

浩志は爆風でなぎ倒された。

帰還

一

午前九時二十分、浩志は柊真の運転するストラーダに乗り、ラーワルピンディーから二百五十キロ南東にあるラホールの街中を走っていた。

後部座席にはシャナブが座っている。また、後続のストラーダには、ワットと宮坂と田中とマリアノの四人が乗っていた。浩志も含め六名は、無傷とは言わないが、なんとか任務を続行できる状態にある。銃撃戦の最中に倉庫から脱出したシャナブに怪我《けが》は無い。その代わり彼女を銃弾の嵐の中、抱えて脱出した加藤が、背中に二発の銃弾を受けた。

彼女を救出後、イスラマバードのシャカ・パリアン自然公園からリベンジャーズは、一旦ラーワルピンディーにある傭兵代理店の紹介を受けている病院に行った。

ドゥルガムらとの銃撃戦で負傷した辰也、瀬川、加藤、京介の四人は、さらに爆発した倉庫の瓦礫《がれき》が当たり、怪我を負《お》っている。また、田中と一緒に応援に駆けつけて来た村瀬と鮫沼とミゲルの三人も爆発の飛翔物に当たり、負傷した。ドゥルガムは爆弾魔というだけあって、常に自爆できる爆弾を所持していたようだ。死ぬのなら敵を巻き添えにするつもりだったらしい。凄《すさ》まじい爆発で、倉庫は跡形もなく吹き飛んだ。彼らの死体を見つけることは不可能だろう。

負傷した仲間は、一週間から二週間の安静が必要と診断された。左足に二発の銃弾を受けて歩行が困難な癖《くせ》に「二、三日休めば復帰できる」と言い張っていた辰也など、比較的元気な者もいたが、京介のように腹部に銃弾を受けた者もいる。シャナブを早急に米国に連れて行く必要から、浩志は彼らを半《なか》ば強制的に入院させたのだ。

浩志も左肩を銃弾がかすめ、十一針縫《ぬ》う怪我を負い、さらに倉庫の爆発で飛んできた瓦礫が頭部に当たって五針を縫う負傷までしたが、足と右腕は問題なく動かせる。またマリアノも左太腿を撃たれたが、八針縫うだけですんだので、任務を継続するのには問題無い。

「なんとか着きましたね」

車を停車させた柊真が、安堵の溜息《ためいき》を吐《は》き出した。

ラホールの街を抜けて東側に位置するアッラーマ・イクバール国際空港の駐車場に到着したのだ。病院で治療を受けた浩志らは、三十分ほど休息をとって出発しており、ここまでは五時間半、途中で運転を交代するために停車させただけで休憩はとっていない。

「安心するには、まだ早いぞ」

グロックを座席の下に隠した浩志は、車を降りて周囲を見渡した。武装できるのは、ここまでだ。車の鍵は後で傭兵代理店あてに郵送することになっている。行き先は傭兵代理店にも教えなかった。十二時四十分発トロント・ピアソン国際空港行きのパキスタン国際航空機で現地時間の十八時にカナダ入りし、二十時二十五分発ラガーディア空港行きのウエストジェット航空機で二十一時五十五分にニューヨークに到着するという計画だ。

パキスタン第二の空港というだけあって、米国への便数も多く、二時間二十五分のトランジットも入れて二十時間十五分という短時間で移動が可能になる。誠治への連絡は、ラガーディア空港に着いてからするつもりだ。

「出発まで三時間以上ある。空港のカフェで飯でも食うか」

ワットが両手を上げて背筋を伸ばしながら言った。

「いいねえ」

宮坂は欠伸《あくび》交じりに答えた。運転は交代でしたが、誰しも睡眠不足である。

「サヘル、お腹がすいたんじゃないか？」

柊真はシャナブを気遣《きづか》った。彼は若いだけにすこぶる元気である。浩志もそうだったが、二十代は無尽蔵の体力があるものだ。

「ええ」

疲れた表情でシャナブは頷《うなず》いた。

「パキスタンの空港だから、ハラールの店もあるはずだ。付き合うよ」

柊真は彼女の顔を覗《のぞ》き込むように言った。彼は身長一八三センチ、シャナブは一六〇センチもないからだが、元来この男は優しい性格なのだ。

「悪いが先に行ってくれ」

浩志は振動する衛星携帯電話機を手に仲間を促《うなが》した。

「分かった。女房と作戦中にラブラブとは、うちとは違うな」

笑いながら頷いたワットは、仲間と空港ビルに向かう。彼らに秘密を持ちたくないのだが、電話はウェインライトからである。敵であるレッド・ドラゴンのメンバーだけに、仲間には説明のしようがないのだ。

「俺だ」

浩志はいつものように電話に出た。

――彼女は救出できたのか？

急《せ》き立てるようにウェインライトは尋《たず》ねてきた。用が無い限り電話はしないと浩志は言ってあるので、連絡してなかった。それで苛立《いらだ》っているのだろう。

「数時間前に奪回《だっかい》した」

詳しく報告するつもりはない。

——さすがだ。私の情報が少しは役に立ったんだろうな。

ウェインライトは恩着せがましく言った。

「多少はな。バックは別として、主犯のモンスター・クローと手下は、全員死んだ」

彼の情報は有益であったが、だからといってありがたいと思うほどお人好しではない。

——私は今回の事件のことを色々調べているが、やはり、画策しているのはALのようだ。実は私は昔の会社に何人ものモグラを紛《まぎ》れ込ませている。ALの幹部で、CEOであるドレイク・ハンターの秘書の一人が、この数日、プライベートジェットで出かけて姿を見せていないそうだ。タイミングからして、今回の事件と関わりがありそうな気がする。

昔の会社とウェインライトは言葉を濁《にご》したが、米国の軍需会社サウスロップ・グランド社のことである。彼は重役として同社に在籍中に、ALの秘密を知ってしまった。だからこそ、サウスロップ・グランド社を疑い、スパイを潜《もぐ》らせているのだろう。

「馬鹿馬鹿《ばかばか》しい。秘書なら、商用で出かけたのだろう」

——秘書というのは名ばかりで、ALの親衛隊のようなものだ。元CIAや米軍の特殊部隊の腕利きが揃《そろ》えられている。彼らはドレイクのボディガードであると同時に殺人や恐喝など、会社だけでなくALの汚れ仕事を引き受けているんだ。秘書がいなくなる時は、必ず大きな事件に関わっている。ちなみに姿を消したのは、グリック・モートンという男で、元CIAの職員だったらしい。

「それなら、いなくなった秘書のことを徹底的に調べてくれ」

——問題は、ドレイクに秘書として雇われる際に、整形手術をさせられるそうだ。現在CIAのモグラが、情報を搔《か》き集めているが、過去のデータを集めても意味がないかもしれない。君も最後まで油断しないでくれ。

「俺たちは、任務を遂行させるまでだ」

浩志は通話ボタンを切った。

二

カナダ最大の空港、トロント・ピアソン国際空港ターミナル3、午後六時二十分。

浩志らは予定どおり、パキスタン国際航空機でカナダ入りをしていた。

二十時二十五分発のニューヨーク・ラガーディア空港行きのウエストジェット航空機に接続しており、出発までは二時間ほどの余裕がある。

「ここまで来れば、米国に着いたのと同じだな」

ワットは腰を叩《たた》きながら言った。腰痛は以前よりもかなりいいようだが、ラホールから十五時間近くも飛行機に乗っていたために痛めたのだろう。

「同じというだけだ」

浩志も正直いって、全身の筋肉が凝り固まっている。飛行機の椅子《いす》のせいもあるが、疲れが溜《た》まっているのだろう。だが、久しぶりにまとめて眠ったせいで、銃で撃たれた傷の具合はよくなっている。

浩志らはシャナブを伴《ともな》い、搭乗ゲートの近くにあるプレミアム・ラウンジに入った。イスラム圏でないため、男女が気軽に同伴しても人目を憚《はば》かることはない。ラウンジに入るプライオリティ・パスは、日本の傭兵代理店から偽造のパスポートと一緒に貰《もら》っていた。

出入口ちかくの受付でカードを提示してサインすれば、入室できる。むろんパスポートの偽名だ。

「まずは腹ごしらえをしたいが……」

ワットが振り返ってシャナブを見ると、彼女は笑みを浮かべて頷いた。彼女も機内で睡眠が取れたので、元気になったらしい。

浩志らは受付の前を通り、フードコーナーに向かった。ゆったりとしたスペースにフードカウンターがあり、肉料理にパンやご飯、サラダにフルーツが並べてある。飲み物もそこそこ充実していた。

「ハラール食品じゃないと思うけど、大丈夫かい？」

柊真は傍《そば》のシャナブを気遣った。

「サラダと果物だけで充分よ」

シャナブは可愛らしい笑顔で答えた。本来の十六歳の顔なのだろう。どことなく幼さが残っている。

壁際の奥にある二つの丸テーブル席に、シャナブを囲むように六人の無骨な男たちが肩を寄せるように座った。フードコーナーの突き当たりは、滑走路が見えるソファー席になっている。フードコーナーもソファー席もほとんどの席が埋まっていた。

浩志はコーヒーとサンドイッチを載《の》せたプレートをテーブルに置き、シャナブのあえて正面に座った。これまで彼女とゆっくり話す機会がなかったので、聞きたいことがあったのだ。

シャナブはサラダと果物を載せたプレートを持ってきた。機内食も口にしたらしいので、あまり腹は減っていないようだ。むしろ、今日初めて食事をするような量の肉やパンを盛り付けたプレートをテーブルの上に載せた仲間の方が異常と言えよう。

「サヘル、拉致《らち》されてから、君は医療機関に連れて行かれたか？」

浩志はカットされたリンゴを食べているシャナブに唐突に尋ねた。他の客が座る席は少し離れているが、浩志は彼女を偽名で呼んだ。

「睡眠薬で、何度か眠らされたけど、完全に気を失うことはなかったと思います。といっても、うつらうつらと夢を見ているような感じでしたが、いつも薄暗いところにいました。医療機関じゃなかったと思います」

シャナブは小首を傾《かし》げ、自信なさげに答えた。

「ひょっとして、超小型位置発信機が、彼女に埋め込まれていないか心配しているんだな」

隣りのテーブルで肉の塊《かたまり》をフォークに刺したワットは、浩志とシャナブを交互に見た。

「米軍の医療機関で、超小型の位置発信機をインプラントされたことを覚えているか？」

浩志は声を潜《ひそ》めた。

数年前の話になるが、戦闘で負傷した浩志とワットは米軍の病院で治療を受けた際、体内に超小型の位置発信機を埋《う》め込まれた。そのせいで、居場所を知られて国際犯罪組織であるブラックナイトの暗殺部隊に何度も命を狙われたのだ。

「あの時も危なかったが、今回も敵に執拗《しつよう》なまでに狙われた。サヘル、何か、体に異常は感じないか？　どこかに小さな傷跡があるかもしれない。痛みはさほどないかもしれないが、肩や腕に異物感を感じたりしないか？」

ワットの質問に、シャナブは首を捻《ひね》るばかりである。

「乗り物に長く乗っているので、肩が凝っているだけ。特に体に不調は感じないわ」

シャナブは首をゆっくりと振ってみせた。

「実物を見たわけではないのですが、最近は直径二、三ミリの極小発信機を入れたカプセルを注射器のような専用の挿入機《そうにゅうき》でインプラントするそうです。〝GCP〟の特殊な任務で、隊員に位置発信機をインプラントし、軍事衛星で追尾する実験がされていると聞いたことがあります」

シャナブの隣りに座っている柊真が、浩志とワットに聞こえる程度の声で言った。

「直径三ミリなら異物感はあるだろうが、二ミリなら気が付かないかもしれないな」

ワットは肉を頰張《ほおば》り、渋《しぶ》い表情になった。

「私の体に、何か入れられているのですか？」

シャナブが悲しげな表情で尋ねた。

「予定を変更するぞ」

浩志は席を立ち、仲間を促した。

「おいおい、せめて、このテリヤキビーフを食べてからじゃ、だめか？」

ワットは上目遣いで浩志を見ると、「だめだよな。分かっている」と首を振り、ステーキを口に押し込んで立ち上がった。

ラウンジを出た浩志らは、乗り継ぎ便をキャンセルして出国手続きをし、地元トロントの傭兵代理店に連絡をとった。市内の病院を紹介してもらうのだ。どこの国の傭兵代理店もそうだが、病院と特別な契約をしている。すぐに空港にほど近い、市内を東西に通るウィルソン・アベニュー沿いの総合病院を紹介された。

午後七時半、外科病棟の診察室にシャナブと浩志が座っている。仲間は他の場所で待機させていた。

「紹介がなかったら、取り合わないところですが」

宿直の医師は前置きすると、レントゲン写真をシャウカステン（医療用ライトボックス）に差し込んだ。

シャナブの左腕に違和感があると言って、レントゲンを撮ってもらったのだ。彼女には事前に鏡で直径二、三ミリの傷跡がないか、自分で調べさせた。すると、左上腕に傷跡が見つかったのだ。念のために胸部と両腕のレントゲン撮影を行っている。

「なんだ、これは？」

医師は左腕のレントゲン写真を見て両眼を見開いた。直径が三ミリ弱で長さが八ミリ程度のカプセル状の異物が、上腕部にあったのだ。

「すぐに摘出できますか？」

浩志は医師に結果を聞くまでもなく尋ねた。

「すでに診療時間も過ぎています。それに緊急性がないので、今日の手術は無理ですよ。明日の午後でしたら、手術の予定が入れられますが、どうしますか？」

医師は首をゆっくりと振ってみせた。異物は極めて小さく、臓器もない腕にあるのだ。当然の答えと言える。

「そうですよね。分かりました。手術は米国で受けます。レントゲン写真は頂けますか」

「どうぞ。米国の医師に見せてください」

医師はほっとした表情で、上腕部の写真を封筒に入れた。そもそも傭兵代理店の紹介は胡散臭《うさんくさ》いとでも思っているのだろう。関わりたくないに違いない。

浩志はレントゲン写真を受け取ると、シャナブを伴い診察室を出た。

「リベンジャーだ。ヤンキース、どうなった？」

無線でマリアノを呼び出した。

――ヤンキースです。二階の第三手術室を確保しました。

マリアノからの応答である。

医師には断られたときのことを考えて、仲間に手術の準備をさせておいたのだ。マリアノは外科医の免許も持っている変わり者で、過去にも負傷した仲間の手術をしている。リベンジャーズにおいて、彼は従軍医の役割も果たしているのだ。

「手術の準備ができているようだ。急ごう」

手術室は勝手に使うので、病院関係者に見つからないようにしないといけない。

「本当に大丈夫？」

シャナブは怯《おび》えた表情を見せた。彼女は数発の銃弾を摘出する大手術を二度受けているため、手術という言葉に敏感なようだ。

「擦り傷の治療と同じだ。あっという間に終わる」

浩志はめったに見せない笑顔で答えた。

三

午後十時、浩志を乗せたGMのSUV、XT5クロスオーバーが、国境線上にある五大湖の一つオンタリオ湖西岸からエリー湖東岸を抜けて米国に入り、オーロラ・エクスプレスウェイを猛スピードで走っている。

車はトロント市内の傭兵代理店で借りたものだ。トロントの代理店は規模が小さい。すぐに貸し出せる車も、フォードの小型車とクロスオーバーの二台しかなかった。だが、エンジンは快調で、足回りもいい。また、車で移動するため、グロック17Cも揃えている。

浩志は助手席に座り、ハンドルを握るのは柊真、後部座席には、宮坂とシャナブが乗っていた。他の仲間はトロント・ピアソン国際空港から明日の六時〇〇分発、ニューヨーク・ジョン・F・ケネディー国際空港行きのデルタ航空機に乗る予定である。

昨夜トロント市内の病院でシャナブの体を調べ、超小型のGPS位置発信機を発見した。これで奪回したシャナブの居場所が知られ、先回りされた理由が分かった。

そこで、浩志はチームをA、Bの二つに分け、取り出した位置発信機をワットと田中とマリアノのBチームに渡した。彼らは囮《おとり》となり、ニューヨークまで別行動をする。もっとも、肝心のシャナブがいないことに敵が気付けば、攻撃してくることもないだろう。Bチームの空路に対して、浩志らAチームは陸路を選択し、ニューヨークまでの七百六十キロを車で移動することにしたのだ。なんのトラブルもなければ、七、八時間で到着することができるだろう。

浩志の衛星携帯電話機が振動した。

「俺だ」

相手は誠治である。ウェインライトと同じで連絡を寄越《よこ》さない浩志に痺《しび》れを切らしたのだろう。ただし、彼には衛星携帯電話機のメールで、「成功」の一単語だけ送ってある。

――状況を説明してくれ。

やはり苛立ち気味に聞いてきた。

「カナダから米国に車で入った。彼女の体に超小型のGPS位置発信機がインプラントされていた。発信機は仲間が保持し、別行動を取っている」

――なんと、いつの間にか発信機が彼女にインプラントされていたというのか。だから、敵に先回りされたのか。

「仕込んだのは、ドゥルガムだろう。だが、同一人物かは分からないが、やつに命令し、CIAから情報を漏《も》らしていた人物が必ずいるはずだ」

——実は、モグラと思《おぼ》しき人物を二人まで絞《しぼ》り込んでいる。だが、彼らがモグラだという決定的証拠がない。二人とも高官だけに、確たる証拠を摑《つか》みたいんだ。

今回の誠治の任務は、CIAの中でもセキュリティレベルが高い者しか携《たずさ》われない。そのため、モグラを見つけることも彼の重要な任務なのだろう。

「どうするつもりだ?」

——今は、これ以上何もすることはできない。静観するつもりだ。とりあえず、彼女の保護を優先したい。私が直接迎えに行くつもりだが、後で待ち合わせ場所をメールで送る。とりあえず、君たちはニューヨークを目指してくれ。

「分かった。ところで、一つ調べて欲しいことがある。ドゥルガムと一緒に暗躍していた元CIAのグリック・モートンという男がいるようだ」

ウェインライトは自分のモグラを使って探ってみると言っていたが、誠治のようなCIAの幹部ならすぐに調べられるはずだ。敵を知ることが、闘う上で重要なポイントになる。もっとも整形手術を受けていたのなら、ウェインライトが言うように情報を集めても意味がないかもしれない。

——グリック・モートン? どこかで聞いたことがある名前だ。

「腕利きと聞いた。銃を使うような部署にいたのだろう。武器を使って諜報《ちょうほう》活動をするようなら、作戦本部に所属していたんじゃないのか？」

ウェインライトは腕利きと言っていたが、当然のことながら殺人も含めてのことなのだろう。作戦本部には、暗殺も請《う》け負う部署もあるという。

――ドゥルガムのような殺人鬼と一緒に働くというくらいなら、同レベルの技術を持っているのだろう。鋭い読みだな。分かったらすぐデータを送ろう。

誠治の溜息とともに通話は切れた。幹部のモグラだけでなく、元局員も関わっているとなれば、ＣＩＡは犯罪の協力組織、というかテロ組織といっても過言ではない。溜息の一つや二つ、出てもしょうがないだろう。

衛星携帯電話機をポケットに仕舞《しま》おうとすると、誠治からメールが届いた。待ち合わせ場所の通知である。

「ラガーディア空港に、シャナブを連れてきて欲しいらしい」

浩志は衛星携帯電話機の画面を見て言った。

空港の名前だけで詳しい場所の記載はない。「到着したら連絡せよ」という一文が追記されている。

「車で移動しているのに、空港で待ち合わせですか」

首を捻っている宮坂が、バックミラーに映った。ニューヨークにも政府機関のビルは沢山ある。直接そこに行けばいいと思っているのだろう。

「空港なら、セキュリティも高い。そこから、車でニューヨークの政府機関の建物に入るのか、あるいは、政府で用意した専用機で別の場所に移動する可能性もある。クライアントは、情報漏洩《ろうえい》を心配して、詳しくは説明しなかった」

ニューヨークはあくまでも中継地点で、最終的にはワシントンD．C．に行くのかもしれない。

「これまで、私のせいで皆さんに大変な犠牲を出しています。私を救うことに、本当に意義があるのでしょうか？」

シャナブは自問するように尋ねてきた。彼女は女性として、そして人間としての当然の権利を望んだばかりに不幸に見舞われ、彼女の争奪戦で敵味方に多くの犠牲者を出している。それが悲しいのだろう。

「確かに多くの負傷者が出たけど、君を救い出すと同時に、人間の自由と権利を守る闘いでもあるんだ。君一人の問題じゃないんだよ」

柊真がバックミラーを見ながら語るように言った。

「少々、鼻につく台詞《セリフ》だが、その通りだ。闘って死のうが、俺たちの勝手だ。気にかける必要はない」

浩志は振り返って頷いた。

四

トロント・ピアソン国際空港ターミナル3、午後十一時。

夜間の空港は人気もなく、午前五時にチェックインカウンターが開き、業務が開始されるまで時間が止まったかのようにひっそりとしている。

カウンターの近くに、背もたれが付いたベンチが無数に配置されたラウンジがある。プレミアム・ラウンジと違い、誰でもいつでも入れるエリアで、朝一番のチェックインを待つ乗客が、夜を明かす場所でもある。

ワットはベンチに座り、免税店で購入したターキーを紙コップで飲んでいた。向かい合わせになっているベンチには、田中とマリアノが横になっている。

「俺たちが、ここにいる意味があるのか?」

ワットは紙コップのターキーを飲み干し、独り言のように言った。

「同感です。敵が攻撃してくるのなら、とっくの昔に襲って来たはずですよ。まして監視されていたとしたら、シャナブはいないことに気付いているでしょう。だとしたら、我々はラウンジで眠っているただの旅行者と変わらない」

マリアノは体を起こし、ベンチに座った。

「俺たちは、今、何の役にも立っていない」

まるで出番を待っていたかのように田中が体を起こし、相槌《あいづち》を打った。三人とも悶々《もんもん》としていたようだ。

「ちょっと、待っていろ」

ワットはやおら衛星携帯電話機で電話をかけ始めた。

「ランディー、真夜中は分かっている。緊急事態なんだ。だが……」

電話は相手から切られたらしく、ワットは舌打ちをした。

「クレイブ、緊急事態なんだ。すまない、こんな時間に……。そうか、仕方がないな」

また、だめだったらしい。

「ネイサン、真夜中に起こして、すまない。何、夜勤だったのか。実は、……。何、夜間訓練！　それで、……。分かった。一時間半でそっちに行く」

通話を終えたワットは、右腕を高く振り上げた。

「マリアノ、傭兵代理店に迎えを寄越させろ」

「了解」

マリアノが衛星携帯電話機で、電話をかけはじめた。

「説明してくれ！」

慌《あわ》てて田中がベンチから下りた。

「トレントン空軍基地の知り合いに連絡したら、一人だけいい返事をしてくれたんだ。ハンスコム空軍基地に行くらしい。行くぞ」

ワットははやくもラウンジを出ようとしている。

トレントン空軍基地は、トロント・ピアソン国際空港から百八十キロ東に位置する。

「米軍基地に行って、どうするんだ？」

田中はまだ納得していない。

「俺たちの部隊は、テロ対策のために他国の特殊部隊とも連携をとっていた。横の繋《つな》がりがある。特に隣国であるカナダ軍とは頻繁《ひんぱん》に訓練もした。知り合いも自《おの》ずと多いんだ。夜間訓練で、米軍基地に行くんだろう。米軍基地に行けば、ワットならどこにでも行ける。強力なコネがあるからな」

後ろからマリアノが補足した。

ワットは軍籍こそないが、今も特殊部隊アドバイザーとして米軍と繋がりがある。しかもペンタゴンの参謀クラスにコネがあるのだ。

三十分後、ワットら三人は、空港まで迎えに来た傭兵代理店の車で、トレントン空軍基地に向かった。

五番街アベニュービル、サウスロップ・グランド社ＣＥＯ室、零時《れいじ》。

ドレイクはクッションの利いた椅子に深々と腰をかけ、ウイスキーが入ったグラスを片手にキューバ産の葉巻を燻《くゆ》らせている。禁煙、分煙が厳しいニューヨークで、堂々と葉巻が吸えるのはCEOの特権だろう。

ドアがノックされた。

「入れ」

ドレイクが葉巻の煙を吐き出しながら答えると、ジョン・グレーと名乗っているグリック・モートンが入ってきた。

「帰りました」

モートンは軽く会釈すると、ドレイクの仕事机の前まで進んだ。

「ドゥルガムは、やっにふさわしい最期だったようだな」

ドレイクは鼻先で笑うと、葉巻でバーカウンターを指した。

「間違いなく、最高かつ最期の舞台だったでしょう。シャナブを殺さないか、ハラハラしましたが」

苦笑を浮かべたモートンは、バーカウンターに置かれているグラスを手に取り、棚《たな》からスコッチウイスキーの瓶《びん》を摑《つか》んだ。

「殺すどころか、傷一つ付けても、五十万ドルはふいになると念を押しておいた。金の亡者だけに、約束は守ったようだな。女は今どこにいる。無事に帰って来たら、晩餐会《ばんさんかい》に私も出席しなければならない」

ドレイクは顔色も変えずに言った。冗談で言っている様子はない。

「まだ、カナダのトレントン空軍基地のようです」

モートンは自分のスマートフォンの画面を見ながら答えた。シャナブに監視の目はないようだ。

「カナダ空軍に協力を得て、入国するつもりか。そこまでは尾行できないからな。もっとも、いまさらその必要もないが」

ドレイクはむせるように咳払いをして笑った。

「ただ、気になることがあります。トロント・ピアソン国際空港から一旦市内の病院に寄っています。そこで、GPSカプセルが、抜き取られたかもしれません」

「GPSカプセルは、どうでもいい。パンデミックカプセルはどうなんだ！」

ドレイクの顔色が一変した。

「大丈夫です。カプセルは頸椎《けいつい》の裏に沿って挿入してあります。レントゲンを撮っても、骨と判別はつかないでしょう。本人も肩が凝るぐらいで、異常は感じていないはずです。カプセルの存在は本人も気付かないでしょう。ただ、彼女のGPSカプセルが抜かれていたら、別の場所にいる可能性があります」

モートンは苦々《にがにが》しげな表情で言うと、グラスにスコッチウイスキーを注《つ》いだ。

「パンデミックカプセルが、無事ならいい。彼女がニューヨークに着けば、どこに寄ろうと、CIAから連絡は来る。あとは最後の仕上げをするだけだ。私は作戦の結果を確認するためにオフィスに詰める。おまえはシャナブを目視し、確実にパンデミックカプセルが作動するようにするんだ」

頷いたドレイクは、葉巻をくわえた。

「その時は、シャナブを殺して、大統領の面子を潰してやるんだ」

「もし、パンデミックカプセルも抜き取られていたら、どうしますか?」

　　　　五

　北京、中華人民共和国国防部ビル、午後二時三十分。

　六階の廊下を歩いていたウェインライトは、装備室主任と記された札が掲げられた部屋のドアをノックした。

　馬用林という名で人民解放軍の武器調達アドバイザーとして働いているため、通い慣れた場所であった。そのため、用事がなくても国防部に来た時は、装備室の責任者に挨拶がてら顔を出すことにしている。顔つなぎということもあるが、世間話で情報を収集するのだ。

「入ってくれ」

太い男の声に従って、ウェインライトは赤いカーペットが敷《し》き詰められた部屋に入った。

「魏《ぎ》主任、お元気そうで」

ウェインライトは、魏の仕事机の前に置いてある革張りの椅子に座り、気軽に挨拶をした。

「馬用林、久しぶりだ。早速だが、米国のレーザーライフル銃の情報は、入らないか？」

魏は手元の書類から視線を移し、ウェインライトを見た。この男は、軍の情報部から欧米の軍事情報を得ると、よく呼びつけて確認しようとする。

「PHASR《対人レーザー》ライフルのことですか。だとしたら、期待しないほうがいい。あれは低出力ビームで敵兵の視力を一時的に失わせるだけの兵器だ。特殊部隊が使うのなら分かるが、陸軍の武器としては適さない。それに携帯できるような大きさじゃないからね」

視力を完全に奪う高出力のレーザー兵器は、一九九五年に国連の条約によって禁止されている。

「近未来の兵器を我が軍にも装備したいと思っていたが、ダメかね」

魏は大きな溜息をついた。上層部に取り入るために目新しい情報を入手し、手柄にしたいのだろう。中国は習近平《しゅうきんぺい》の独裁体制になってから、彼に気に入られるように誰しも手柄を取ろうと必死である。

「レーザービームを高出力にして、殺傷能力を持たせれば、戦争の形を変えるでしょう。でも、それは国連が許さない。そもそも武器禁止条約に触れてしまう」

ウェインライトは苦笑した。

「国連？　武器禁止条約！　冗談じゃない。我が国と同じ常任理事国の米国とロシアは、条約など無視している。ロシアは〝ノビチョク〟や〝ポロニウム２１０〟を暗殺に使っているし、米国も〝エボラ〟を生物兵器として開発しているらしい」

ノビチョクは一九七〇年代にソ連が開発した化学兵器であり、ＶＸガスより毒性が格段に高い神経剤である。二〇一八年三月四日にロシアの元諜報員で英国に亡命中のセルゲイ・スクリバリ氏とその娘に対して、未遂に終わったが暗殺に使用されたと言われている。

また、同じく英国に亡命していたロシア連邦保安庁の中佐であったアレクサンドル・リトビネンコは、放射性物質ポロニウム２１０によって二〇〇六年に暗殺された。

「エボラ？　どこからの情報ですか？」

ウェインライトは首を捻った。

「連合参謀部からだ。実用レベルに達し、米国内で人体実験を繰り返しているそうだ。我が国もうかうかしていられない。米露が生物兵器や化学兵器を堂々と保持するのなら、我が国もそうするべきだ。そもそも欧米の情報を仕入れて、我が国の軍事研究に役立てるのが、君の役目だろう」

魏はじろりと見た。

「情報収集は、仕事の一部です。すぐに調査します」

歯切れ悪く答えたウェインライトは部屋を出ると、廊下に人がいないことを確認し、スマートフォンで電話をかけた。

「馬用林だ。今さっき、国防部で妙な話を聞いたのだ」

——電話をかけてくるとは、珍しいな。

電話の相手は、人民軍の情報機関である中央軍事委員会連合参謀部に所属する伝説的諜報員の梁羽である。ウェインライトが、唯一《ゆいいつ》心を許している人物でもあった。

「米国でエボラを兵器とする実験が繰り返されているというのは、本当か？」

——事実らしい。遺伝子を組換えたエボラウィルスを極小のカプセルに入れて人体にインプラントさせるそうだ。カプセルは体内で溶《と》けることはないが、特定の周波数の電波に反応するチップが内蔵されており、いつでもカプセルを破壊することができるらしい。インプラントされた人間を介し、カプセルの裂け目から漏れたエボラウィルスが体内で増殖し、瞬《また》く間に拡散して蔓延《まんえん》する。そのため、パンデミックカプセルと呼ばれているそうだ。

梁羽はさすがに連合参謀部の幹部だけに極秘情報をよく知っている。

「それじゃ、一般人を生物兵器にすることも可能なのか」

――そういうことだ。これまで使用されたものは、いずれも感染力が弱かったが、現在も実験は続けられ、改良されているらしい。そもそも、この研究を密かに行っているのは、サウスロップ・グランド社だ。おまえが知っていてもいいはずだろう。

梁羽は口調を荒らげた。

「なっ、何！」

――米国内で捕えたALのスパイを尋問して、得られた情報だ。サウスロップ・グランド社のALにかかわる謀略だけに目を光らせていても、だめなんだ。あの会社は国内で使えない武器を開発し、中東で売りさばいていることを知っているだろう。詳しく知りたかったら、研究所の情報を摑んでくることだ。

「……そっ、そうだな」

ウェインライトは虚《うつ》ろな表情になり、通話を切った。サウスロップ・グランド社の重役時代に、社内に違法な武器を販売する部門があることを偶然知ってしまった。それがALの一部であり、様々な世界的陰謀に加担していたのだ。それを密かに調べ上げたため、ウェインライトは命を狙われるようになったのだ。

レッド・ドラゴンの自分の部下を二人もサウスロップ・グランド社に潜り込ませている

が、二人とも研究開発部門ではない部署に配置されている。エボラウィルスに関する情報は、聞かされるまで知らなかった。

「まさかとは思うが」

独り言を呟いたウェインライトは、階下の使われていない会議室に入ると、盗聴盗撮機の発見機で部屋を調べ、衛星携帯電話機で電話をかけた。中国全土に一億台とも言われる監視カメラが設置されている。国防部ビルも例外ではない。いつも使い慣れた部屋だろうと、監視されている可能性はあった。

——俺だ。

無愛想な男の声だ。浩志である。

「ＡＬと関わりが深いサウスロップ・グランド社についてある情報を得た」

——なんだ？

「あの会社の研究開発部門で、密かにエボラウィルスの研究がなされ、兵器としての実験が繰り返されているそうだ」

ウェインライトは、梁羽から聞いた話をした。

——米国でエボラウィルスの感染が数ヶ所で確認されたことは聞いていたが、人体実験の可能性があるのか？

「米国のすべての症例が、人体実験とは限らないが、可能性はある。もっともサウスロップ・グランド社にとって重要なのは、使用する病原菌よりも、パンデミックカプセルと呼ばれる特殊な極小の武器の可能性だろう。彼らが実証実験を繰り返すのは、結果次第で第三国に高値で売ることができるからに違いない。シャナブにインプラントされた可能性はないだろうか?」

――病院でレントゲンを撮り、左腕にGPS位置発信機が内蔵された極小カプセルを発見している。彼女が見つけた挿入痕は、そこだけだったらしい。パンデミックカプセルが挿入される場所は、どこだ?

「体内なら、どこでもいいそうだ」

――彼女を注意深く観察してみる。生物兵器というのなら、解毒剤もあるはずだ。調べてくれ。

エボラウィルスには、特効薬はないと言われている。だが、遺伝子組換えにより生み出された生物兵器なら、治療薬があるはずだ。というのも、生物兵器を使用する者が、誤って感染した場合、治療薬がなければ生き残れないからである。

「分かった。調べてみる。だが、サウスロップ・グランド社の研究所を調べることは、困難だ。あまり、期待しないでくれ」

ウェインライトは暗い声で、答えた。

六

　XT5クロスオーバーの助手席に座る浩志は、険しい表情でバックミラーに映るシャナブを見ていた。

　彼女は到着するまで起きているとカナダの国境を越えるまでがんばって目を開けていたが、今は眠っている。疲れていることもあるのだろうが、米国に来れば助かったという安堵感が眠りを誘ったのだろう。

　時刻は午前三時二十分になっている。出発して六時間、州間高速道路81号線を走っている。高速道路と言っても、街灯もない片側三車線の田舎道《いなかみち》で、時折、コンボイと呼ばれる大型牽引車《けんいんしゃ》とすれ違う程度である。

「さっきの電話、悪い知らせですか？」

　浩志の様子に気が付いた柊真が尋ねてきた。ウェインライトとの会話が気になっているのだろう。

「彼女を起こさないように車を停《と》めてくれ」

　浩志は振り返ってシャナブの様子を見ながら指示をした。

　無言で頷いた柊真はハザードランプを点灯させ、路肩にゆっくりと停車させた。

浩志がドアの音を立てないように外に出ると、柊真と宮坂もそっと車を降りる。

「サウスロップ・グランド社が、密かにエボラウィルスを生物兵器として開発したらしい。また、体内にインプラントさせるウィルスが入ったカプセルを特定の周波数の電波で自在に開く仕組みも確立させたという情報も得た」

車から数メートル離れた暗闇で、浩志は話し始めた。

「まっ、まさか、彼女の体にエボラカプセルが挿入されているというのですか? ……サウスロップ・グランド社は、ALと関わりが深いんですよね」

柊真が声を上げ、慌ててトーンを下げると、車の方を見た。交通量が極端に少ないため道路脇の雑木林が風に揺れるざわめきだけが、唯一のBGMである。

「彼女にGPS位置発信機までインプラントされていたことを考えれば、可能性は捨てきれない。また、最悪の場合を想定して、行動するべきだろう」

「彼女をわざわざ拉致して、エボラに感染させる意味は、一体何なんですか?」

柊真は声こそ抑えているが、感情は昂ぶっているようだ。敵に対する怒りを抑えられないのだろう。

「これは推測だが、拉致されたことで、彼女は暴力や差別と闘う女性のシンボルとしての名声が高まった。彼女はこれから世界のトップレベルが集う集会やイベントに招待されるだろう。大勢の人々の中で彼女の体内のカプセルが割れ、エボラウィルスが蔓延したらどうなる？　その時点で、彼女は生物兵器になるのだ」

推測ではあるが、それが敵の意図なのだろう。拉致されたのは、彼女の価値を高めるためにわざとだった可能性もある。彼女と同じような境遇であるパキスタン人のマララは、ノーベル平和賞まで受賞している。その点、二番煎《せん》じともいえるシャナブを犯人は、マララより危険な目に遭《あ》わせることで、より付加価値のある少女に高める必要があったのではないだろうか。

「もし、彼女にエボラ入りのカプセルがインプラントされていたら、このまま待ち合わせ場所である空港に行くのは、危険ですよね」

二人の話に耳を傾けていた宮坂が、眉間《みけん》に皺《しわ》を寄せて言った。

「彼女自身の命はもちろん、大勢の人の命が危険に晒《さら》される」

浩志は厳しい表情で頷いた。

「……ちょっと待ってくれ」

防寒ジャケットのポケットで振動する衛星携帯電話機を浩志は取り出した。

「どうした？」

——今、マサチューセッツ州のハンスコム空軍基地にいる。

ワットは淡々と言った。

「何？　どういうことだ？」

浩志は首を捻った。まだ、カナダのトロント・ピアソン国際空港にいると思っていたからだ。

——暇だったから、トレントン空軍基地から輸送機でやってきたのだ。ラガーディア空港に着陸許可が出たから、今からヘリで移動する。

「ちょっと、待ってくれ。彼女から摘出したGPSカプセルはどうした?」

ワットが先にラガーディア空港に到着したら、囮の意味がなくなる。

——心配するな。GPSカプセルは、この基地に置いておく。もし、敵がカプセルを追っているのなら、基地に彼女がいると思うさ。米軍基地で保護されたということなら、それなりに筋は通るはずだ。彼女がいないのにいつまでもカプセルを持っていても仕方がないだろう。

「了解。空港に到着したら、連絡しろ。武器は、持っているのか?」

囮のはずのワットのチームが、浩志らよりも早く目的地に着きそうだ。だが、文句を言うつもりはない。リベンジャーズの指揮官は浩志であるが、仲間は独自に判断して行動することによさがあるからだ。そういう意味では、自分は単なるチームの代表に過ぎないと思っている。

——カナダから入国したばかりだ。持っているわけがないだろう。米軍で貸してくれるのなら別だがな。

ワットは米軍と太いパイプを持っているが、身分は民間人と同じである。さすがに基地の武器を持ち出すことはできない。

「到着したらすぐにニューヨークの傭兵代理店で、フル装備の武器を揃えてくれ。詳しい事情は改めて話す」

シャナブを引き渡すまで何が起きるか分からない。万全の準備をしておきたいのだ。代理店はマンハッタンのアッパーイーストにあり、空港からも近い。

——了解。任せておけ。

ワットは明るい声で答えた。そうとう張り切っているようだ。

「ワットからですか？」

通話を切ると、宮坂がにやりとした。

「俺たちよりも、先に現地に着きそうだ」

浩志は苦笑を浮かべて答えた。

「出し抜かれましたね」

宮坂も鼻先で笑った。ワットにはいつも意表を突かれる。仲間は慣れているのだ。

「だが、これで、俺の腹も決まった。作戦変更だ」

浩志は宮坂と柊真の顔を交互に見て言った。

逆襲

一

　ＣＩＡニューヨーク支局、作戦室、午前五時半。

「クロスオーバーが、インターステート95エクスプレスからブロードウェイに出ました」

　中央モニター近くにいる女性オペレーターが、浩志の乗ったＸＴ５クロスオーバーの動きを報告した。彼女のすぐ傍《そば》には誠治が立っている。

　誠治は本部から専用機に乗り、スタッフ全員を連れて移動していた。マクレーンの本部にある地下作戦室よりも、規模は一回り小さいが施設としては整《ととの》っており、遜色《そんしょく》はない。

　クロスオーバーは次の交差点の手前で停止した。

「どういうことだ？　ラガーディア空港に行くんじゃないのか？　何で、一般道に出たんだ？　シャナブが一緒なら、すぐに連れてくるように連絡しろ！」

中央モニターの前に立っていたグレッグは、両手を振って怒鳴《どな》りつけた。彼も専用機に同乗し、支局にやって来たのだ。

「藤堂には、待ち合わせ場所を指定しただけだ。ニューヨークに入ったら連絡するように言ってある。焦《あせ》る必要はないだろう」

誠治は肩を竦《すく》めてみせた。

「運転席から人が降りました。助手席側は視界が悪いので、動きがあるかは確認できません。ビルは改修工事をしているようです」

女性オペレーターが淡々と言う。

車は歩道のすぐ脇に停《と》められているが、歩道に工事のためと思われる落下防止用の屋根があり、車の右側の動きを軍事衛星のカメラでは確認できないのだ。

「交差点の近くに何があるのか調べるんだ」

モニターを見つめていた誠治は、近くの男性オペレーターに指示をした。

「レストランが三軒、それと肉屋です」

オペレーターはキーボードを叩《たた》き、瞬時に調べ上げた。

「営業中の店は？」

誠治は腕組みをして、中央モニターを見た。

「交差点角にある二十四時間営業の〝マンビー・レストラン〟です」

「助手席から出た人物が、マンビー・レストランに入ります」

男性に続き、女性オペレーターが状況を伝えた。

「アテナを車に残して、呑気《のんき》に食事か？」

グレッグは誠治を睨《にら》みつけた。

「車に藤堂の仲間がいるはずだ。彼女一人にするはずがないだろう」

誠治は右手を払うような仕草でグレッグを無視した。

「ぐずぐずしているようなら、特殊部隊を派遣して、すぐに彼女を回収するべきだ！」

グレッグは中央モニターを指差し、声を上げた。

「馬鹿《ばか》を言え！　アテナを街中で保護するところを通行人に見られたらどうする？　特別機に彼女の替え玉と米軍少佐を乗せて、ラガーディア空港に到着するようにしたのは、何のためだ。空港で本人とすり替わり、米軍によって救出されたという内容で記者会見を開くためだろう。計画を承認したのは、君だぞ。忘れたのか？」

誠治も声を荒らげてまくし立てた。あくまでもシャナブを米軍が救出したように演出する計画のようだ。

「記者会見には、国防長官が来ることになっている。彼を待たせては、悪いと思ったままだ。それにスケジュールが合えば、大統領もサプライズで駆けつける予定になっている。

ぶち壊《こわ》すつもりはない」

グレッグは、両手を上下させて苦笑を浮かべた。

「彼らを信じて待つんだ」

誠治は落ち着いた口調で言った。


車から降りた柊真とシャナブは、少々ぎこちないが恋人のように腕を組んでブロードウェイとウェスト177thストリートとの交差点を渡った。

二人の数メートル後を宮坂は他の歩行者に紛《まぎ》れるように歩いている。三人は軍事衛星から見えないように工事用の落下防護屋根を利用して、車から降りたのだ。工事中の歩道に車を停めたのは、通行人に偽装するためである。

道を渡った三人は、交差点から三十メートルほど先に停めてある白い大型バン、シボレー・エクスプレスに乗り込んだ。

「プレゼント、回収！」

最後に乗り込んだ宮坂が後部ドアを閉めると、荷台で待ち構えていたマリアノが無線で仲間に知らせた。プレゼントとは、シャナブのことである。

「了解！」

ハンドルを握る田中は、車を発進させた。助手席にはワットが乗り込んでいる。柊真と宮坂は後部座席に座り、シャナブは荷台に乗り移った。

「シャナブ、君の宗教は尊重する。だが、私を信じて体を調べさせてくれ」

マリアノはシャナブに言い聞かせた。男性が他人の女性の体を触ることは、イスラム教では固く禁じられているからだ。

「お願いします」

シャナブは素直に頷《うなず》いた。彼女にはあらかじめ、GPSカプセルとは別の異物を発見するために身体検査をすることを浩志から念を押されていたのだ。

「うつ伏せに寝てくれ」

マリアノの言葉に従って、シャナブは荷台に敷かれている毛布の上に腹ばいになった。荷台は充分な広さがあるため身長が百六十センチ弱のシャナブは足を伸ばした状態で横になることができる。

マリアノは車の天井に取り付けてある大光量のLEDライトのスイッチを入れると、シャナブの髪をたくし上げて首の後ろを見た。髪の生え際のすぐ下に樹脂製の丸いパッチが貼ってある。まるで皮膚のように偽装されているので、間近で見ないとよく分からない。これでは、本人が鏡で見ても見つけることはできなかったろう。マリアノが注意深くパッチを剝がすと、直径3ミリに満たない小さな傷跡が見つかった。

「やはり、ここか」

マリアノは、本人が鏡で見つけられない場所だと、見当をつけていたのだ。GPSカプセルを二つも挿入する必要はないので、埋め込まれているとしたらこれがパンデミックカプセルなのだろう。

「シャナブ、これからカプセルの摘出手術をする。要領は、GPSカプセルの時と同じだ。私を信じられるよね。今回は緊急を要するから、すぐに取り出すよ」

シャナブの後ろ首を触診しながら、マリアノは優しく言った。前回のGPSカプセルの摘出手術はものの数分で終わっている。傷口も小さく、三針縫っただけですんだ。

「はっ、はい」

声が震えている。手術を受けることもそうだが、得体の知れない物が体に埋め込まれていることも恐ろしいのだろう。

マリアノは消毒した首筋に麻酔薬を注射した。浩志はワットらが早く空港に到着すると聞いて、事情を説明した上で彼らに色々準備させていたのだ。ニューヨークの傭兵代理店の規模は大きく、武器だけでなく様々な装備が揃《そろ》えられる。また、提携している病院もあるのだが、パンデミックカプセルがいつ破裂するか分からないため、マリアノに手術を任《まか》せたのだ。

「車を停車させる」

マリアノとシャナブのやり取りに耳を傾けていた田中は、次の交差点を左折し、路肩に車を停めた。

「部分麻酔だから、多少痛いが、我慢してくれ」

マリアノが説明すると、涙目のシャナブが頷いた。

マンビー・レストランは、二十四時間営業ということもあり、午前六時前というのに客は十人前後いる。店内のメニューはスペイン語と英語で書かれており、従業員は全員ヒスパニック系で、スペイン語が飛び交っていた。メニューはドミニカ料理らしい中南米系の料理が豊富に揃えられており、値段も安い。

浩志はテーブル席には着かず、カウンターの前に立っていた。飲み物とチキン・マンビースタイルという十ドルの料理にライスを添えた持ち帰りパックを四つ頼んである。

「チキン・マンビースタイル、アンド、フォー、キャロット！」

従業員が営業スマイルもなく、四つの白い持ち帰りパックと人参ジュースの容器を二つの買い物袋に入れてカウンターの上に無造作《むぞうさ》に載せた。

「サンキュー」

金を払った浩志は両手に買い物袋を提げて店を出た。食べ物を入れた買い物袋は膨《ふく》らんでいるので、軍事衛星でも確認できるはずだ。一人で店に入ったことは、これで理由がつくだろう。

浩志は車の助手席に戻ると、スマートフォンで誠治に電話をかけた。

――待っていたぞ。

誠治の声は落ち着いている。何も報告しなくても軍事衛星で監視しているので、状況を把握しているからだろう。

「知っているとは思うが、もうニューヨークに入っている」

――空港の西の外れにある職員と運送業者用の入口から入ってくれ。ゲートに私の部下を配置してあるので、君を確認したら入場することができる。87号線は渋滞している。ハーラム・リバー・ドライブを使ってワーズ島経由で来るのが一番早いだろう。

やはり、軍事衛星で監視していたようだ。

「ゲートから先は、どうするんだ？」

――空港内は、部下が君らを護衛がてら、先導する。

空港で偽物に誘導される可能性もある。

「車種は？」

――黒のシボレー・タホだ。ボディにＣＩＡの紋章が貼《は》ってある。私もすぐにそちらに向かう。渋滞さえなければ、私の方が早く着けるはずだ。

ＣＩＡが常に極秘に行動するわけではない。公務をする場合、車のボディには、米国のシンボルとも言える白頭鷲《はくとうわし》がデザインされた紋章を貼ってある。

「分かった。飯を食ったら行く」

通話を終えた浩志は、プラスチック製のフォークを手に取り、持ち帰りパックのチキン料理を食べはじめた。

二

午前五時四十五分。

ブロードウェイの路肩に停車しているXT5クロスオーバーのすぐ後ろに、シボレー・エクスプレスが停められた。

エクスプレスの右側の後部ドアから柊真が降りると、隣りに座っていたシャナブも座席を移動して車から出た。歩道の上にある工事用の防護屋根を利用しての行動である。

「気を付けてな」

後部座席の端に座っていた宮坂が声を掛けてきた。運転席には田中、助手席にはワットト、荷台には手術を終えてホッとしているマリアノが乗っている。

「皆さんも」

柊真は三人の男たちの顔を順に見て軽く頭を下げると、後部ドアを閉めた。

パンデミックカプセルの摘出は五分ほどで終わっている。今回はカプセルが深く挿入されていたため、切開した傷は六針と前回よりも大きい。手術による出血で、貧血を起こしているのかもしれない。

歩こうとしたシャナブが、足をふらつかせた。手術による出血で、貧血を起こしている
のかもしれない。

「大丈夫かい？」

先に降りていた柊真が、彼女を抱きとめた。

「もう、大丈夫。軽い目眩《めまい》がしただけです」

シャナブは顔を赤らめ、柊真から慌てて離れた。厳しい戒律の中で生きてきた彼女にとって、若い男性に触れることさえ気恥ずかしさを覚えるのだろう。

「辛《つら》いだろうが、頑張《がんば》って歩いてくれ」

柊真は真面目《まじめ》な顔で励ました。二人は数メートル歩道を歩き、ＸＴ５クロスオーバーの後部ドアを開けて乗り込んだ。

「大丈夫か？」

運転席の浩志が気遣った。

「少し休ませてください。疲れてしまって、……いい匂い」

シャナブが鼻をひくひくさせて匂いを嗅ぎ始めた。車内は香ばしいチキンの匂いで満たされているのだ。

「ドミニカのチキン料理だ。なかなかうまかった」

浩志は助手席に置いてあった持ち帰りパックの袋を柊真に渡した。

「食べていいんですか？」

発泡スチロールのパックを開けた柊真が尋《たず》ねてきた。昨夜から食事をしていないのだ。

「好きにしろ。これからラガーディア空港に行く」

浩志は車を発進させた。

誠治の進言に従い、ハーレム川沿いのハーラム・リバー・ドライブを通り、ロバート・Ｆ・ケネディー橋を渡ってワーズ島を経由する。

二十分後、グランド・セントラルパークウェイを抜けた浩志は、ランウェイ・ドライブを通り、ラガーディア空港のゲート前で停止した。

耳に無線機のイヤホンを入れている空港職員が、車を覗き込んできた。

「ミスター・藤堂とアテナを確認、その他に男性一名が乗車しています」

職員は無線機で通話しながら、ゲートのバーを開けた。誠治の部下だったようだ。

浩志が無言で車を出すと、ゲート脇に停められていた二台のシボレー・タホが、ＸＴ５クロスオーバーの前後に付いた。ボディにはＣＩＡの紋章が貼り付けられている。

先導するシボレー・タホは滑走路脇をゆっくりと進み、一番手前にある飛行機の格納庫に入って停止した。

「柊真、準備しろ」

浩志は車を停めると、ジャケットの前をはだけさせ、ポケットに収めていたグロックをすぐに抜けるようにズボンに差し込んだ。誠治からは部下をゲートに配置すると、聞いていたが、前後の車に乗っている男たちまで信頼するほどお人好しではない。

「了解！」

柊真も防寒服の前ファスナーを開けてグロックをズボンに差すと、心配げな顔をしているシャナブに笑ってみせた。

前後のシボレー・タホから降りてきた六人のダークスーツの男たちが、車を取り囲んだ。

浩志と柊真はシャナブを車に残し、用心深く降りる。

中央に立つ背の高い男が、浩志の前に立った。現場の責任者なのだろう。

「ＣＩＡのジェッド・ボーマンだ。ご苦労だった。シャナブを引き渡してもらおう」

男は口角を僅《わず》かに上げて言った。ＣＩＡのエージェントにはこれまで何度も会ったことがあるが、彼らは感情を読まれないように訓練されている。目の前の男も同じで、表情はほとんど変化しない。一言でいうならば、食えないやつらだ。

「おまえらの上司が来るまで、彼女を渡すつもりはない」

浩志は冷たく言い放った。

「…………」

ボーマンは口を閉じ、僅かに眉間に皺を寄せた。

「そのまま立っているつもりか？」

浩志は目の前の男に、顎《あご》で後ろを指した。下がれという意味だ。

「分かった。落ち着けよ」

ボーマンは首を竦めて、後ろに下がった。

柊真は二人のやり取りをじっと見つめている。右手をジャケットの中にさりげなく入れて、グロックを握っていた。彼なら手を出していても瞬時に銃を抜くことはできるが、銃をいつでも抜けるという意思表示をして威嚇《いかく》しているのだ。ボーマンだけでなく、ほかのＣＩＡの職員も柊真の態度に気付き、後ろに下がりはじめた。

ボーマンの右側に立つ男が、ジャケットに右手を伸ばした。

「動くな！　死にたいのか！」

銃を抜こうとする男を浩志は一喝した。

三

午前六時十分、五番街の交差点角に建つ五番街アベニュービルの前にシボレー・エクスプレスが停車した。運転席から田中、助手席からワット、後部ドアから宮坂とマリアノが大きなスポーツバッグを手に降りてきた。

四人の男たちは、早朝の静まり返った五番街アベニュービルに肩を並べるように足を踏み入れた。

五十八階建てのビルでサウスロップ・グランド社が三十階から上を使用し、下の階も関連会社が占めており、ビルのオーナーも同社である。

エントランスの向こうに制服を着たガードマンが二人立っていた。一人は四十前後、もう一人は三十前後、どちらも良い体格をしている。

彼らの背後は強化ガラスでフロアーが仕切られており、地下鉄の改札口のような人用のゲートが、五つあった。早朝なので、中央のゲートだけ開けてあるようだ。ゲートを通らなければ、奥のエレベーターホールにも行けない。

「ニューヨークで一番うまいステーキを食べさせる店はどこか知っているか？」

ワットは並んで歩いているマリアノに尋ねた。

「ブルックリンのピーター・ルーガーだろう」

マリアノは即答した。マンハッタンからは外《はず》れているが、人気店である。

「ピーター・ルーガーは確かに有名だが、俺はクラブ・A・ステーキハウスが一番好きだ。夜しか営業していないが、何といっても安いし、うまい」

ワットは得意げに答えて大きな声で笑った。

「止まれ！　ここから先は、特別な入館パスが必要だ」

話しながら近寄ってくるワットらに対し、若い警備員が首を左右に振ってみせた。

「無理を言うなよ。俺たちは、ＣＥＯのミスター・ドレイク・ハンターに新たに雇われたボディガードだ。今日は、そのパスをもらいに来たんだ。今は持っているわけないだろう」

ワットは大袈裟《おおげさ》に肩を竦めて見せた。

「そんな話は聞いていない。それに、入館パスは、セキュリティ会社から事前に発行されるはずだ」

年配の警備員が苦笑を浮かべ、手で払うような仕草をした。

「冗談だよ。本当は持っている。今、出すよ」

笑みを浮かべたワットは、ジャケットからおもむろにスタンガンを出すと、年配の警備員の首筋に当てた。

「何を！」

若い警備員が銃を抜こうとしたが、マリアノもスタンガンで昏倒《こんとう》させる。

すかさず宮坂が床に倒れた警備員から入館パスを奪うと田中に投げ渡し、田中はゲートを開けて中に入ると、ゲート背面にあるセキュリティボタンをオフにした。

「ゴー、ゴー！」

ワットは年配の警備員を担いでゲートを抜け、若い警備員を宮坂が担いで続く。

二人はエレベーターホールの裏側まで走って警備員を下ろすと、樹脂製の結束で手足を縛った。その間、田中とマリアノは、エレベーターホールの右手奥にあるセキュリティルームに待機していた四人の警備員を倒していた。

一階には六人の警備員が常駐していることは事前に調べてある。ニューヨークの傭兵代理店から武器や装備だけでなく、このビルの構造やシステムなどの情報を得ていたのだ。ワットらはエレベーターホールで、持参したスポーツバッグから武器とボディアーマーを取り出し、装備を整えた。

各自、グロック17Cと毎分千発の発射速度を持つ短機関銃のH&KMP7、それにフラッシュバンであるM84スタングレネードも二発ずつ携帯する。また、イーグル・インダストリー社が米軍の特殊部隊のために開発したボディアーマー、〝サイラス〟を着用し、マイクが付いた無線のヘッドセットを装着する。装備は米軍の特殊部隊と遜色はない。

「行くぞ」

MP7を手にしたワットは、エレベーターに乗り込み、五十八階のボタンを押した。

一緒に入ったマリアノは、エレベーター内の監視カメラのレンズをスプレーペイントで塗り潰す。一階のセキュリティルームは問題ないが、他の場所からも監視カメラの映像が見られている可能性は捨てきれないのだ。

彼らの目的は、ドレイク・ハンターの拘束である。

居場所は、ワットが直接誠治に連絡をして突き止めてあったのだ。誠治はワットに理由を聞かなかったが、ドレイクがALの幹部であることを知っているようだった。CIAは関知しないが、リベンジャーズの行動を黙認することで、ドレイクを抹殺するつもりなのだろう。

エレベーターが五十八階に到着した。サウスロップ・グランド社の役員室は、五十八階にあり、CEOの部屋はその一番奥にある。彼は昨夜から会社から出ることなく、部屋にこもっているそうだ。シャナブを奪回したリベンジャーズの動きが気になるため、仕事部屋から離れられないのだろう。

ドアが開くと同時に、ワットらは体を押し付けるように壁際に身を寄せた。

激しい銃撃が、エレベーターを襲う。

侵入を監視カメラで見ていたに違いない。

ワットと反対側に隠れているマリアノは、スタングレネードの安全ピンを抜き、スナップを効《き》かせて廊下の奥に投げた。

数秒後、凄《すさ》まじい閃光と大音響で、銃撃が止んだ。

「ゴー、ゴー!」

ワットは叫びながら、先頭で飛び出す。

廊下の角に、ハンドガンを持った四人の男が倒れている。ワットが一人の男の頭を蹴り上げて気絶させると、後ろに続く三人も次々と男たちを蹴り上げて昏倒させる。

背後から銃撃。

「くっ!」

田中が背中と右腕を撃たれ、突き倒されるように床に転がった。

マリアノと宮坂が振り向きざまに、三人の男たちに銃弾を浴びせる。田中は立ち上がると、銃を左腕に持ち替えて反撃をした。背中はボディアーマーに救われたらしい。

「いったい、何人いるんだ!」

ワットは前方の敵に銃弾を浴びせながら進んだ。

廊下は三十メートルほど続き、一番奥にCEOの部屋があるのだが、途中の部屋から銃を持った男たちが、次々と出てくるのだ。奇襲にもかかわらず、武装した社員がいるということは、常に彼らは待機しているのだろう。

「うっ!」

マリアノが足を撃たれて倒れた。

「大丈夫か?」

ワットが銃撃しながら尋ねた。

「援護する。先に行ってくれ!」

マリアノは体を起こして跪《ひざまず》くと、前に手を振った。

ワットと宮坂は廊下に倒れている敵を跨《また》ぎながら前進し、マリアノと田中が援護射撃をする。

二人は奥のドアの両脇まで進んだ。

壁を背にした宮坂が、右手でドアノブを回した。鍵がかかっている。

ドアの内側から銃撃され、銃弾が廊下に突き抜けた。

宮坂は、五センチ四方の小さな箱をドアノブの下に貼り付け、箱の上のボタンを押して手を引っ込めた。

間髪を容《い》れず、箱は鈍い音を立てて爆発した。

ワットがドアに銃弾を浴びせると、宮坂はドアを蹴って室内に飛び込んだ。すかさずワットも銃を構えて部屋に侵入する。

床にＭ４を手にした男が、顔面から血を流して倒れている。三十代の東洋人で、ドレイクではない。ワットがドア越しに撃った弾丸が、命中したようだ。

「フリーズ！」

ワットと宮坂が同時に木製の机に銃を向けた。机の背後から微かな息遣いが聞こえるのだ。ワットは机の近くの壁を銃撃した。

「撃《う》つな！」

机の下から両手を上げた男が現れた。

「ドレイク・ハンターだな。両手を上げたまま、こっちに来い」

ワットは銃口をドレイクの顔面に向けながら命じると、壁際のバーカウンターをちらりと見た。

「こんなことをして、ただで済むと思っているのか」

ドレイクは薄笑いを浮かべた。表情に余裕がある。強がりを言っているわけではなさそうだ。軍需会社の最高責任者であるこの男は、政財界に太いパイプを持つ。また米国の秘密組織であるＡＬの幹部でもあるため、ワットらに簡単に報復できると思っているのだろう。

宮坂がドレイクの腕を後ろに回し、手錠をかけた。

「文句を言う前にこれを飲み込んでもらおうか」

ワットはポケットから金属製の小箱を出し、中から真綿で包まれた小さなカプセルを摘《つま》み上げた。

「うん？」

ドレイクは首を傾げ、訝しげな目をカプセルに向けた。

「見覚えがあるだろう。シャナブの首から摘出したパンデミックカプセルだ」

ワットはカプセルをドレイクの眼前に突き出した。

「なっ、何！」

ドレイクは両眼を見開いた。カプセルの存在を自白したのも同然である。

ワットはドレイクの口をこじ開け、カプセルを口に押し込むと、バーカウンターの酒に手を伸ばした。

「安酒はないな。まあ、いいか」

二十年もののマッカランのキャップを取ったワットは、ドレイクの口に瓶を無理やり突っ込んで飲ませた。

「無駄だ。カプセルは胃液でも溶けない特殊な構造になっている。二、三日後に私の体内から排出されるだけだ」

口から溢《あふ》れ出た酒をドレイクは、舌で舐めながら鼻で笑った。

「それは、どうかな」

ワットは首を振り、宮坂にドレイクを連れて行くように合図をした。

四

午前六時五十分、浩志はラガーディア空港の西側にある格納庫の左片隅にいた。

背後にはパーテーションで囲われた一角があり、シャナブはその中で休んでいる。

浩志らがいる格納庫から百メートルほど東側にある別の格納庫の前には折りたたみ椅子が沢山並べられ、二、三十人の記者が座っていた。また、その近くには、テレビのニュース番組の女性リポーターやカメラマンが、中継の準備をしている。彼らは、救出されたシャナブが記者会見をするために集まって来たのだ。

「あれじゃないですか？」

傍に立つ柊真が東の空を指差した。かなり遠方の機影を見つけたようだ。

「時間的に、そうだろう」

浩志の前に立っている誠治が、右手を額にかざしたが首を捻った。彼にはまだ見えないのだろう。というか、見える方がおかしい。誠治はＣＩＡの副長官であるグレッグ・バランダーと一緒に、浩志らより五分ほど遅れて空港に到着している。事故渋滞に巻き込まれたらしい。

やがてブルーと白とグレーにペイントされた空軍の輸送機であるＣ１３７が、滑走路に降り立った。軍用ではあるが、塗装は民間機と代わり映えしない。だが、柊真は識別していたらしい。

シャナブを無事に確認した瞬間から、誠治の立てたプランは始動している。輸送機はアフガニスタンから、シャナブと彼女を救出した特殊部隊の米陸軍大尉が乗っているという設定であった。実際は、バージニア州クアンティコ空軍基地から離陸しており、シャナブと背格好《かっこう》が似《に》たCIAの女性職員が乗っている。

C137を降りた偽《にせ》のシャナブは、タラップを降りると車に乗せられ、医師の健康診断を受けてから、記者会見に臨むという設定だ。そのため浩志の背後にあるパーテーションの中に入るのだが、そこでシャナブと入れ替わる。あらかじめ偽シャナブと同じ服装が用意されており、彼女はすでに着替えていた。

十分後、本物のシャナブは医師の診断を終えたことにし、記者会見場に現れ、偽物はパーテーションの中でスーツに着替え、他のCIA職員に混じって空港を後にする。子供だましのようなトリックだが、本物が登場するだけにマスコミは誤魔化《ごまか》せるだろう。

記者会見場にGMの黒いキャデラックが停まった。要人の公用車に違いない。

「国防長官が、到着したようだ。シークレットサービスと連携を取るんだ」

誠治が無線機で会場の部下に指示をはじめた。

記者会見場には、にわかにダークスーツの男が増えた。シークレットサービスとCIAの作戦本部に所属する対テロチームだろう。

「大統領も来るのか？」

浩志は公用車から降りる国防長官を見て尋ねた。

「いや、午前中は国賓《こくひん》が来ているので、スケジュールが合わなかった。だが、大統領が主催する祝賀パーティーが、ホワイトハウスで今夜ある。そこに彼女は招待されているのだ」

　誠治は厳しい表情で答えた。現場の責任者としての本来の顔なのだろう。

「パンデミックカプセルに破壊信号が送られるのは、ホワイトハウスだな」

　浩志は呟《つぶや》くように言った。テロ活動をするのなら、ホワイトハウスは効果的である。

「それは難しいと思う。局内の専門家に聞いたのだが、パンデミックカプセルは極小のため、電波もかなり近くじゃないと受信するのは難しいそうだ。犯人は警戒が厳しいホワイトハウスに潜り込む必要があるのだ」

「空港なら、どこからでも侵入できるな」

　浩志は周囲を見て頷いた。

「それに大統領も含めた国内の重要人物を殺傷すれば、ALは米国どころか世界中を敵に回すことになるだろう。我々も、ALを非合法に抹殺する理由ができる。そうなれば、容赦はしない。彼らの目的がパンデミックカプセルの実証事件というのなら、国防長官一人とマスコミ関係者の命だけで充分なはずだ」

「確かに国防長官一人だけでも殺せば、米国に敵対する国は、カプセルを高値で買いそうだな」

　浩志は鼻先で笑った。シャナブを使ったテロは、世界平和を逆行させるだけでなく、最新兵器のプレゼンテーションにもなるということだ。

空港ビル地下警備員室ロッカールーム。

「それにしても、迷惑な話だ。特別機のためにいつもより、二時間も早く出勤させられた」

小太りのイタリア系の男が、制服に着替えながら文句を言った。

「それならまだいい。俺は夜勤明けで帰ろうとしたら、記者会見が終わるまで勤務しろと言われたんだぞ」

ヒスパニック系の男が首を振ってみせた。目の下にクマができている。

「二人とも急ぐんだ」

ロッカーの裏側から声がした。

「チーフ、俺はまだ朝飯も食っていないんだ」

イタリア系の男が、ズボンのベルトを締めながら言った。

「おまえは食わない方がいいかもな」

ヒスパニック系の男がシャツのボタンを留めながら茶化す。

「記者会見が始まってしま……」

不意にチーフと呼ばれた男の声が途絶えた。

「………？」

彼らが顔を見合わせて肩を竦めた次の瞬間、空気を切り裂く音がし、二人の警備員は床に崩れ落ちた。二人とも頭を撃ち抜かれている。

ロッカールームの出入口に、サプレッサーを取り付けたグロック17Cを手にしたモートンが入ってきた。

モートンは床の死体を気にとめることもなく、彼らのロッカーから予備の制服を取り出すと、鼻歌交じりに着替え始めた。

五

午前七時八分、C137が滑走路からエプロンに移動し、前方のドアが開けられた。待機していたタラップ車がゆっくりと機体に近づき、接続される。

シャナブに扮した女が、飛行機から姿を見せた。〝チャドール〟と呼ばれる大きなスカーフで顔を隠しているので、顔は見えない。女は足元がおぼつかない様子でタラップを降りた。なかなかの演技である。彼女はCIAのエージェントで、痩《や》せて小柄なためこの大役に抜擢されたらしい。

偽シャナブは、タラップの真下に用意されていたGMの黒いキャデラックに乗り込んだ。伴走するシークレットサービスに守られながらキャデラックは、ゆっくりと浩志らの方に向かってくる。車は、国防長官が彼女のために貸したらしい。自ら彼女を保護しているという政治的なアピールなのだろう。

その様子を報道陣は固唾《かたず》を呑《の》んで見守り、カメラが一斉《いっせい》に車に向けられた。彼らは医師の診断を受けるためのエリアが設けられた格納庫に近付くことを禁じられている。

マスコミに見つからないように格納庫の陰に立っていた浩志と柊真は、パーテーションの裏側から中に入った。二人とも警備側の人間だと分かるように、誠治から支給されたグレーのジャケットを着ている。

「よかった。帰ったのかと思った」

シャナブが両手で胸を押さえて大きく息を吐《は》き出した。

記者会見は、全米で生中継される。同時に海外にも配信されるだろう。会場にはたった三十分で、マスコミ関係者が百人以上に膨《ふく》れ上がっていた。米国だけでなく、海外のマスコミ関係者も駆けつけてきたようだ。シャナブが緊張するのも当然である。

「これから僕らも会場に向かうが、直接会うことはもうないだろう。君は正しいことをしているんだから、堂々としているんだ」

柊真は優しい口調で言った。

「でも、記者会見で嘘《うそ》を言わなければならないのが、納得できないの。私を救ってくれたのは、あなたたちなのに、米軍にお礼を言うなんて」

シャナブは首を振って溜息《ためいき》を漏《も》らした。

「俺たちは、極秘で活動している。名前を出されたら困るんだ。それに、我々を回収しようとして、ヘリごと撃ち落とされた連中は、紛《まぎ》れもなく米国人だった。彼らに感謝すべきだ。そうだろう?」

浩志の脳裏にジョーブレーカーのリーダーであるイアン・メリフィードの顔が浮かんだ。どんな任務でも、死ぬのは自分だったかもしれないと浩志はいつも思っている。先に死んでいく連中は、ほんの少し、不運だっただけなのだ。

「はっ、はい」

シャナブは見開いた両眼を潤ませた。救援のヘリコプターが撃墜されたのは、彼女にとっても衝撃的な出来事だっただろう。恐ろしい経験だけに本当は忘れさせたいのだが、彼女が真に正義を貫《つらぬ》くというのであれば、それを受け止めなければいけないのだ。

パーテーションの中に、偽のシャナブが誠治とともに入ってきた。彼女と共にＣＩＡの職員は移動してきたらしい。

――こちらピッカリ、リベンジャー、応答せよ。

別行動を取っていたワットからの無線連絡である。

「リベンジャーだ」

――格納庫の裏に到着した。迎えに来てくれ。

空港のゲートに配置されている誠治の部下は、ワットらを通すように命じられていた。

「了解」

にやりとした浩志は、柊真の肩を軽く叩くと、格納庫の裏に回った。

「なんとか、間に合った」

シボレー・エクスプレスの助手席から降りたワットは、頰《ほお》から血を流している。銃弾がかすめたのだろう。運転席から宮坂が降りてきたが、彼も怪我《けが》をしているらしく、足を引きずっている。

ドレイク・ハンターを拘束する作戦の終了後に、負傷した田中とマリアノを傭兵代理店に預けてきたとワットからは報告を受けているが、彼と宮坂まで怪我をしていることは聞いていない。

「大丈夫か?」

浩志はポケットからバンダナを出し、頰を指さすとワットに渡した。止血にも使えるバンダナは傭兵には必需品である。

「俺たちはピンピンしている。怪我もしていない」

首を捻ったワットは、渡されたバンダナで自分の頰を拭き、顔をしかめた。怪我をしていることに気付いていなかったらしい。戦闘直後はアドレナリンのせいで、負傷したことに気が付かないものだ。

「俺も同じです」

宮坂が笑ってみせた。

「物《ブツ》は後ろか？」

浩志が尋ねると、宮坂が車の背後に回り、バックドアを開けた。

荷台にタオルで猿ぐつわをされ、手足を縛《しば》られているスーツ姿の男が、転がっている。浩志の顔を睨《にら》み付けてきた。誰なのか認識しているらしい。

荷台に上がった浩志は、猿ぐつわを解《ほど》いた。

「この会場に、おまえは部下を送り込んだはずだ。今すぐ、攻撃を止めるように伝えろ」

浩志は立膝を付いて言った。

「私は何も悪いことはしていない。不当な監禁で貴様らを訴えてやる」

ドレイクは答えた。

「俺の情報では、今回の作戦に元ＣＩＡの工作員であるグリック・モートンを使っていると聞いている。パンデミックカプセルを破裂させるリモート装置を持ち、シャナブの記者会見場に現れるはずだ」

シャナブは今や世界中から注目を集める少女となった。その証拠に会見会場に国防長官が駆けつけて来た。ドレイクにとって、舞台は整っている。あとは彼女を介して生物兵器テロを行い、世界の耳目《じもく》を集めるだけのはずだ。

ドレイクはモートンの名前を聞いた瞬間、頬をぴくりと痙攣《けいれん》させたが、首を傾げてみせた。

「何のことだか」

あくまでシラを切るつもりらしい。

「浩志、無駄だ。ここに来るまで、俺も尋問した。白状すれば、罪を認めたことになるからな」

ワットが苦笑した。

「ドレイク、わざわざおまえをここに連れてきた意味を、理解していないようだな」

浩志はドレイクを無理やり荷台に押し込んで自分も乗り込み、柊真に車を運転するように合図した。ワットは助手席、宮坂は後部座席に乗り込んだ。

「ショーのはじまりだ。わくわくしてきたぜ」

ワットが、声を上げた。

六

浩志らの乗ったシボレー・エクスプレスは、ラガーディア空港の一角に設けられた記者会見場が見える場所に移動していた。

格納庫の裏側を通り、東隣りの格納庫の右端に車を停めている。会見会場は百メートルほど先にあり、モートンが会場に潜り込んでいたらパンデミックカプセルが反応する距離内であった。誠治の話では、十メートルから百メートルが有効範囲だそうだ。

午前七時十九分になっているが、シャナブはまだ医師の診断を受けるエリアから出てこない。会場で待機しているマスコミ関係者には、医師の診断を受けた彼女は脱水症状になっていることが判明したため、点滴を受けているという説明があった。彼女の健康上の理由のため、文句を言うマスコミ関係者はいない。

実は会場に潜入したと思われるドレイクの手下を探すため、時間が欲しいと浩志が誠治に頼んだために時間稼ぎをしているのだ。もっとも、マスコミ関係者に対して、シャナブが心身ともに疲れていると見せれば、質問攻めになることを避ける効果もある。会見はきりのいい七時半から始められることになった。

「気分でも悪いのか？」

荷台に乗っている浩志は、ドレイクに尋ねた。さきほどと違い、ドレイクは額《ひたい》に脂汗《あぶらあせ》を浮かべ、呼吸も幾分荒くなっている。

「実を言うと、こいつに高級スコッチと一緒にパンデミックカプセルを飲ませたんだ。それが原因かもしれない」

ワットはわざとらしく言った。彼からすでに報告を受けていることだ。

「なるほど、手下のモートンが、パンデミックカプセルのリモートスイッチを持っているんだったな。まさかシャナブから摘出されたカプセルを、雇い主が飲み込んでいるとは思わないだろう。会見がはじまれば、モートンは迷うことなくスイッチを押すだろうな。それとも、もう押したのか?」

浩志はのんびりとした口調で話している。ドレイクがエボラに感染すれば、自分も仲間も危ないことは分かっていた。その時は、隣りの格納庫に密かに待機している米陸軍第五十六化学兵器偵察分遣隊によって、隔離されるだけだ。もっともそうなれば命の保証はない。

そこまでして危険を冒すのは、エボラを使ったテロに対して、パンデミックカプセルだけでなく、解毒剤も手に入れる必要があるからだ。モートンを捕まえれば、リモート装置だけでなく、解毒剤も必ず所持しているだろう。また、ドレイクを自白させることで、ALを一挙に弱体化させることができる。それが一番の理由であった。

バックドアが開き、柊真が荷台に上がってきた。

「貸してもらいました」

柊真は脇に挟んでいたパッド型ノートパソコンを、浩志に手渡した。CIAが警備で使っている道具で、記者会見場の周囲に設けられた十台の監視カメラ映像をリアルタイムで見ることができる。

「この中にモートンはいるか? 見つけなければ、死ぬのはおまえだぞ」

浩志はパッドのモニターをドレイクに見せた。

「…………」

ドレイクは必死でモニターを見ている。モートンが会場に潜り込んでいる証拠だ。

――こちらワーロック、リベンジャー応答せよ。

誠治からの無線連絡が入った。

「リベンジャーだ」

――まだ見つからないか？　ＣＤＲが痺れを切らしている。

ＣＤＲは化学兵器偵察分遣隊の略である。

「まだだ。ぎりぎりまで待ってくれ」

――シャナブが会見会場に現れてから、カプセルが作動するかは分からないぞ。専門家の話では、カプセルが破裂して遺伝子を組み換えられたエボラが漏れれば、数分で症状が出て、他人にも感染する可能性があるらしい。すでにスイッチは押されているかもしれないぞ。

誠治は最悪の状態を避けるため、場合によってはＡＬを潰すチャンスを見逃してもいいと考えているのだろう。

「分かった。あと五分だけ時間をくれ」

浩志は無線連絡を終えると、ドレイクの手と足の結束をコンバットナイフで切断した。

「どうするんだ?」

ワットが首を捻った。

「このパッドじゃ、見つけられない。こいつを会場に連れて行く。この男に反応したやつを捕まえるんだ」

浩志はドレイクの首を摑んで車を降りた。

「それはリスクが大き過ぎる。車の中にいれば、感染するのは俺たちだけですむんだぞ」

ワットは激しく首を振った。

「パッドを貸してくれ。必ず、見つける。というか、会場から離れれば、電波は届かない。少なくとも、私は助かるんだ」

寒いはずなのにバケツの水をかぶったように汗をかいているドレイクは、浩志の胸ぐらを摑んで言った。よほど死にたくないらしい。

「私は助かる?　どういう意味だ?」

眉間に皺を寄せた浩志は、ドレイクの手を振り払い、逆に胸ぐらを摑んだ。

「作戦Bがあるんだ。ひょっとすると、スイッチを押してもシャナブが反応しない場合、彼女や国防長官が殺される可能性もあるぞ」

ワットも険しい表情になった。

「来い!」

浩志がドレイクの左腕を掴むと、ワットが右腕を掴んだ。ドレイクの目で直接モートンを見つけるほかない。

「こちら、リベンジャー。ワーロック、応答せよ」

ドレイクを引っ張りながら、浩志は誠治を呼び出した。

――ワーロックだ。

「テロにB案があるようだ。すぐに会見を中止してくれ」

――できない。国防長官が、シャナブを讃《たた》える演説をはじめるところだ。彼を止めたんだが、待ちきれなくなったようだ。なんとか、やつを見つけ出してくれ。

誠治が悲痛な声で返事をした。

「止まれ！」

会見場を警戒している二人の警備員が、左手を上げて制止している。右手は腰のホルスターに収められている銃のストックを握っていた。

「落ち着け！」

浩志はドレイクを右手で掴んだまま、左手を上げてみせた。

「俺たちは、対テロの特殊部隊だ」

ワットが男たちに話しかけたが、無駄だろう。どうみても怪しい。

「うん！」

会場の右手を見たドレイクの目が泳いだ。彼の視線の先に別の空港警備員がいる。

「あいつか?」

浩志はドレイクの耳元で尋ねた。モートンを刺激するのは、得策ではない。

「そうだ。やつを殺せ」

ドレイクは頷いた。だが、それは部下を殺害し、証拠を消そうという魂胆だろう。

モートンは、ドレイクをじっと見つめている。

浩志はドレイクを放し、ズボンに差し込んであるグロックに手をかけた。だが、一瞬早くモートンは腰の銃を抜き、連射してきた。

「げっ！」

ドレイクが仰《の》け反《ぞ》って倒れ、ワットが膝をついた。銃弾はドレイクの眉間と、ワットの右肩に命中したのだ。

会場は一瞬にしてパニック状態になった。

浩志は銃を構えたが、逃げ惑うマスコミ関係者が邪魔している。

モートンは女性記者を羽交い締めにすると、彼女を盾にして発砲してきた。

「うっ！」

宮坂が左腕を撃たれた。

モートンは女性記者を突き飛ばすと、マスコミ関係者を突き飛ばしながら、滑走路に向かって走り出した。

シークレットサービスは国防長官の盾になり、モートンを追うこともせずにその場から離れて行く。ＣＩＡの職員はシャナブの護衛に就いているため、隣りの格納庫に集中していた。空港の警備員はマスコミ関係者の安全を図るため、その場から離れようとしない。

舌打ちをした浩志は、人混みをかき分けながら格納庫を飛び出した。柊真がいつの間にか先に駆け出している。

エプロンに出たモートンは右前方から近付いてくる旅客機の下を走り抜けた。滑走路に出ようとする順番待ちの旅客機が、低速で走行しているのだ。旅客機を利用し、誘導路を東に抜けるつもりらしい。

浩志と柊真は、旅客機に撥ねられそうになりながら走り続けた。柊真とモートンの差が縮まっていく。

モートンが振り向きざまに撃ってきた。

柊真が前のめりに転がった。左胸を撃たれたようだ。だが、柊真は倒れながらも銃撃し、モートンの足に命中させた。

だが、モートンは右足を引きずりながらも走り続け、銃撃してきた。

「むっ！」

脇腹に激痛が走る。銃弾が左脇をかすめた。

浩志は立ち止まって銃を構えると、モートンの左足を撃ち抜いた。モートンは体を投げ出すように転び、銃を数メートル先まで飛ばした。

蹲《うずくま》っていたモートンが不意に右腕を振った。一瞬ふらついた浩志は頭を振って歩き出すと、

「くっ！」

左足首に痛みを覚えた。四つん這いになっているモートンがいつの間にかナイフを握り、浩志の足を切り裂いたのだ。

一瞬よろけたものの浩志は、モートンの腹を蹴り上げて仰向けにし、すかさず右手首を捻ってナイフを取り上げた。

「分かった！　降参だ」

モートンは左手を大きく振ってみせた。だが、口元が笑っている。

「なっ！」

右太腿に激痛が走った。ナイフが突き刺さっている。モートンは左手にもナイフを隠し持っていたのだ。

「動くな！」

浩志はモートンの眉間に銃口を突きつけた。

「撃《う》てよ。藤堂」

モートンはまだ笑っている。死を恐れていないらしい。むしろそれを望んでいるようだ。

浩志は無言で銃を投げ捨てると、モートンに馬乗りになり、拳を振り上げて左右のグランドパンチを浴びせた。

モートンが顔面からおびただしい血を流して気絶すると、浩志は自ら転がって誘導路に大の字になり、息を整えた。すぐ脇を旅客機が通り過ぎて行くが、気にしている余裕などない。

「藤堂さん、大丈夫ですか？」

柊真が右手を差し出した。肩に近い左胸から血を流している。肺と心臓の直撃を免《まぬが》れたらしい。

――こちら、ワーロック。リベンジャー、応答せよ。今、応援を向かわせた。

会見場から三百メートル以上、離れている。旅客機の陰で浩志とモートンが見えないのだろう。

「終わった」

大きな息を吐き出した浩志は、柊真の右手を摑んで立ち上がった。

エピローグ

渋谷区《しぶやく》松濤《しょうとう》、午後八時。

浩志は東急文化村《とうきゅうぶんかむら》の近くにある雑居ビルの地下へと通じる階段を降りて、定休日の札が下がったミスティックのドアの前に立った。形ばかりではあるが、妻である森美香が経営する通い慣れた店である。

今日は三月二十一日、春分の日のため店は休みなのだ。渋谷駅の周辺は、賑《にぎ》わいを見せているが、この辺りは普段より客は少ないかもしれない。

浩志が木製のドアを開くと、「待っていました!」、「遅いぞ」と仲間の歓声が響いた。

今日は、リベンジャーズの仲間が久しぶりに一堂に会しているのだ。

昨年の暮れに受けたアフガニスタンでの任務を終えて、三ヶ月以上経《た》っている。仲間はほぼ全員といってもいいほど負傷したが、今は完治して復帰していた。

任務の締《し》めくくりともいえるラガーディア空港での、シャナブの会見は、警備員に扮したグリック・モートンのテロにより、中止されている。シャナブは、数日後ホワイトハウスで会見を開き、テロと闘う宣言をして改めて賞賛された。彼女もいずれはノーベル平和賞を受賞するかもしれない。

一方、浩志が捕《とら》えたモートンはＣＩＡに拘束されたが、ドレイクに雇われて日が浅いらしく、彼からは大した情報は得られなかったそうだ。そのため、今はＦＢＩに身柄を移され、取り調べが続けられているらしい。

ただしモートンに殺害されたドレイクがテロに関与していたことは明らかになったため、サウスロップ・グランド社に司法のメスが入り、大掛かりな捜査が行われた。誠治によれば、ＡＬの組織構造はほぼ解明されたらしい。また、ドレイクが死んだことで、事実上組織は壊滅したようだ。

ドレイクのスマートフォンやパソコンから様々な情報が得られ、ＣＩＡの副長官だったグレッグ・バランダーがＡＬのモグラだったことが判明した。今後、ＡＬに関係していた政財界の大物が、順次逮捕される見込みらしい。

浩志はカウンターの中央の席に座った。彼の定席であることを仲間は知っているため、誰も座っていなかったのだ。

「さて、今日集まったのは、何のためだ。俺の誕生日か？」

浩志の隣りに座っているワットが、ビールの入ったグラスを手に立ち上がった。

仲間はブーイングで答える。

「悪かった。メンバーも揃ったところで、リベンジャーズの新しい仲間を紹介しよう。柊真・明石！」

ワットが声を張り上げると、店の片隅にあるテーブル席に座っていた柊真が、仲間に押されて中央まで進んだ。

「ありがとうございます。よろしくお願いします」

柊真は頭を掻《か》きながら、笑ってみせた。

彼はフランス外人部隊に在籍中にもかかわらず、リベンジャーズと行動をともにしたことを軍規に背いたとして、査問《さもん》委員会にかけられていた。

だが、誠治の働きかけで米国政府から外人部隊に謝意があったため、不問となり、軍法会議は免《まぬが》れたのだ。そのため、彼の希望通り、退役が認められ、日本に帰国していた。仲間が集まったのは、彼が正式にリベンジャーズに参加することになったからである。

「なんだか、感慨深いわね」

美香が浩志に、ターキーをなみなみと注《つ》いだショットグラスを出しながら言った。

柊真は高校を卒業した際に進路に悩んで、この店を訪れたことがある。十年近く前の話である。それが、いまでは立派な男に成長しているのだ。美香が驚くのも無理はない。

「浩志、おまえが乾杯の音頭《おんど》を取れ」

ワットが言うと、仲間が手を叩《たた》いた。

座ったまま浩志は、グラスを手にした。

「前回の作戦で、俺たちは巨大な犯罪組織を潰《つぶ》すことができた。だが、世界は平和にならないだろう。なぜなら、悪そのものはなくならないからだ。だからこそ、リベンジャーズが存在し続ける。今日は柊真の新しい門出だ。闘う仲間が増えたことを祝おう。乾杯！」

浩志はグラスを高く掲《かか》げた。

「乾杯！」

仲間の歓声と拍手が湧き上がった。

この作品はフィクションであり、登場する人物および
団体はすべて実在するものといっさい関係ありません。

追撃の報酬

一〇〇字書評

切り取り線

購買動機（新聞、雑誌名を記入するか、あるいは○をつけてください）	
□（　　　　　　　　　　　　　）の広告を見て	
□（　　　　　　　　　　　　　）の書評を見て	
□ 知人のすすめで	□ タイトルに惹かれて
□ カバーが良かったから	□ 内容が面白そうだから
□ 好きな作家だから	□ 好きな分野の本だから

・最近、最も感銘を受けた作品名をお書き下さい

・あなたのお好きな作家名をお書き下さい

・その他、ご要望がありましたらお書き下さい

住所	〒				
氏名		職業		年齢	
Eメール	※携帯には配信できません	新刊情報等のメール配信を 希望する・しない			

この本の感想を、編集部までお寄せいただけたらありがたく存じます。今後の企画の参考にさせていただきます。Eメールでも結構です。

いただいた「一〇〇字書評」は、新聞・雑誌等に紹介させていただくことがあります。その場合はお礼として特製図書カードを差し上げます。

前ページの原稿用紙に書評をお書きの上、切り取り、左記までお送り下さい。宛先の住所は不要です。

なお、ご記入いただいたお名前、ご住所等は、書評紹介の事前了解、謝礼のお届けのためだけに利用し、そのほかの目的のために利用することはありません。

〒一〇一－八七〇一
祥伝社文庫編集長　坂口芳和
電話　〇三（三二六五）二〇八〇

祥伝社ホームページの「ブックレビュー」からも、書き込めます。
http://www.shodensha.co.jp/bookreview/

祥伝社文庫

追撃《ついげき》の報酬《ほうしゅう》　新《しん》・傭兵代理店《ようへいだいりてん》

平成30年5月20日　初版第1刷発行

著　者　渡辺裕之《わたなべひろゆき》

発行者　辻　浩明

発行所　祥伝社《しょうでんしゃ》
東京都千代田区神田神保町3-3
〒101-8701
電話　03（3265）2081（販売部）
電話　03（3265）2080（編集部）
電話　03（3265）3622（業務部）
http://www.shodensha.co.jp/

印刷所　萩原印刷
製本所　ナショナル製本
カバーフォーマットデザイン　芥 陽子

Printed in Japan ©2018, Hiroyuki Watanabe　ISBN978-4-396-34415-3 C0193